조용한 밤에 생각에 잠기다

靜夜思

침상 앞의 밝은 달빛은
아마도 땅에 내린 서리인가
머리 들어 산마루의 달 바라보다가
머리 떨구고 고향 생각하노라

牀前明月光　疑是地上霜
舉頭望山月　低頭思故鄉

영웅 탄생 1

이동휘 新무협 판타지소설

초판 1쇄 찍은 날 § 2004년 10월 10일
초판 1쇄 펴낸 날 § 2004년 10월 20일

지은이 § 이동휘
펴낸이 § 서경석

편집장 § 문혜영
편집책임 § 서지현
편집 § 장상수 · 한지윤
마케팅 § 정필 · 강양원 · 김규진 · 홍현경

펴낸곳 § 도서출판 청어람
등록번호 § 제1081-1-89호
등록일자 § 1999. 5. 31
어람번호 § 제2-0439호

주소 § 경기도 부천시 원미구 심곡1동 350-1 남성B/D 3F (우) 420-011
전화 § 032-656-4452 팩스 § 032-656-4453
http://www.chungeoram.com
E-mail § eoram99@chollian.net

ⓒ 이동휘, 2004

ISBN 89-5831-266-1 04810
ISBN 89-5831-265-3 (SET)

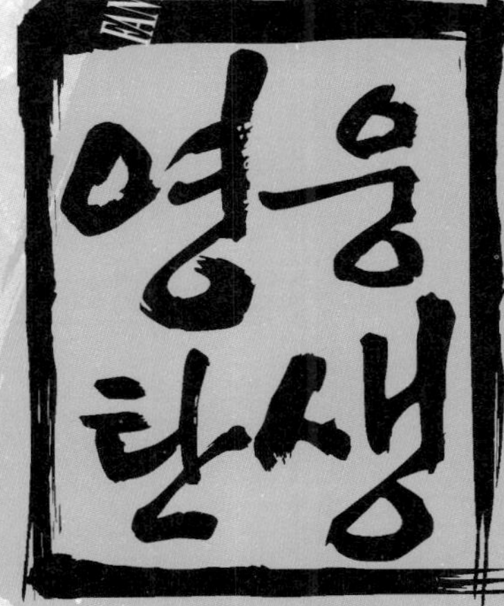

|섬서영웅(陝西英雄)|

이동휘 新무협판타지 소설

도서출판 청어람

■ 차례 ■

작가의 말 · 6

序一 어느 비무 · 9

序二 이십여 년 후 어떤 일기(日記) · 16

제1장 영웅은 대회를 통해 선발되기도 한다 · 23

제2장 영웅은 지용(智勇)을 겸비해야 한다 · 77

제3장 영웅은 기연(奇緣)을 만나기 마련이다 · 107

제4장 영웅은 위기에 처한 여인을 돕는다. 그것도 헌신적으로 · 129

제5장 영웅은 혈사(血事)를 종결짓는다 · 143

제6장 영웅은 찾아오는 위기를 극복해야 한다 · 191

제7장 영웅은 미인을 선호한다 · 267

제8장 영웅은 삼처사첩(三妻四妾)의 복락을 누릴 수도 있다 · 279

무협을 써보겠다는 마음을 먹고 난 후 무슨 얘기를 써볼까를 고민했다.

물론 직접 쓰겠다는 생각을 꿈도 꾸지 않았을 적부터 만일 이런 내용으로 전개된다면 재미있겠다 싶었던 온갖 구상, 구상이라기보다도 잡생각들은 무수히 많았다.

그러나 떠올릴 당시에는 훌륭해 보였던 잡생각들은 막상 백지 위에 글로 형상화하려니 여러 가지 이유—필력 부족, 자료 부족, 상상력 부족, 총체적 역량 부족 등—로 인해 도저히 장편으로 진행되어 나가질 않았고, 여러 편의 구상이 휴지통에 처박힌 후에야 내가 글을 처음 쓰는 놈이라는 당연한 사실을 깨닫게 되었다.

그래서 무모한 시도보다는 잘할 수 있는 것부터 해보자며 어깨에 힘을 빼고 쓰기 시작한 것이 이 「영웅탄생」이라는 글이다.

젊은 청년 영웅이 고난을 극복하고 위기에 빠진 강호를 구한다는 전통적인 스토리에 나름대로의 색채를 넣으려 애를 썼는데, 그게 잘된 것인지는 아직 잘 모르겠다.

글의 주인공 맹정우는 전통적인 영웅상과는 거리가 먼, 지극히 소시민적이고 이해타산적인 친구이다. 대의를 위해 초개와 같이 몸을 던질 의협심도 없으나 그렇다고 이익에 물불을 가리지 않는 악한도 아닌, 우리 주변에서 흔히 볼 수 있는 인물이다.

전통적인 무협의 영웅들은 위기에 빠지면 많은 기연—절벽 신으로 대표되는—을 만나고, 그것을 발판으로 부활한다.

그들이 이런 기연을 맞는 것은 개연성에 의거하기보다는 '그들은 영웅 될 자격이 있는 의협이고 호걸이기에 하늘이 돕는 것이다' 라는 당위성에 많이 의

존한다.

이 글에서는 이러한 당위성을 걷어내 보았다. 맹정우는 그런 행운을 만날 자격이 없어 보이는 인물임에도 불구하고 기연과 행운이 뒤따르며 영웅에 근접해 간다. 당위성이 없는 그가 과연 진정한 영웅이 될 수 있을지, 또한 독자들이 그것을 어떻게 받아들일지, 쓰고 있는 나도 글이 완결될 때쯤에서야 명확히 알 수 있을 것 같다.

신춘무협 공모전의 심사위원들의 평처럼, 이 글의 지향하는 바는 유쾌하고 재미있는 전개이며, 이러한 특성이 글의 장점이자 단점이다. 유머러스한 상황 전개를 우선적으로 고려하다 보니 곳곳에 작위적인 설정이 눈에 띈다는 지적을 받았다. 여러 번 다시 보며 수정을 고려했으나 손을 많이 대면 정작 글의 가장 큰 특징이 빛을 잃을 것 같아 그냥 떠안고 가야 할 약점이라고 결론을 내렸다. 결국 나의 역량 부족 탓이지만 뻔뻔스럽게도 독자들의 너그러운 양해를 구한다.

부족한 이 글이 책으로 나오기까지 격려와 충고를 아끼지 않아주신 무협 사이트 고무림의 영웅탄생 독자들과 금과옥조 같은 많은 말씀을 주신 금강 문주님 이하 선배 작가들에게 진심으로 감사드린다. 그분들이 아니었다면 결코 이렇게 세상의 빛을 보지 못했을 글이다.

끝으로, 이 책을 잡으신 모든 독자께서 읽는 동안 즐거움을 만끽하며 힘든 삶의 고단함을 잠시나마 잊으실 수 있다면 글쓴이로서 그 이상의 기쁨은 없을 듯하다.

2004년 4월 신림동에서

異同輝 올림

창, 차장, 챠앙!

내공이 주입된 검이 맞부딪쳤다가 퉁겨 나오면서 울리는 공명음은 무림인이 듣기에는 음악보다 더욱 아름다울 때가 있다.

광활하고 험난하기 그지없는 산세가 꼭대기를 향해 급하게 경사져서 올라가다가 뚝 끊어지는 산 중턱의 분지에는 웅장한 누각이 들어서 있었고, 누각의 넓디넓은 앞마당에는 두 가지 복색의 사람들이 양쪽으로 갈라선 채 심각하기 그지없는 표정을 짓고 있었다.

양측 사이의 휑하니 비어버린 공간에는 단 두 사람만이 들어선 채 중인(衆人)의 시선을 한 몸에 받고 있었다.

두 사람은 약관을 갓 지난 듯한 젊은이였으나 도관을 쓴 도인으로 보였고, 검을 휘두르는 기세는 아름답게까지 느껴지나 그 안에 실린 파괴력은 흉험하기 그지없었다.

둘의 검이 화려하게 공간을 헤집고 지나갈 때마다 내리쬐는 태양의 광선은 칼에 반사되어 중인의 시야를 어지럽게 만들었고, 둘의 검이 맞부딪칠 때마다 강렬한 내공이 실린 검은 퉁겨지고 휘어지며 때로는 청아한, 때로는 귀를 찢을 듯한 파열음을 발생시켰다.

누각 쪽에 들어선 인물들 중 수장 격으로 보이는 노도인은 양 주먹을 불끈 쥔 채 두 사람의 비무를 관전하고 있었다. 냉정을 유지하려 애쓰고 있었지만 이글거리는 두 눈은 긴장감이 잔뜩 서린 채 화려한 검세로 상대방을 압박해 가고 있는 백의청년의 움직임을 좇고 있었다.

'냉정해라, 산꼭대기의 만년설처럼 냉정해져라. 이번 비무에서 네가 승리를 쟁취한다면 본 파의 숙원이 마침내 이루어질 수 있는 첫 시발점이 될 것이다. 흥분은 절대 금물이다.'

한 치의 양보도 허용하지 않는 팽팽한 격전은 오백여 초가 지나도록 승부를 점칠 수 없었다.

송문고검(松紋古劍)을 휘두르고 있는 청의청년 도인은 진중하기 그지없는 검세로 백의청년의 화려한 검세를 차단시키고 있었다. 십성 경지에 다다른 태극검은 물샐틈없이 그의 전방을 감싸며 화려하게 공간을 수놓고 있는 백의청년의 매화(梅花)를 봉쇄했다.

백의청년은 눈살을 살짝 찌푸렸다. 화산일룡이라 칭해지고 있는 천재 검수인 그가 오백여 초가 넘도록 상대를 제압하지 못한 것은 이번이 처음이었다. 아니, 백여 초를 넘은 적도 기억에 가물가물했기에 상대방에 대한 경탄과 함께 이쯤에서 끝을 보자는 오기가 일어났다.

그의 검이 공중에 수놓고 있던 매화가 차츰 사라지기 시작했다. 그러더니 한 발짝 뒤로 물러선 그의 손에 들린 장검에는 자색(紫色) 검기가 아지랑이처럼 피어오르기 시작했다. 그러자 반대편 진영에서 경악

어린 탄성이 터져 나왔다.

"자하신공(紫霞神功)이다!"

이제 갓 약관을 넘어선 청년이 신공을 눈에 보이게 구현화시킬 수 있다는 자체가 경이적인 일이었다.

청의청년의 눈에도 경탄의 빛이 어리면서 더욱더 태극검의 방어세를 강화시켰다. 그 순간, 백의청년이 빛살 같은 속도로 전진하며 태극검이 그려내는 원의 정중앙을 일직선으로 찔러 나갔다.

날아오는 검을 주시하고 있는 청의청년의 눈에 득의의 빛이 어렸다. 검이 끊임없이 그려내고 있는 태극의 중앙은 태풍의 눈과 같이 고요하되, 그 눈을 벗어나면 태풍의 가장 흉험한 위력을 맛보아야 하듯이, 한 치만 빗나가더라도 나락으로 떨어질 수 있는 위치였다. 태극이 고정이 되어 있으면 모르되, 끊임없이 움직이고 있는 인간이 만들어내는 원이니만큼 우연이 아닌 이상 정중앙을 정확히 찌를 수는 없었다. 중앙을 빗나간 검세는 태극검의 숨겨진 위력 앞에 태풍에 부러져 나가는 고목처럼 형편없이 꺾여질 운명에 처할 것이다.

자색 검기가 실린 장검은 정확히 정중앙으로 찔러 들어왔으나 결국 미세한 오차를 드러냈고, 수세에서 공세로 급속하게 전환되고 있는 송문고검의 혹독한 공세를 맞이해야 할 듯이 보였다. 그러나 위기일발이라고 느껴지던 그 순간, 무서운 기세로 반격을 시도하는 송문고검을 비웃기라도 하듯 장검은 들어온 것과 같은 속도로 유유히 청의청년의 검세를 빠져나갔다.

'허초?'

중인들의 눈에 경악의 빛이 어렸다. 자하신공의 검기를 검에 주입한 것만 해도 놀라운데 그것을 허초로 쓸 정도라면 이미 자하신공의 기를 자유자재로 조절할 수 있다는 얘기였다. 그것은 그 나이 대의 무인으로서는 상상을 초월하는 경지였다.

전혀 예상치 못한 허초에 진중하기 그지없던 청의청년의 검세도 결국 미세한 흐트러짐을 보였다. 반격을 시도하던 송문고검이 허초로 인해 어정쩡하게 멈춰 서면서 끊임없이 생성되던 태극의 모양이 잠시 이지러지고 말았고, 백의청년의 검은 그 작은 불균형을 결코 용인하지 않았다.

하나, 둘, 넷, 여덟, 열둘, 열여덟, 스물넷.

공중에 점점이 뿌려지기 시작한 매화는 점점 늘어나 마침내 스물네 송이를 꽃피웠다.

"매화만천(梅花滿天)!"

청의청년의 진영뿐 아니라 그 자리에 모여 있던 중인 모두가 경악성을 터뜨렸다. 백의청년의 동료들조차 이십사수 매화검식의 마지막 초식을 청년이 최근에 터득한 것을 알지 못했던 것이다.

아예 꽃을 그리지 못하게 했으면 모를까, 일단 스물네 송이가 피어났다면 승부는 결정되었다고 봐야 했다.

청의청년 진영의 분위기가 암담해지는 가운데, 청의청년은 날아드는 꽃송이 하나하나를 봉쇄하는 데 전력을 기울였다.

태극검의 최대 강점은 여하한 상황에서도 할 수 있는 최선의 방어를 가능케 하는 것이어서, 비록 허점을 보이기는 했으나 곧 다시 중심을 잡을 수 있었다. 그러나 스물네 송이를 다 피우게 만든 대가는 혹독했다. 한 송이 한 송이를 봉쇄하면서 차츰 기혈에 충격이 오기 시작했고, 스무 송이에 가까워 오자 심지가 흐트러질 정도로 내장이 울렸다. 드디어 스물세 송이까지 견뎌낸 후 날아오는 마지막 한 송이의 매화를 막아내는 순간 기력은 더 이상 이어지지 않았고, 내력이 깃들지 못한 송문고검은 쨍! 하는 소리와 함께 두 동강이 나버렸다.

한쪽 진영에는 탄식이, 한쪽 진영에서는 떠나갈 듯한 환호성이 울렸다. 백의청년은 득의만만한 미소를 지으며 검을 거뒀다.

그 순간, 정(靜)적인 태극검을 계속 구사한 까닭에 비무 내내 거의 움직임이 없었던 청의청년의 발이 제운종(梯雲縱)이라는 당대 최고의 신법을 구현하면서 빛살 같은 속도로 백의청년과의 거리를 일축했다.

"헛!"

백의청년은 예상치 못한 공격에 헛바람을 일으켰다. 설마 반 토막 난 검을 꼬나 쥐고 덤벼들 줄은 몰랐던 것이다.

쳉!

기슴팍으로 파고드는 반 토막 난 검을 엉겁결에 막아내자 청의청년은 퉁겨져 나오는 반 토막 검을 그대로 백의청년의 얼굴에 던져 버렸다. 워낙 근거리인지라 위험하기 짝이 없었지만 백의청년은 간신히 검을 들어 재차 막아낼 수 있었다. 그러나 무리한 방어 동작으로 인해 백의청년의 중심은 흐트러졌고, 청의청년 역시 상대방의 허점을 용인하지 않았다.

청의청년은 상대가 방어 자세를 다시 갖추기 전에 칼을 휘두르기 어려울 정도로 바싹 상대의 코앞까지 전진했다. 그리고는 호랑이 발톱처럼 구부러진 양 손가락으로 백의청년의 검을 잡은 오른팔의 소해혈을 노렸다.

검을 휘두를 수도 없는 근접전인지라 백의청년은 재빨리 팔을 비틀며 피하는 수밖에 없었고, 간신히 날아오는 오른손을 피했으나 어느새 따라온 왼손에 결국 오른 팔꿈치의 곡지혈을 강타당했다.

그는 극심한 통증과 함께 오른팔이 마비되어 칼을 놓칠 뻔했으나 임기응변을 발휘해 아예 칼을 진행 방향으로 던져 성한 왼손으로 옮겨 잡았다. 그런 다음 볼 것 없이 검을 수직으로 내리찍었다. 그러나 상대는 이미 백의청년의 가슴팍까지 파고든 상태였다. 백의청년이 억지로 내려치는 검―을 잡고 있는 왼팔―은 청의청년의 오른팔에 막혔고, 그와 동시에 그의 왼손 검지와 중지는 백의청년의 겨드랑이로 파고들었다.

최초의 일격은 반격을 원천봉쇄하며 다섯 번의 연타로 이어졌다.

"크흑!"

무당파의 근접전 절기인 호조수(虎爪手)에 다섯 번의 타격을 허용하고도 서 있을 자는 강호에 존재하지 않았다. 백의청년은 무릎이 꺾인 채 한동안 버티다가, 마침내 각혈을 하면서 뒤로 쓰러졌다.

생각보다 손속을 과하게 쓴 듯, 청의청년이 당황하는 기색으로 다가가 부축하려 했지만 추상같은 호령이 그를 붙잡았다.

"놔두시오!"

백의청년 진영의 노도인이 분노와 번민, 안타까움이 뒤범벅된 눈빛으로 노려보고 있었다. 그 주변의 도인들은 안타까운 눈초리로 노도인과 쓰러진 청년을 번갈아 바라보다가 그냥 놔두면 안 되겠기에 청년을 부축하러 갔다.

"휴우우―"

노도인은 시리도록 푸르른 하늘을 바라보며 깊은 한숨을 내쉬었다.

'놈! 냉정하고 침착하라고 그토록 귀에 못이 박히도록 주의를 줬건만……'

이건 정말 아니었다. 아예 현격한 실력 차로 무릎 꿇었더라면 이렇게 한스럽지는 않았을 것이다.

자신의 제자는 정말 백 년에 한 번 나올까 말까 한 기재였다. 그러나 하나를 배우면 열을 깨우치는[聞一知十] 천재에게 내포된 넘쳐흐르는 자신감을 망설이지 않고 앞으로 나가게 하려는 배려 차원에서 수수방 관했던 것이 종래에는 화를 불렀다. 과도한 자신감은 자만과 오만을 불러냈고, 독하지 않은 성정과 맞물려서 결국 결투에서 가장 치명적인 방심의 화를 불러일으킨 것이다.

동기들에게 업혀 연무장을 떠나는 청년을 노도인은 애증이 섞인 눈으로 쳐다보았다.

고개를 돌리니 청의청년이 포권을 취하고 있었다.

노도인은 거기에 답례하며 암중으로 다시 한 번 깊은 한숨을 내쉴 수밖에 없었다.

'욱일승천하던 기세가 여기서 꺾였으니 화산은 무당의 벽을 또다시 실감할 수밖에 없구나! 놈이 패배를 감내할 감냥이 없다면 앞으로의 오십 년은 이 청년 때문에라도 기대하기 어렵다.'

모였던 중인들은 이 한 판의 비무가 향후 강호의 세력 판도에 어느 정도 영향을 끼칠 거라고 예상할 수 있었지만, 훗날 마교와의 혈전을 능가하는 강호 최대의 겁난을 반전시키는 최초의 계기가 될 줄은 누구도 알지 못했다.

6월 16일(음력).

몹시 무더운 날이다. 스물스물 무명 저고리 안쪽으로 기어들어 오는 더위보다도 더욱 짜증을 유발시키는 것은 아무 할 일 없이 방바닥을 뒹굴고 있게 만드는 무료함이다.

구병이가 소주로 북평표국 표행을 따라나선 지도 어느덧 두 달이 다 되어간다. 그다지 적지 않은 나의 전 재산과 구병이네 포목점 밑천까지 털어 간 것이니만치 적어도 최고급 비단 삼십 필은 족히 사 오리라 믿는다.

이곳 서안(西安)의 저잣거리에서 순견사(純絹絲)로 짠 최고급 비단이란 부르는 게 값이요, 더군다나 재봉(裁縫) 솜씨가 좋은 정 과부에게 금의(錦衣)로 지어주겠다는 약속까지 받아낸 터이니 최소 투자 비용의 네다섯 곱절은 족히 건져 낼 수 있다는 것이 내 계산이다. 물론 구병이는 출발 직전까지 이 정도로는 스물두어 필 이상은 어렵다고 징징거렸지만, 놈의 궁둥

이를 쌍비각으로 걷어차 표국 마차에 쉽게 올라탈 수 있도록 도와줌으로써 해결을 보았다.

서서히 날이 어두워지고 있다. 시원한 바람이 불기 시작하면서 무더위의 나른함은 가시기 시작하고, 견딜 수 없었던 무기력함도 배고픔으로 인해 몸을 일으켜야 함으로 슬슬 물러나고 있었다. 수중에 있던 돈을 탈탈 털어주는 바람에 구병이 놈이 돌아오기 전에 생활비가 다 떨어질 판이다.

이제 수중에 남은 돈은 겨우 15문, 표행의 귀환 예정일이 내일인데 행여 도착하지 않는다면 2문짜리 국수로 오늘 저녁부터 연명한다 해도 모레까지 때우고 나면 개방에 가입해야 할 판국이다.

6월 17일(초복).

구병이는 도착하지 않았다.

북평표국에서는 표행 일정에 차질이 생겨 약간 늦게 도착할 것이라고 한다. 달포가 넘어가는 거리면 일단 하루 이틀 오차는 기본이니 그리 신경 쓸 일은 아니다.

거리는 나흘 후로 다가온 섬서영웅대회 때문에 떠들썩하기 그지없다. 행여 영웅대회 일정이 일주일만 땡겨졌더라면 표행에 몸을 의탁했어야 하는 것은 구병이가 아닌 나였을 것이다. 구병이란 놈, 딴 건 몰라도 무림의 행사라면 개거품을 물고 달려드는 철없는 녀석이니.

놈이 어렸을 적부터 입에 항상 달고 살았던 무림야사, 아직도 술 한잔 걸치고 나면 줄줄 읊어대는 그놈의 야사에서는 천고의 기재인 한 청년이 홀연히 강호 출도를 하여, 주로 벼랑 아래 동굴에 숨어 사는 전대기인들의 관심과 강호 명문가에 포진하고 있는 절세가인들의 사랑을 한없이 받아가며 무럭무럭 자라 마침내 무림을 전복하려는 무리들을 타파하고 천하제일 영웅으로 추앙받는다는 황당한 내용이 집요하게 반복되고 있다. 그 내용의 신빙성이야 둘째 치고, 그 천고의 기재가 바로 자기 자신이라고 굳게 믿고 있는 놈의 이상 심리에는 두 손 두 발 다든 실정이다.

나도 한때는 놈의 열정에 휘말려 천하오성(天下五星)이라느니, 강북칠웅(江北七雄)이라느니 하는 절정고수들의 이름, 별호 등을 열심히 외우고 다닌 적이 있었지만, 나이가 약관에 접어드니 몹시 부질없는 짓이란 것을 깨닫게 되었다.

어차피 무림인이라는 족속들은 우리 같은 서민과는 별세계의 인종들이다. 철없는 어릴 적에야 장풍을 날리고 하늘을 나르며 심지어 거칠 것 없는 권한을 행세하는 관원 놈들까지 한 수 접어준다는 얘기에 열광하며 대리 만족을 느꼈을지는 몰라도, 이 나이쯤 되어 대가리가 커버리면 오르지 못할 나무요, 꿈속의 나비라는 것을 구병이 같은 철딱서니없는 놈들 말고는 다 깨닫게 되는 법이다.

게다가 세명로(世明路)에서 허구한 날 부딪치는 흑사방(黑蛇幇)의 똘마니 장가 패거리 같은 놈들도 강호의 협객이랍시고 거들먹거리는 것을 보면 기도 차지 않는 노릇이다. 싸워보지는 않았지만 그놈들 정도는 나도 이길 수 있을 것 같다. 놈들이 노는 꼬락서니를 보노라면 어릴 적부터 귀에 못이 박히도록 들었던 강호영웅들의 무용담에 대한 믿음이 점점 옅어져 가는 것을 느끼곤 한다.

6월 18일.

구병이는 도착하지 않았다.

말이 씨가 되었는지는 몰라도, 장가 패거리와 시비가 붙고 말았다. 운이 좋았던 것은 평소 대여섯 명이 개 떼처럼 몰려다니던 놈들이 마침 세 명밖에 없었던 것이고, 더 좋았던 것은 장가 놈이 어제가 초복이었는데 무사히 잘 보낸 것을 보니 무척 기쁘다는 내 격장지계에 넘어가 좌우의 똘마니들이 준비할 새도 없이 선불 맞은 멧돼지처럼 홀로 덤벼들었다는 것이다.

날아오는 놈의 주먹을 슬쩍 피하며 오른발로 명치를 걷어차 자빠뜨린 후 뒤이어 따라붙는 두 똘마니의 양 턱에 좌우 주먹을 사이좋게 번갈아 꽂아 넣으니 세 놈은 보기 좋게 대로(大路)에 일렬로 자빠져서 석 삼 자를 그려내었다. 거기까지는 좋았는데 나머지 똘마니들이 뒤늦게 객잔에서 뛰쳐나오면서 결국 줄행랑을 놓을 수밖에 없었고, 더욱 운이 좋지 않았던 것은 나중에 신색을 살펴보니 주머니가 찢어져 몇 푼 남지도 않았던 식비가 그 부분으로 다 빠져나가 버린 걸 발견한 것이다.

아끼고 아끼던 식비 열 문을 놈들의 치료비로 적선한 것까지는 그다지 기분 나쁘지 않았지만, 오늘 저녁부터 굶기 시작해야 한다니 슬슬 기분이 안 좋아지기 시작한다. 단골 객잔 몇 군데가 전부 세명로에 포진되어 있으니 밥 한 끼 외상 때리러 갔다가는 흑사방의 칼밥이나 실컷 얻어먹게 될 처지였다. 꼼짝없이 구병이 놈 오기만을 기다려야 될 판국이다.

6월 19일.
구병이란 놈은 아직도 도착하지 않았다.
자갈도 씹어 먹을 스무 살 청년에게 금식이란 너무도 고통스러운 형벌이다. 점심까지 주린 배를 움켜쥐고 있다가 결국 참지 못하고 정 과부네 옷가게를 찾아갔다. 정 과부는 마흔을 갓 넘긴 중년 여인으로 구병이네 포목점과 거래를 트고 있는 형편이었는데, 구병이가 길을 떠난 관계로 일감이 영 시원치 않은 모양이었다. 한 끼 간신히 얻어먹긴 했는데, 벼룩도 낯

짝이 있지 홀몸에 자식 세 명을 키우는 여자한테 새파란 놈이 그 이상 얻어먹긴 힘들었다.

"아주머니, 구병이한테 아직 못 치른 대금 있죠? 그거 저한테 주세요. 그놈이 일정이 늦어지면 대신 받아놓으라기에……."

마음먹고 구라(口喇:입으로 나팔분다, 거짓을 말하다란 뜻의 세명로 은어)를 쳐봤지만 정 과부는 녹록치 않았다.

"아이고, 정우(正愚) 총각. 밥 한 끼 주는 거야 숟가락 하나 더 놓으면 되니 어렵지 않지만, 수중에 돈이 있으면 내 왜 진작 내놓지 않았겠어. 이것 좀 보라구. 백룡방(白龍幫)에서 금의무복 스무 벌을 한꺼번에 주문하는 바람에 요 달에 이것에만 매달리느라고 단골 손님들 주문까지 받질 못했어. 근데 그 급살맞을 놈들이 다 없어지는 바람에 이걸 어떻게 처리할지 기약할 수가 없는 형편이니 이를 어쩌나."

본래 나이 먹은 사람들은 쌀 한 포대를 퍼주는 것보다 동전 한 문 내놓기를 더욱 꺼려하는 법이다. 중원의 화폐 정책이 은본위제로 바뀐 뒤로는 그러한 경향이 더 더욱 심해진 터이고, 정 과부 역시 그러한 사상이 머리에 꾹꾹 박힌지라 식사 한 끼 대접은 시원시원했으나 돈 받기는 지난한 일이었다.

그러나 정 과부의 신세타령은 어느 정도 수긍이 가는 면이 있었다. 실상 서안에서 양대 세력으로 꼽히던, 아니, 실력 면으로만 따지자면 단연 제일 세력이었던 백룡방이 그렇게 풍비박산날 줄이야 누가 예상을 했겠는가. 그 사건 전체로 볼 때는 지극히 미약하긴 하지만 정 과부도 그 이변의 피해자였던 것이다.

6월 20일.

구병이 개자식이 먹고 튄 게 아닐까?

그 자식 모친이 삼 년 전에 죽은 뒤로 나와 같은 홀홀단신 신세인 셈이니 먹고 튀는 것을 고려함에 있어서 크게 그 의도를 저해할 만한 요소가 있지는 않았다.

그 생각은 일단 접기로 했다.

우선 근 이십 년간 치고받고 싸우면서, 아니, 엄밀히 말하면 거의 두들겨 패면서 쌓은 미운 정, 고운 정이란 것이 비단 삼십 필에 넘어갈 것 같지는 않고, 그것보다도 그 정도로 뱃심 좋은 사기 행각을 할 만큼 대범하지 못한, 소심하기 그지없는 놈이라는 이유가 더욱 신빙성이 있었다.

무엇보다도 죽은 어머니가 '얘야' 하며 문 열고 들어와도 집어삼킬 것 같은 허기진 상황에서 부정적인 생각은 그다지 도움이 되지 않았다.

거리로 나갔다가 어슬렁거리는 흑사방 패거리들을 발견하고는 즉시 돌아와야 했다. 그깟 몇 놈 손보는 거야 일도 아니었지만 지금 같은 몸 상태로는 두들겨 준 뒤 뒷처리가 자신이 없었다.

어제 그렇게 나온 정 과부 집으로 다시 가기에도 염치가 없었다. 밥 먹고 나올 때 나를 쳐다보던 정 과부 막내딸의 때꾼한 눈동자가 아직도 눈앞에서 아른거린다. 겸상을 하지 않은 것을 보면 틀림없이 나를 대접하고 남은 것을 아이들이 먹었으리라.

6월 21일.
구병이 호로새끼는 아직 소식이 없다.
점심때가 다 되도록 배를 움켜쥔 채 방바닥을 뒹굴다가 기가 막힌 생각이 떠올랐다.

아니, 정상적인 상황이었다면 기가 막히다고까지는 할 수 없는 생각이겠지만, 길은 유일한 것 같다. 굳은 결심을 하고 나서 찬장 문을 열고, 먼지가 퀘퀘하게 쌓여 있는 목갑을 꺼냈다. 목갑을 열고 이름도, 얼굴도 모르는 아버지의 유품을 꺼냈다.

이제 정 과부 집으로 가려 한다. 거기까지는 일이 문제없을 것 같고, 그 다음은… 잘해봐야지.

어쨌든 구병이 놈, 오기만 해라.

제1장

영웅은 대회를 통해 선발되기도 한다

영웅은 대회를 통해 선발되기도 한다

유월의 강렬한 태양이 하늘의 꼭대기로 다가설 즈음, 사륜마차 한 대가 서안의 중앙 번화가를 향해가고 있었다. 그 뒤를 말을 탄 무인 두 명이 호위하며 따라가고 있었다. 보통 호위를 하려면 마차의 앞뒤로 서야 정상이겠지만 두 무인이 서안의 지리에 익숙하지 못했기에 빌린 마차의 마부에게 의지하여 목적지로 향할 도리밖에 없었다.

호위무사의 본분을 제대로 행하지 못하는 상황이 그리 부끄럽지 않은 듯 마치 유람 온 사람인 양 서안 거리를 두리번거리던 좌측의 중년 무인이 우측의 옥면청년에게 말을 걸었다.

"장안성이야말로 중원의 고도(古都)가 아닌가? 아무리 화무십일홍(花無十日紅)이라지만 이 정도일 줄은 몰랐군. 마치 망해가는 왕조의 마지막을 지켜보는 기분이야. 같은 고도라도 개봉과는 분위기가 판이하게 다르구먼."

장안이 서안으로 명칭이 바뀐 지도 기백 년이 지났지만 여전히 사람들의 입에는 '장안'이란 이름이 더 익숙했다. 중년인의 말처럼 서안은 진, 한을 거쳐 당나라 때까지 중원의 중심으로 각광을 받아온 고도였으나 당의 쇠퇴 이후로는 점점 그 기운을 잃어가고 있었다.

오래되어 빛깔이 퇴색된 건물들, 어딘가 모르게 활기가 없어 보이는 거리, 과거 화려했던 영화의 향취는 느낄 수 있을지언정 현재를 살아가는 인간들의 생동감을 느끼기 어려운 도시였다.

우측의 청년 무인이 고소(苦笑)를 지으며 대꾸했다.

"당주님 말씀처럼 쇠락하고 있는 도시이긴 합니다만, 특별히 이렇게 분위기가 침울한 것은 여기가 백룡방의 관할 구역이었기 때문일 겁니다. 남문 쪽으로 가면 떠들썩한 영웅대회 분위기를 접할 수 있을 것입니다."

"아차차, 자네가 이곳에서 태어났다고 했지? 열 살 때 떠난 사람치고는 기억력이 대단하군. 이곳이 백룡방의 구역인 줄 기억하고 있으니 말일세. 하긴, 활기를 잃어버릴 만한 사정이 충분히 있었군 그래. 그 누가 있어 공동파가 그렇게 무너질 줄 알았겠나?"

"그러게 말입니다. 듣기로는 백룡방의 세력이 공동파의 오 할에 가까웠다고 하던데, 그들까지 합세하고서도 결국 봉문에 이르렀다는 것은 적의 힘이 얼마나 강대한 것인지를 반증하는 것이겠지요."

둘이 여담을 나누고 있는 사이, 마차와 말 두 필은 중앙로를 거쳐 남문으로 향하고 있었다. 과연 청년의 말처럼 남문 쪽에 다가서자 영웅대회다운 활기가 거리를 메우고 있었다. 온갖 종류의 무기를 휴대한 각양각색의 무인들이 거리에 가득한 채 남쪽으로 향하고 있었다. 저 멀리 사람들의 행렬이 끝날 즈음 커다란 장원이 보이기 시작했다.

"저곳이 바로 백가장인가 보군."

중년 무인은 확인하듯 청년에게 말한 뒤, 말을 전진시켜 마차의 옆으로 붙였다. 그리고 창문에 대고 말했다.

"좌호법, 이제 거의 도착했습니다."

마차 안에서 담백한 노인의 목소리가 들려왔다.

"그런가. 함 당주, 이 무더운 날씨에 예까지 호위하느라 수고했네."

"수고는요. 유람하듯 동행하자는 좌호법님의 명을 충실히 이행하느라 그다지 수고한 것은 없습니다."

"허허허, 그런가."

일행이 장원에 가까이 다가서자 커다란 대문이 활짝 열려져 있는 것이 보였고, 그 앞에서 열 개의 탁자를 갖다 놓은 채 접객을 하고 있는 백가장의 식솔들과 그 앞에 구름처럼 모여 있는 군웅이 보였다.

"휘유, 섬서성에서 칼 한 번이라도 휘둘러 본 이들은 다 모인 것 같군요. 제 고향에 이렇게 영웅들이 많았는지 미처 몰랐습니다."

청년 무인의 말처럼 엄청난 인파였다. 거의 규모가 지방 영웅대회라기보다는 무림맹에서 주최하는 대회 같았다.

"백가보에서 돈 좀 들였나 보군. 그러나 양보다는 질이지. 옥석을 가려서 들여놓는 데만도 시간이 꽤 걸릴 듯싶은데. 시비나 생기지 않으면 다행이겠군."

워낙 군웅이 운집한 탓에 일행은 마차와 말을 세우고 도보로 진입해야 했다. 말에서 내린 청년 무인이 마차의 문을 열자 현기 어린 얼굴에 탐스러운 백염을 기른 노승이 걸어나왔다.

"좌호법, 수고스러우시겠지만 조금 걸으셔야 할 듯합니다."

노승은 걸어가면서 인자한 미소를 띤 채 청년에게 말했다.

"최 향주, 오래간만에 고향 나들이라고 들었네만, 기분이 어떤가?"

"글쎄요. 일가친척까지 몽땅 개봉에 있는 상황이니 고향이래 봐야 친인을 찾기가 어려워 별다른 감흥은 없군요. 어렸을 적 친구들이나 혹 만나봤으면 좋겠습니다만."

정문에 다다르니 중앙에 백가장 식솔로 보이는 커다란 장한이 백 장 밖에서도 들릴 듯한 목소리로 고래고래 고함을 지르고 있었다.

"초청 배첩을 가지신 분은 중앙으로 나오시기 바랍니다. 그렇지 않은 구대문파, 오대세가, 칠패(七覇) 소속이신 분들은 좌측, 나머지 분들은 우측으로 가서 방명록에 기재하시기 바랍니다."

대부분의 군웅은 오른쪽에서 줄을 서고 있었다. 지방 주최의 영웅대회였기에 배첩이 없는 명문대파의 인물들이 굳이 올 이유가 없었다. 그렇기에 좌측에는 달랑 두 개, 우측에는 여덟 개의 탁자가 놓여 있었고, 그나마도 좌측의 두 개는 한산했다.

일행은 중앙의 장한에게 다가갔다.

"배첩을 가지셨습니까?"

장한의 뒤에 서 있던 장년인이 일행에게 말을 걸어왔다. 청년 무인이 품에서 꺼내어 건네주는 붉은 봉투를 받아 든 장년인의 낯빛이 살짝 변했다.

"이거 실례했습니다. 저는 백가장의 부총관인 조추(趙秋)라고 합니다. 무림맹의 좌호법이시며 중원 천하에 대명이 자자하신……."

"조 총관?"

"예?"

슬쩍 조추의 말을 끊은 노승은 여전히 인자한 미소를 띤 채 그냥 들어가자는 듯 손을 앞으로 내밀었다.

조추는 주변의 이목이 많다는 것을 불현듯 깨닫고 스스로의 주책맞음을 자책하며 재빨리 일행을 정문 안으로 안내했다.

✳

한도 끝도 없을 것 같던 무림인들의 행렬도 어느덧 서서히 줄어들기 시작했다. 여전히 사람이 끊기지 않는 우측 여덟 탁자에 비해서 좌측 두 탁자는 오는 이가 전혀 없었다

지루함을 참지 못하고 하품을 하던 백가보 내당 소속의 두현(豆現)은 옆 탁자의 장소추(長笑追)에게 말을 걸었다.

"이보게, 소추. 이제 들어갈 놈들은 다 들어간 듯하지 않나?"

장소추도 심심하던 차에 잘되었다는 듯 얼른 대꾸했다.

"이제 우리는 상을 걷어도 될 듯하네. 배첩을 받은 귀인들이나 명문 대파 인물들이야 허례를 목숨같이 여기는 자들이니 곧 대회가 시작할 참인데 이제야 올 턱이 있겠나? 저쪽의 어중이떠중이들이야 들어가고 싶어도 통과 의례가 복잡하니 이때껏 기다리고 있는 거겠지만 말일세."

우측에서는 간간이 고성까지 오고 가고 있었다.

백가보에서는 장원 옆에 장원만한 크기의 가건물을 세우는 정성을 기울여 천 명 이상을 수용할 만한 공간을 만들어냈지만 예상 밖으로 워낙 많은 인파가 몰린 터라 어느 정도 옥석을 가려야 하는 상황이 되고 말았다.

특히 신분이 불분명한 무림인들은 신원 확인이 되지 않으면 들여보내는 것을 막을 수밖에 없었는데, 애초부터 그렇게 했으면 괜찮았을 것을 손님이 너무 많아지자 그때부터 규정을 엄격하게 하는 바람에 뒤늦게 온 사람들만을 막아서자 형평성에 어긋난다며 강경하게 항의를 하는 사태가 벌어졌다. 결국 조추가 꾀를 내어 어느 정도의 재간을 보이면 들여보내 주겠다는 조항을 내걸어 뜬금없이 무공 시험 경연장이 되고 있는 상황이었다.

두현이 말을 이었다.

"저쪽이 너무 복잡한 듯한데, 우리 쪽으로 좀 넘기라고 할까? 이쪽은 더 이상 올 사람도 없을 거 아냐?"

장소추가 고개를 절래절래 저었다.

"아서게. 우리는 그냥 굿이나 보고 떡이나 먹으면 돼. 이 더운 날에 왜 사서 고생을 하려 하나? 이각만 지나면 대회가 시작할 텐데, 그때까지 이렇게 노닥거리면 그만인 것을."

"좀 심심해서 그러는 거지. 적어도 재간 구경은 할 수 있지 않나?"

두 사람이 떠드는 사이, 웬 청년 한 명이 다가오는 것이 눈에 띄었다. 장소추는 한눈에 그가 자기 손님이라는 것을 알 수 있었다.

영웅건에 화려하기 그지없는 금의무복, 결정적으로 눈부신 보석 장식을 한 보검을 옆에 차고 있었다. 가까이 다가오니 쭉 뻗은 검미와 오똑한 코, 미려한 입술 곡선까지 보기 드문 미남자의 조건을 다 갖추고 있어 그 헌앙한 기세가 더욱 돋보였다.

"어서 오십시오. 공자께서는 구대문파 소속이신가요?"

장소추의 말에 금의청년은 고개를 저었다.

"아닙니다."

“그럼, 오대세가의 자제 분이신가?”

“그것도 아닌데요.”

“아하, 칠패 소속이신가 보군. 말투를 보아하니 그리 멀지 않은 곳에서 오신 듯한데, 산서 창천보에서 오셨나?”

“멀지 않은 곳에서 온 것은 맞습니다만, 칠패 소속도 아닙니다.”

그 말을 듣고 나자 장소추의 표정이 심드렁하게 변했다.

“그래? 그럼 저쪽으로 가보시우. 대파 소속이 아니면 몇 가지 검사를 해야 하우.”

청년은 갑자기 바뀐 장소추의 말투에 살짝 인상을 찌푸렸으나 몸을 돌려 우측의 사람들이 모여 있는 곳으로 이동하기 시작했다. 그런데 두현의 탁자를 지나칠 때 두현이 그를 불러 세웠다.

“잠깐만, 소협.”

왜 불렀냐는 듯 의아한 표정으로 쳐다보는 청년에게 두현이 말을 이었다.

“검사는 내가 해드리지. 이제 곧 대회가 시작될 터인데, 굳이 저기 가서 땀흘리며 기다릴 필요 있겠소?”

장소추가 마뜩치 않은 표정을 지었지만 두현은 개의치 않았다.

“일단 성명, 소속, 나이, 별호 정도는 얘기를 해주어야 방명록에 기재를 할 수 있소. 원래 이쪽 방명록에는 우리가 지정한 명문대파 소속의 무인만이 기재가 가능하지만 축제일에 그리 까탈스럽게 굴고 싶지는 않소이다. 단, 소협은 배첩이 없는 관계로 우리가 확인 가능한 문파의 무인이 아닌 경우, 어느 정도의 실력을 검증한 후 대회장으로 들여보낼 수가 있소. 그렇지 않으면 지금 워낙 예상 외로 많은 무인들이 몰려온지라 대회장이 꽉 찬 관계로 그저 방명록에 기재만 하고 돌아가실 도리밖에는 없소이다."

청년은 고개를 갸웃거렸다.

"무슨 말씀인지는 대강 이해가 갑니다만 축제를 하는데 꼭 무공 실력을 기준 삼아서 시험해야 합니까?"

"그렇게 되었소이다. 소협도 들었겠지만 대회가 단순한 회합 차원에서 끝나는 것이 아니라 이부 행사로 청년 영웅들이 자웅을 결하는 비무대회가 준비되어 있소. 일등을 하면 섬서영웅의 칭호와 오백 년 된 인형설삼(人形雪蔘)이 부상으로 수여되기 때문에 오늘 특히 많은 무림인들이 모이게 된 것이오. 그렇기에 무공 실력이 떨어지는 자들이 많이 모여들어 대회의 질을 저하시키는 것을 막기 위한 피치 못할 조치이니 너무 기분 나빠하지는 마시구려."

그러나 그 말을 듣고 있는 청년, 맹정우(孟正愚)는 심히 기분이 나빴다. 자칫하다가는 잘 짜여진 계획이 무산될 기로에 놓이게 된 것이다. 정 과부집에 가서 반 사정 반 협박으로 빌려온 금의는 화려하다 못해 사치스러울 정도였다. 아마 백룡방에서는 화려한 차림새로 지역 호적수인 백가보의 잔치에서 꿀리지 않으려 했던 모양이다(지금은 망해버렸으니 말짱 도루묵이 된 상황이었지만). 아무튼 화려한 금의는 보석이 주렁주렁 달려 있는 아버지의 유품, 팔성검(八星劍)과 아주 잘 어울렸다.

이러한 외관 덕택에 왼쪽 탁자의 족제비같이 생긴 사내가 반가이 맞아줄 때만 하더라도 일사천리로 회장 안까지 진입할 것으로 보였는데, 말상의 사내의 말을 듣고 보니 의외의 난관이 자신을 가로막고 있는 것이다.

'자자, 침착하자, 맹정우. 너에게는 두 가지 선택이 있다. 가만히 생각해 보니 우리 사부가 무당파 전대 장문인이었다고 구라를 치는 것과

또는 본때를 족제비와 망아지에게 보여주는 것!

눈을 데구루루 굴리며 생각해 보았지만 이미 구라 치기에는 너무 늦었다. 그렇다면 본때를 보여주는 수밖에는 없는 것이다.

대관절 무슨 재주를 보여줘야 하는 것인지 참고하려고 좌측에 몰려 있는 떼거지들을 슬쩍 쳐다보았다.

백가보 인물들이 탁자에 앉아 삐딱한 눈초리로 쳐다보고 있는 가운데 곰같이 생긴 놈이 그 앞으로 나와서 집채만한 돌을 낑낑거리며 들려 하고 있었고, 바로 옆에서는 웬 도사 한 놈이 어울리지 않게 쌍칼춤을 덩실덩실 추고 있었다. 그 꼬락서니를 보아하니 웬만한 차력 시범으로는 앞의 두 구경꾼에게 약을 팔기 어려울 듯싶었다.

생각을 정리한 맹정우는 목소리를 가다듬었다.

"제 이름은 맹정우, 나이는 스물한 살이고 보다시피 검을 무기로 쓰고 있습니다. 사부님이 은거고인이신지라 함부로 사문을 밝히기는 어렵습니다."

두현은 고개를 끄덕였다. 강호에는 자신이 밝히지 않으려 하는 한 굳이 사문을 캐묻지 않는 불문율이 있다.

"좋소, 그럼 별호는?"

"강호의 친구들이 저를 일검탈명(一劍奪命)이라 하더군요."

그 순간, 듣고 있던 두현과 장소추가 흠칫했고, 말한 맹정우도 흠칫했다. 듣고 있던 둘은 일검에 목숨을 앗아간다는 그 명호의 무시무시함에 놀랐고, 맹정우는 순간적으로 떠올린 별호가 너무 과하다 싶었던 것이다.

별호 때문에도 심심지 않게 시비가 붙는 강호에서 이 정도의 광오하기까지 한 별호를 붙이고 다닌다는 것은 여하한 실력이나 용기를 가지고서는 어림도 없는 일이었다.

'이거, 욱일승천하는 청년 고수를 몰라본 거 아냐?'

두 사람이 놀라서 눈을 마주치는 사이, 맹정우도 아차 싶은 마음에 머리를 두드렸다.

'빌어먹을, 한 십검탈명(十劍奪命)쯤으로 할 걸 그랬나. 좀 심했군.'

세 사람의 심경이 복잡해져 가는 가운데, 두현이 약간 긴장한 목소리로 말했다.

"좋소이다. 사문을 밝히고 안 밝히는 것은 소협의 자유이오만, 우리가 만족할 만한 재간을 보여주셔야 입장이 가능하겠소이다."

"좋습니다."

맹정우는 고개를 끄덕이는 가운데서도 머리를 정신없이 굴렸다.

아무리 백가보가 백가상단의 돈으로 세워진 무림 단체라 하더라도 공동파의 제일 속가였던 백룡방과 자웅을 결할 정도의 세력이다. 고로 앞에 있는 족제비와 망아지도 생긴 것과는 달리 만만치 않은 인물들일 것이다.

그렇다면 자신의 주특기인 발차기, 그중에서도 최고 기술인 공중 날라 발로 다섯 번 박수치기가 친구들한테 세명로 최고의 비기로 인정받고 있다 하더라도 이곳에서는 크게 인정받을 수는 없을 듯했다. 비교적 무공 기술에 가까운 공중 날라 발로 따귀 세 번 치기도 저들의 마음을 흔들어놓을 듯싶지는 않았다. 그 밖에 옷 빨리 벗어 빈대 많이 잡기, 술 먹은 티 안 내기, 지나가던 여급 이각 안에 꼬시기 등등의 자랑할 만한 기술들이 있었지만 전부 이 자리에는 썩 어울리지가 않았다.

'그렇다면 신병이기(神兵利器)의 힘을 빌리는 수밖에!'

마음을 굳힌 맹정우는 두현 앞에 놓인 물잔을 가리켰다.

"저것을 앞쪽으로 내밀어 보시겠습니까?"

두현은 사기로 만들어진 물잔을 탁자 앞쪽으로 밀어냈다.

맹정우는 잠시 그것을 응시하며 눈을 번득였다. 그러다가 갑자기 비호처럼 칼을 뽑았다.

챙그랑!

두현과 장소추는 무슨 일이 일어난 것인지 잠시 알아차릴 수가 없었다. 갑자기 뽑혀진 칼이 태양 빛에 반사되어 엄청난 광휘를 뿜어내어 눈을 부시게 만들었던 것이다. 칼이 칼집에 들어가는 소리가 들리고 나서야 그들은 상황을 파악할 수 있었다.

"이럴 수가!"

두현과 장소추는 탄성을 내질렀다.

물잔은 세로로 정확히 두 동강이 난 채 탁자 위를 구르고 있었다. 물잔은 나무가 아닌 사기로 만들어져 있었기 때문에 허투른 솜씨로는 절대 저렇게 깨뜨리지 않고 깨끗하게 반으로 가를 수가 없었다. 내공을 검에 주입시켜 구현화할 정도의 단계가 아니라면 흉내조차 어려운 기술이다. 더군다나 탁자는 건드리지도 않고 단지 물잔만을 두 동강 낸 것은 맹정우의 검의 조종이 얼마나 뛰어난 것인지를 증명하는 것이었다.

"맹 소협, 섬서 영웅대회에 오신 것을 환영합니다. 정문으로 들어가시면 대회장으로 안내하는 사람이 있을 거외다."

두현은 벌떡 일어나 포권지례를 취했다. 맹정우가 만면에 미소를 띤 채 응답을 할 찰나, 안 쪽에서 북소리가 두 번 울렸다.

장소추가 옆에서 끼어들었다.

"이제 시작하려나 보군. 우리도 이만 들어가는 게 좋겠네. 맹 소협,

제가 직접 대회장까지 안내해 드리겠습니다.”

두현과 장소추는 하인들에게 뒷정리를 맡기고 직접 맹정우를 대회
장으로 안내했다.

그들이 떠난 자리에는 두 동강으로 잘려진 물잔만이 덩그러니 남아
있었다. 그런데 두 동강이 난 물잔에서부터 탁자 앞쪽 끝까지에는 가
느다란, 아주 가느다란 실선이 새겨져 있었다.

맹정우는 친절해진 두 사람의 안내를 받으며 진땀을 슬쩍 닦았다.

이름도, 얼굴도 모르는 아버지의 유품인 팔성검—이 이름은 맹정우가
지은 것이다—은 확실히 대단한 물건이었다. 금석을 두부처럼 자르는
보검인데다가 검에 박힌 여덟 개의 보석은 감정해 본 결과 개개의 것
이 엄청난 가치를 가진 보물이었다.

그동안 어려울 때마다 보석 한두 개쯤 빼서 팔아보려 했지만 무슨
수를 써서 박았는지 별별 수를 동원해도 칼에서 보석을 빼낼 수가 없
었다. 그렇다고 칼 전체를 팔아넘길 수는 없는 노릇이었다. 평상시 매
사에 집착을 크게 보이지 않는 맹정우였지만 아버지와 연결된 유일한
끈인 보검까지 잃고 싶지는 않았던 것이다.

아까의 판단은 지금 생각해도 스스로가 대견했다.

팔성검은 기대를 저버리지 않았다.

검을 뽑자마자 탁자 앞쪽에 내밀어진 잔과 그 아래의 탁자 앞부분까
지 한꺼번에 잘라냈지만 워낙 보검인 탓에 탁자가 미동도 하지 않았고,
족제비와 망아지는 칼에 반사된 햇빛에 눈을 찡그리느라 그게 맹정우
의 재주인지 칼의 재주인지 분별할 기회를 놓쳐 버리고 말았다. 그 덕
택에 이곳에 오게 된 소기의 목적을 달성할 목전에 이르게 된 것이다.

맹정우는 장원으로 들어서며 만족감과 허탈감이 뒤섞인 헛웃음을
지었다.

'밥 한 끼 얻어먹기 참 힘들구나.'

＊

족제비와 망아지는 장원 뒤의 너른 공터에 세워진 가건물로 맹정우
를 안내했다. 안으로 들어가니 얼추 천 명은 되어 보이는 군웅이 벌써
자리하고 있었고, 온갖 산해진미가 기나긴 탁자들 위에 차곡차곡 올려
지고 있는 상황이었다.

금방 만들어진 가건물이었지만 백가보에서 워낙 신경을 쓴 탓인지
화려하게 장식이 되어 있었고, 통풍이 잘되게 만들어 한여름의 오후였
지만 대회장 안은 시원한 감마저 들었다.

주변 농지에 한창 거름을 주는 시기였는지라 방향(芳香)에도 꽤 신
경을 썼는지 창포 향이 실내에 싸하게 퍼져 있었는데, 다소 많이 뿌린
듯 향내가 좀 짙었다.

"맹 소협, 이쪽으로."

두현과 장소추는 맹정우를 배첩을 받은 인물들이 주로 자리한 상석
으로 안내했다. 탁자와 탁자 사이를 바쁘게 돌아다니던 장년인이 그들
을 발견하고 다가왔다.

"두 향주, 이분 소협은?"

"아, 마 총관이시구려."

　장년인은 백가장의 사무를 총괄하고 있는 총관 마충이었다. 뜬금없이 두 향주가 상석으로 웬 청년을 안내하는 것을 보고 귀인을 모시고 왔나 하여 급히 달려온 것이다.

　두현은 마충의 귀에 얼굴을 바싹 갖다 대고 말했다.

　"일검탈명 맹정우 소협인데, 욱일승천하는 청년 고수인 것 같소. 실력으로 볼 때 비무대회의 강력한 우승 후보이니 상석에 앉히는 게 좋을 듯하오."

　"오, 그래요?"

　내당의 제삼 향주인 두현은 직위에 비해 뛰어난 실력을 갖추고 있고 말을 신중하게 하는 사람이다. 게다가 장소추까지 고개를 끄덕이는 것을 보면 충분히 상석에 앉힐 만한 인물이라 판단되었다. 더군다나 마충이 보기에도 헌앙하기 그지없는 외견인지라 별 거부감 없이 상석으로 청년을 안내했다.

　상석은 다른 자리에 비해 다소 넉넉하게 앉게 되어 있었다. 그러나 늦게 들어온 탓에 자리가 거의 다 차 있었던지라 마충이 한참 기웃거린 후에야 앞쪽의 빈자리 하나를 발견하고 그곳으로 맹정우를 이끌었다.

　육인용으로 되어 있는 식탁에는 일행으로 보이는 사람들 다섯이 이미 앉아 있었다.

　"당 대협, 한 분 합석하셔도 괜찮겠습니까?"

　마충에게 당 대협이라 불린 장년인은 다소 왜소한 체격이었으나 날카로운 눈빛을 빛내는 강한 인상의 사내였다.

　"그렇게 하시오."

　사내의 대답과 동시에 맹정우는 털썩 의자에 앉았다.

탁자 위의 내용물을 쳐다본 맹정우의 눈가에 약간의 실망감이 스쳐 지나갔다. 행사가 시작되지 않아서 그런지 몰라도 식사용 요리는 없었고, 향기가 기가 막힌 술과 거기에 따른 고급 안주뿐이었다.

그러나 아사 직전인 맹정우는 똥오줌 가릴 처지가 아닌 만큼 안주빨이나 열심히 세우기로 작정하고 바로 눈앞에 있는 고기만두부터 덥석 집어 입에 처넣기 시작했다. 그러자 맞은편 의자에 앉아 있던 당 대협이라 불린 장년인과 그 옆에 앉은 그와 비슷한 연배의 두 장년인, 그리고 맹정우 옆쪽의 일남일녀는 모두 표정이 살짝 변했다.

맹정우의 맞은편 가운데 좌석에 앉아 있던 장년인, 당평(唐平)은 어이가 없었다.

허우대를 보아하니 명가의 자식인 듯한데 어찌 이리 예의가 없단 말인가?

마충이 당 대협이라 부르는 것을 들었다면 적어도 앉아 있는 사람들이 사천당가(四川唐家)의 인물들이라는 것을 충분히 알 수 있었을 것이다. 그렇다면 강호의 후배가 먼저 인사를 건네야 하는 것이 기본적인 예의가 아니겠는가.

마충에게 당 대협이라 불린 자신의 사촌형 당후(唐厚)는 강호에서 정도마표(正刀魔鏢)라 불리는 당가 제일고수였다.

평소에는 얌전하다가도 한번 뭔가에 틀어져서 화가 났다 하면 물불을 가리지 않는 성격이기에 새까만 강호말학의 버르장머리없는 행동에 특유의 성질머리가 발동하기라도 한다면 축하 사절로 왔다가 조문사절까지 겸해야 할 상황이 발생할 수 있었다.

슬쩍 곁눈질을 하니 벌써 당후의 오른쪽 눈썹이 살짝 위아래로 흔들리는 것이 약간 신경을 쓰고 있다는 증거였다. 아차 싶던 당평은 즉시 맞은편의 젊은 일남일녀, 조카인 당지연(唐知然)과 당성(唐星)에게 눈으로 신호를 보냈다.

신호를 받은 당성은 맹정우의 옆자리에 앉아 있는 누나 당지연의 옆구리를 쿡쿡 찔렀다. 기묘한 눈초리로 맹정우를 쳐다보고 있던 당지연의 고개가 팩 돌아섰다.

"왜?"

당성은 당지연의 과격한 반응에 깜짝 놀라며 눈짓으로 자신의 숙부를 가리켰다. 당지연이 당평 쪽을 쳐다보니 당평은 행여 당후가 알아챌까 조심스러워하며 눈짓으로 맹정우와 당후를 번갈아가며 가리켰다.

"흣!"

당지연은 모처럼 즐거워지기 시작했다. 불쾌함을 팍팍 느끼게 해주는 무더운 날씨에 사천에서 여기까지 몇천 리 길을 성질 더러운 첫째 숙부와 우유부단한 둘째 숙부, 있는지 없는지도 모를 넷째 숙부, 아직 철딱서니가 없는 동생과 지루하기 짝이 없는 여행을 한 뒤 땀 냄새 풀풀 나는 무뢰배들의 축제에 끼여서 따분한 시간들을 죽여야 할 처지였는데, 옆 자리에 앉은 청년이 모처럼 의외의 상황을 연출하기 시작한 것이다.

첫째 숙부가 어떻게 나오나 더 지켜보고 싶었지만 둘째 숙부의 두 눈이 튀어 나올 듯 커지는 것을 그냥 지켜보고 있기는 다소 미안했던지라 할 수 없이 입을 열었다.

"이봐요."

벌써 만두 한 접시를 다 비우고 사천요리인 향긋한 용정봉편(龍井鳳片)을 시식 중이던 맹정우는 누군가가 자신을 부르는 듯한 느낌을 받았으나 장장 사흘간의 금식 끝에 하는 첫 식사에 열중하느라 무심코 지나쳤다.

"이봐요!"

먹을 자유를 억압하는 옆 사람에게 분노하며 고개를 돌리던 맹정우의 눈이 휘둥그레졌다.

'맹정우! 어떻게 된 것이냐? 영웅호색지로(英雄好色之路)를 매진하던 네가 바로 옆에 이런 미인을 앉혀두고 지금껏 몰랐을 수가 있다니! 아아, 때론 식욕이 색욕을 누를 수도 있다는 구병이 놈의 말을 믿지 않았건만……'

스스로의 어리석음을 자책하는 가운데 재빨리 분노를 거두고 호의만빵의 얼굴로 탈바꿈시킨 맹정우가 당지연에게 대답했다.

"무슨 일이신지요, 소저."

"이렇게 같은 자리에 앉은 것도 인연인데, 우리 인사나 나누는 것이 어떨까요?"

'어라?'

세명로 제일미남으로서 숱한 여인과의 추문을 만들어온 맹정우였지만 내심 당황할 수밖에 없었다. 물론 적극적으로 달려드는 여인도 여럿 경험한 그였으나 이렇게 주변에 가족으로 보이는 사람들이 다 쳐다보는 가운데 수작을 걸어오는 여인은 처음이었다.

'강호의 여인들이 적극적이란 말을 듣긴 했지만 이 정도일 줄은 몰랐군. 정말 화끈하구나. 달려드는 미인을 겁낸다면 장부가 아니지!'

마음을 굳힌 맹정우는 최대한 멋들어진 표정을 지으려 애쓰며 말했다.

"하하하, 반갑습니다. 저는 맹정우라 합니다. 소저의 방명은?"

"푸하하하!"

자신의 말을 엉뚱하게 받아들인 맹정우의 대답에 당지연은 터져 나오는 웃음을 참지 못했고, 나머지 네 명의 남자는 똥 씹은 표정을 지었다. 더 이상 안 되겠다 싶어 당성이 나섰다.

"맹 소협, 저도 반갑습니다만 우선 저희 가문의 어르신들하고 인사를 나누시는 것이……."

"되었다."

당성의 말을 음산한 목소리가 끊었다. 당후였다.

"언제부터 사천당가가 이름도 모르는 자에게 인사를 구걸했단 말이냐?"

좋은 분위기로 몰아가려던 당평 역시 상당히 기분이 나빠졌다.

"소협, 보아하니 명가의 자제처럼 보이는데 고명하신 사문을 알려주시겠소?"

맹정우는 뭔가 분위기가 심상치 않게 돌아간다는 것을 감지했다. 자신은 객잔에서 합석하는 기분으로 식탁에 앉아서 먹는 데 열중했을 뿐인데, 아마도 인사를 먼저 하는 게 예의였나 보다.

사천당가라면 한때 무림에 관심이 있었던지라 들어본 기억이 있었다.

'독, 암기 등등 꼼수를 잘 부리는 놈들이라 했었지. 그런 주제에 명문정파라고 걸떡댄다고. 이런 놈들일수록 앞에서는 웃고 뒤에서 뒤통수치기 십상이지. 정면의 땅꼬마는 정말 인상 더럽구나. 성질 같아서는 밥상 들어 엎고 나서 밟아주고 싶다만, 힘없는 내가 참아야지 어쩌겠냐, 개자식아.'

생각을 정리한 맹정우는 정중히 포권을 취했다.

"저는 맹정우라 합니다. 사문은 밝히기 어려운 점을 양해해 주시기 바랍니다. 미처 사천당가의 영웅들이신 줄 몰라뵈었습니다. 강호말학의 비례를 용서해 주시기 바랍니다."

갑자기 깍듯이 바뀐 맹정우의 품행에 당평을 비롯한 세 사람의 표정은 어느 정도 풀어졌고, 재미있는 상황을 기대하던 당지연의 눈에는 실망의 빛이 스쳐 갔다. 그러나 당후는 여전히 냉랭했다.

"그 말인즉슨 당가가 아니라면 예의를 안 지켰어도 되었다는 뜻인가?"

'개자식.'

맹정우는 속으로 이를 갈았다. 그리고 나서 천천히 마음속으로 참을 인(忍) 자를 그리기 시작했다.

"그런 것이 아니오라……."

"일검탈명 맹정우 대협이십니까?"

그때 갑자기 한 장한이 맹정우의 옆에 다가와 말을 걸었다.

"아, 예, 그렇습니다만……."

"두현 향주님께서 보내셔서 왔습니다. 아까 깜박 잊고 방명록에 서명을 받는 것을 잊었다 하시더군요. 여기에 서명을 좀 해주십시오."

장한이 맹정우의 서명을 받은 후 자리를 뜨자 당후의 목소리가 날아들었다.

"호오, 이거 고인(高人)을 몰라뵈었으니 실례가 많았소이다. 일검에 탈명이시라? 충분히 사천당가 정도는 눈에도 안 차실 고수셨구먼 그래."

맹정우는 아차 싶었다. 좀 과하게 지었다 싶었던 별호가 벌써부터 발목을 잡기 시작한 것이다. 그러나 시의 적절하게도 또다시 누군가가 옆에서 그의 어깨를 짚었다.

"정우야, 너 정우 아니냐?"

맹정우가 고개를 돌리니 훤칠한 키에 자기보다는 못하지만—순전히 이것은 맹정우의 생각이다—대단히 준수한 청년이 몹시 반가워하는 표정을 지으며 서 있었다.

"누구신지?"

"나야, 나! 최운(崔雲)!"

맹정우는 쌀짝 눈을 찌푸린 채 청년의 얼굴을 살폈다. 그러고 보니 얼굴이 은근히 낯이 익었다. 그러면서 어릴 적에 맨날 자신의 뒤를 정신없이 쫓아오던 꼬마가 생각나기 시작했다.

"최운? 네가 코흘리개 운이냐?"

"그래, 임마!"

"하하하! 이게 얼마 만이냐?"

둘은 누가 뭐랄 것도 없이 부둥켜안았다.

"야, 내 어깨도 못 미치던 놈이 많이 컸구나. 하긴 너네 조상님 은덕으로 돈을 그렇게 잔뜩 벌어 개봉으로 떠났으니 그 뒤로는 좋은 거 많이 처먹었을 테지."

맹정우는 불알친구였던 최운의 어린 시절을 떠올렸다. 찢어지게 가난한 탓에 그나마 밥 굶지는 않았던 그와 구병이에게 거의 얹혀살던 친구였다. 그러다가 최운네 가문의 선산이었던 야산에서 염정(鹽井)이 발견되는 바람에 엄청난 돈을 벌게 되었고, 최운이 열 살 때 잔뜩 불린 재산을 가지고 개봉으로 이사를 갔던 것이다.

"최 향주, 아는 사이인가?"

당평의 목소리가 들려왔다.

최운이 대답했다.

"예, 어렸을 적 제 죽마고우였습니다."

"으음."

당평의 안색이 흐려졌다. 옆에 형의 얼굴을 쳐다보니 눈빛이 더 더욱 날카로워져 있었다.

의도적인 것은 아니겠지만 가뜩이나 성질이 나 있는 상황에서 말 한마디 할 때마다 누군가 끼어들어 말을 끊어놓으니 화가 점점 돋워지는 것 같았다.

그러나 당평 입장에서는 상대의 정체가 드러나면 드러날수록 행여 시비가 붙을까 걱정이 되었다.

우선 상석에 자리하는 것 자체가 기본적 실력은 있다는 얘기이고, 일검탈명이란 광오하게까지 들리는 별호는 심심풀이로 붙을 성질의 것은 아니었다. 게다가 지금 상대와 반갑게 얘기하고 있는 무림맹 청룡당 향주인 최운은 강호 후기지수 중의 최고라 일컫는 사룡삼봉(四龍三鳳) 중의 한 사람으로 꼽히는 실력자로, 그중에서도 둘째가라면 서러워할 강자였다. 그런 고수와 친구라면 시비가 붙어봐야 좋을 것이 없었다.

최근 당가는 사천 오대고수 중 수좌로 꼽히던 전임가주 당제인(唐制仁)이 칠 년 전에 타계한 뒤로 성세가 많이 기운 상태였다. 이런 상황에서 고수와 시비가 붙는 것은 극히 위험한 일이었기에, 현 가주인 당지연과 당성의 부친 당우(唐友)는 특별히 당후에게 신경을 쓰라고 떠나기 전에 당평에게 신신당부를 했던 것이다.

최운과 맹정우는 아랑곳없이 지난 회포를 실컷 풀고 있었다.

"오호, 네놈이 그럼 무림맹의 향주란 말이냐? 믿을 수가 없군. 동네 애들한테 얻어터지고 들어와 맨날 우리에게 복수해 달라면서 징징대던 놈이……."

"하하! 그런 건 좀 잊어버려라. 넌 여전히 변하지 않았구나. 우리 중에 대장이었고 늘 멋있었는데, 지금 봐도 참 멋있구나. 너는 늘 내 목표였지……."

"그랬어? 쩝……."

맹정우는 입맛이 썼다.

정말 멋있게 변한 건 옛 친구였다. 무림맹의 향주라니, 중원 젊은이라면 누구나 꿈꾸는 이상이 아닌가?

그에 비해 자신은 빌린 옷과 과분한 칼, 허울 좋은 껍데기를 빼면 아무것도 없는 상태였다.

"아, 그래. 내가 모시고 온 상관들을 소개해 줄게. 우리 자리로 가자."

최운은 맹정우의 손을 잡아끌고 맨 앞의 상석으로 향했다.

그때였다. 맹정우의 귀에 기이한 목소리가 들렸다. 누군가가 귀에 입을 바싹 갖다 대고 말하는 듯한 느낌이 들었다.

"자네 별호가 타당한가 한번 알아보고 싶군, 일검탈명 맹정우. 대회 파장 후에 잠시 좀 보세."

맹정우는 누가 한 말인지 알 수가 없어 주위를 휘휘 둘러보았다.

눈을 마주치는 사람이 없는 가운데 자신이 있던 탁자 쪽을 쳐다보니 땅꼬마가 냉소를 지으며 쳐다보고 있었다. 그 눈빛이 워낙 차가워 맹정우는 찔끔하며 최운에게 다시 몸을 돌렸다.

최운의 일행이 앉아 있는 자리는 단상 바로 밑에 위치하고 있었다. 그곳에는 금의를 멋들어지게 차려입은 뚱뚱한 노인과 단아한 풍모의 노승, 그리고 단단한 체구에 강인한 인상의 중년인이 앉아 있었다.

다가오는 두 사람을 본 중년 무인이 말했다.

"오, 최 향주, 친구를 찾았나?"

"예, 말이 씨가 된다더니 열 살 때 헤어졌던 죽마고우를 만나게 되었습니다."

최운은 일행에게 맹정우를 소개했다.

"정우야, 인사드려라. 내가 모시고 있는 상관들이시다. 너도 익히 들어 아는 분이실 거다. 무림맹의 좌호법을 맡고 계시는 법현 상인(法現上人)이시다."

"맹정우라 합니다."

"반갑소이다."

노승, 법현 대사는 인자한 미소를 유지한 채 맹정우의 인사를 받았다.

같이 합석하고 있는 뚱보 노인은 놀랍게도 백가보의 보주인 중수재(重秀才) 백처단(白處壇)이었다.

사실 무림맹의 좌호법이며 소림사의 장경각주를 역임한 법현 대사가 무림에서 훨씬 명성이 높았지만 최근 무림에 별 관심을 두지 않던 서안 토박이 맹정우에게는 지역의 유명 인사인 백처단이 가장 대단해 보였다.

백처단은 본래 서안 제일 상단인 백가상단의 후예였다.

대대로 상인 집안이었지만 그의 부친이 협력하던 사파 무림 단체가 공조 파기를 멋대로 하는 바람에 큰 손해를 본 후, 후계자를 맏아들이 아닌 무재가 뛰어난 백처단으로 지목하고 명령을 내렸다. 더 이상 칼밥이나 먹고사는 무뢰배들에게 끌려 다니지 말고 상단과 무림 단체를 겸업하라는.

무재뿐 아니라 상재, 문재 등 많은 재주를 겸비한 백처단은 30년 만에 백가보를 서안에서 내로라하는 무림 단체로 성장시켜 부친의 한 맺힌 명령을 충실히 이행했다.

이번 영웅대회만 해도 새외의 준동에 대비하여 섬서무림을 단합시킨다는 명분과 백가보의 성세를 대외적으로 드높일 수 있다는 실리를 한꺼번에 취하려는 백처단의 작품이었다. 게다가 일이 잘 풀리려니 백가보와 함께 서안 이세(二勢)로 꼽히는 호적수였던 백룡방이 그들의 젖줄인 공동파와 함께 무너지는 바람에 영웅대회만 성황리에 끝마친다면 섬서는 물론 강북무림의 한 축으로 확실히 자리매김할 수 있는 절호의 기회였다.

"껄껄껄, 법현 상인! 오늘 이 백모는 장강의 뒷물결이 앞 물결을 밀어낸다는 말을 확실히 깨닫고 있소이다. 이렇듯 영준한 청년 영웅들을 보니 말입니다. 최 향주와 맹 소협은 비무대회에 당연히 참석하시겠지?"

상인의 처세술이 적당히 실린 백처단의 말에 최운은 손사래를 쳤다.

"천만의 말씀입니다. 저는 순전히 호위 임무를 이행하기 위하여 이곳에 온 것입니다. 본분을 망각한 채 비무대회에 나선다는 것은 있을 수 없는 일입니다."

"허허, 최 향주! 신진사룡의 수좌가 이곳까지 왕림하여 비무대회에 참석하지 않겠다니, 이 백 모의 체면을 너무 무시하는 처사가 아닌가! 이거 정말 섭섭하이. 좌호법님의 호위야 우리 내당 애들이 잘해줄 터이니 부디 대회의 품격을 높여주길 바라네. 어떻소이까, 법현 상인? 우리 내당 애들도 꽤 쓸 만하니 최 향주에게 한번 기회를 줘보심이?"

"자네, 한번 나서볼 텐가?"

백처단의 간절한 시선에 못 이긴 법현 대사까지 거들었으나 최운은 땀까지 삘삘 흘려가며 고사했다.

"백 보주, 최 향주가 저리도 사양을 하니 한 번만 봐주십시오. 그러시면 빈승이 특별히 선물 한 가지를 드리겠습니다."

"허허허, 이 백 모는 보시다시피 욕심이 많은지라 선물도 받고 최 향주의 수락도 받고 싶습니다만?"

백처단은 넉살 좋게 대꾸하는 와중에도 선물이 무엇인지 호기심 어린 눈치였다.

법현 대사는 고소(苦笑)를 지으며 품 안에서 작은 갑을 하나 꺼내었다.

"약소하나마 빈승이 개인적인 선물을 하나 준비해 왔습니다. 비무대회의 승자에게 부상으로 주셨으면 합니다만."

말과 함께 갑의 뚜껑을 여니 고아한 향내가 탁자 위로 퍼졌다.

"이, 이것은?"

백처단의 설마 하는 반문을 법현 대사가 고개를 끄덕이며 확인시켰다.

"예, 대환단(大丸丹)입니다."

갑 안에는 금빛의 작은 환이 놓여 있었다.

이것이 바로 그 유명한 소림사의 대환단이었다. 일반인이 섭취하면 무병장수가 보장되고, 무림인이 이것을 먹으면 내상을 치료하고 능히 엄청난 내공을 얻을 수 있다는 보물이었다.

"휘유, 인형설삼에 대환단이라. 최 향주, 상관으로서의 명령일세. 비무대회에 출전하게. 그리고 반드시 우승하여 섬서영웅의 영광된 칭호는 자네가 가지고, 부상은 나에게 넘기게."

중년 무인 무림맹 청룡당주 함학(咸鶴)의 넉살에 탁자 위는 웃음꽃이 피었다.

"그건 그렇고. 백 보주, 이 과일술은 정말 맛이 기가 막히군요. 한 잔 걸치니 무더위가 싹 가시는 듯합니다. 실력이 대단한 장인이 담근 술인가 봅니다."

함학의 찬사에 백처단은 너털웃음을 터뜨렸다.

"핫핫, 대단하긴 대단하지요. 그 술을 뺏어올 때 미친 듯이 화를 내며 달려들던 것을 생각하면 지금도 섬뜩하답니다."

백처단의 대답에 자리를 옮기고 나서도 여전히 안주빨 세우는 데 열중하고 있는 맹정우를 제외한 중인들의 얼굴에 의혹이 서렸다. 그럼 돈을 내지 않고 강탈해 온 술이란 말인가?

중인들의 표정을 읽은 백처단이 재빨리 사태를 무마했다.

"핫핫, 저런저런. 법현 상인, 함 당주, 표정을 푸시기 바랍니다. 이 백 모가 그렇게 도리없는 사람은 아니외다. 술 빼앗은 게 좀 미안하여 다른 과실을 많이 던져 주었더니 놈들도 만족하더이다. 아마 지금쯤 그것으로 나뭇등걸에 새로운 술을 담그고 있겠지요."

그제야 함학이 알아들은 듯 목소리를 높였다.

"그럼 이게 후아주(猴兒酒)란 말씀입니까?"

"그렇습니다. 대회에 쓸 요리 재료를 얻으러 태령산맥 쪽으로 나갔던 마 총관과 식솔들이 우연히 발견했답니다. 그걸 서늘한 지하 창고에 잘 보관해 놨다가 오늘 요긴하게 쓸 수 있도록 내온 것이지요."

백처단의 말이 떨어지기 무섭게 세 명의 손이 동시다발적으로 술병 쪽으로 뻗어왔다. 세 손의 주인, 함학, 최운, 맹정우는 서로의 얼굴을 바라보며 동시에 쓴웃음을 지었다.

후아주란 깊은 산속의 원숭이들이 나무 둥지나 바위의 오목한 부위에 과실로 술을 담가놓은 것을 일컫는 것으로, 그 맛이 일품이고 구하기도 지극히 어려워 황실에서도 자주 접하기가 어려운 최상품의 술이다.

세 사람이 사이좋게 주거니 받거니 하며 술을 따르는 것을 흐뭇하게 바라보던 백처단이 법현 대사를 흘끔 바라보며 말했다.

"이런이런, 젊은 사람들이 이렇게 노인을 공경하지 못해서야. 최 향주, 어찌 법현 상인께는 한 잔 따르지 않는 겐가?"

최운의 표정이 머쓱해지는 가운데 법현 대사가 난처하다는 듯 답했다.

"백 보주, 농이 심하시구려. 빈승이 아무리 무림맹에 몸담고 있기로서 중의 신분으로 어찌 주계를 어기겠소이까?"

"핫핫, 이 무더운 날 속세의 사람들만 갈증을 풀라는 법이 있습니까? 승려와 도사도 더운 건 마찬가지인데 말이지요. 상인께서 저쪽을 보시면 화산파의 도장들께서 한잔하고 계신 게 보이실 겁니다."

과연 우측을 쳐다보니 백처단의 말처럼 화산파에서 온 도사들이 술병을 주고받고 있는 것이 보였다. 백처단은 탁자에 있는 여러 색깔의 술병들 중 흰 술병을 가리켰다.

"노부가 정신이 없다 보니 미처 상인께 말씀을 못 드렸군요. 요 흰 술병에는 주정의 기운을 상당히 낮춘 후아주가 들어 있습니다. 비교적 농도가 옅은 술에 적당히 물을 섞은 것이니 그냥 과즙이라 생각하며 드시면 될 것입니다."

그때 총관 마충이 다가왔다.

"보주님, 이제 대회를 시작할 시간입니다."

"벌써 그렇게 되었나? 그래, 준비하게."

백처단의 허락을 받은 마충은 식솔들에게 수신호를 몇 번 한 후 단상 위로 올라섰다.

북소리가 요란하게 울리며 주위를 환기시켰다.

"장내의 내빈 여러분! 이제 역사적인 섬서 영웅대회를 시작하겠습니다!"

마충의 낭랑하고도 힘찬 목소리가 넓은 대회장 구석구석까지 울려 퍼지는 가운데 박수와 환호성이 쏟아져 나왔다.

"대회의 주체자이신 백가보의 얼굴, 강호에서 중수재란 별호로 이름을 드높이고 계신 백처단 보주님의 인사 말씀이 계시겠습니다!"

역시 박수와 환호성이 쏟아지는 가운데, 백처단이 여유있게 단상으로 올라섰다.

"바쁘신 와중에도 무더운 날씨를 마다하지 않고 이 대회장을 빛내주신 영웅들께 감사의 인사를 먼저 올립니다."

백처단은 정중하게 허리를 굽혔다 편 후 말을 이었다.

그는 섬서성과 서안의 유서 깊은 전통, 새외무림의 침략에 대항하는 중원의 현관으로서의 섬서무림의 중요성을 강조한 후, 최근 강호의 동향에 대해 거론하기 시작했다.

새외무림의 수상쩍은 행보, 특히 포달랍궁과 몽고 혈랑대 간의 심상치 않은 움직임과 더불어 섬서뿐만 아니라 강호 전체의 가장 큰 화두인 공동파의 봉문을 언급하기에 이르렀다.

"…새외 세력의 움직임이 심상치 않다는 것은 어느 정도 감지되고 있었던 상황입니다만, 예상보다 훨씬 빠르게 이 달 초, 공동파에 대한 대대적인 공세가 시작되었습니다. 일단 표면적인 침공 세력은 몽고의 혈랑대, 그들의 명분은 팔 년 전 공동파와 화산파 연합에 전체 세력의 팔 할을 잃고 몽고 고원으로 쫓겨났던 것을 보복하려 한다는 것이었습니다. 여러분도 잘 아시다시피 혈랑대는 혈랑도법이라는 뛰어난 도법을 보유하고 있기도 합니다만 기마를 이용한 평야 전투에서 가장 큰 강점을 지닌 세력입니다. 그런 그들이 말도 타지 않은 채 적진인 공동산으로 쳐들어가 백룡방의 고수들까지 합세한 공동파를 불과 하룻밤 만에 봉문시켰습니다. 이것이 무엇을 의미하는 것이냐, 물론 봉문을 선언한 공동파에서는 어떤 것도 알아낼 수 없었습니다만 제가 가진 소식통에 의하면 공동산에 올라왔던 혈랑대에는 도법뿐 아니라 전혀 다른 종류로 보이는 장법, 검법 고수들이 다수 포진되어 있었다고 합니다."

백처단은 잠시 말을 멈추고 주위를 둘러보았다. 군웅은 여기저기서 웅성대기 시작했다.

그들도 혈랑대에 의해 공동파가 봉문되었다는 얘기까지는 들었으나 다른 세력이 끼어들었다는 얘기는 금시초문이었다.

"백 보주의 얘기대로라면 포달랍궁, 혹은 다른 세력이 혈랑대를 돕고 있단 말씀이오?"

우측 상석에서 큰 칼을 등에 차고 있는 장한이 벌떡 일어나 외쳤다. 그는 한중제일도(漢中第一刀)라 불리는 단수도(斷水刀) 갈첨(葛添)이었다.

"갈 대협, 이 백 모는 이 자리에서 검증되지 않은 어떠한 추측도 함부로 단정지을 수 없소이다. 다만 확실히 말씀드릴 수 있는 것은, 혈랑대의 '복수' 의 칼날은 결코 공동파의 봉문이라는 결과에 만족하지 않을 거라는 것! 적어도 공모자였던 화산, 협력자였던 무림맹에 대한 복수라는 명분을 아직 가지고 있고, 그것을 이용한 또 다른 음모가 진행되지 않을까 노부는 우려하고 있소이다.”

그 말이 끝나기가 무섭게 단상 우측의 상석에 앉아 있던 도사 한 명이 벌떡 일어섰다. 그는 두 눈을 번득이며 백처단과 군웅을 둘러본 후 결의에 찬 목소리를 내뱉었다.

“화산의 옥허(玉虛)라 하오. 본 파는 그깟 승냥이 떼의 준동에 대하여 눈썹 하나 까딱하지 않고 있소이다. 팔 년 전의 응징에 대한 복수를 한답시고 개 떼처럼 몰려온다면 화산은 물러서지도, 피하지도 않고 언제든지 받아줄 준비가 되어 있다는 것을 이 자리의 영웅들 앞에서 명확히 밝히는 바이오.”

백처단은 난처한 표정을 지었다. 지금 일어난 옥허자는 화산의 장로 중에 한 명으로, 오늘 초대된 화산의 삼 장로 가운데 성격이 가장 괄괄한 도인이었다. 그러나 앉아 있는 나머지 두 명의 도인의 표정에 별반 변화가 없는 것으로 보아 옥허자의 말은 그의 성격에 따른 우발적 발언이라기보다는 그들의 심경을 그대로 대변하는 것일 게다.

문제는 혈랑대의 공세가 화산으로 이어질 것을 우려하는 말 한마디에 저러한 발작적인 반응은 보인다는 것인데, 그것은 그만큼 그들을 두려워하고 있다는 것을 반증해 주는 것이었다.

백처단의 시선은 그와 비슷한 표정을 짓고 있는 법현 대사에게로 향했다. 법현 대사는 살짝 고개를 끄덕였다.

“옥허 진인께서는 고정하시기 바랍니다. 노부의 언변이 부족한 관계로 행여 화산파의 심려를 끼쳐 드렸다면 정중히 사과드립니다. 이제 작금의 상황에 대한 대책을 노부보다 명료하게 말씀해 주실 분을 소개하겠습니다. 소림사의 장경각주를 역임하셨으며 현 무림맹 좌호법으로 재임 중이신 법현 상인을 이 자리에 모시겠습니다!"

"우와아아—!"

함성이 장내에 울려 퍼졌다.

대부분의 군웅이 법현 대사의 참석을 몰랐기에 그 반향이 엄청났다. 법현 대사는 난처해진 표정으로 무슨 개선장군 소개하는 식으로 자신을 소개한 백처단을 살짝 째려보며 떠들썩한 환호와 갈채를 등에 업고 단상으로 올랐다.

"오늘 섬서성의 영웅들을 이렇듯 많이 뵙게 되니 기쁘기 한량없습니다. 빈승이 이 자리에 온 이유는 무림맹의 비공식적인 입장을 여러분께 귀띔코자 하기 때문입니다."

객석의 성미 급한 누군가가 바로 토를 달았다.

"비공식적이라니, 그럼 무림맹에서는 새외의 준동에 대한 공식적인 대비책을 세우지 않고 있단 말씀이오?"

법현 대사는 여전히 예의 그 미소를 입가에 띤 채 대꾸했다.

"꼭 그렇다고 할 수는 없습니다. 항상 강호의 모든 동향에 대한 빠짐없는 정보 수집과 대응책을 마련해야 하는 것이 본 맹의 업무이니까요. 다만 부끄러운 말씀을 드리자면 맹의 현재 상황이 이 사건에 직접적으로 나설 수 있는 여건이 안 된다고 해야 할 것입니다. 잘 아시다시피 산서혈사와 절강에서의 왜적 난입에 맹의 정예가 투입된 시점입니다. 산서와 절강, 그리고 공동산은 지리적으로 제각기 수천 리 이상 떨어진 지역입니다. 이 이상 맹의 힘이 여러 군데로 분산이 된다면 세 가지 사건 중에 하나도 처리하지 못할 우려가 있기에, 빈승이 오늘 특별히 섬서의 영웅들께 이렇게 협조를 구하려 하는 것입니다."

군웅이 웅성거리는 가운데 단수도 갈첨이 다시 목소리를 높였다.

“법현 상인의 말씀은 다소 이해가 가질 않소이다. 모름지기 사건의 경중이라는 것을 따져야 한다면 당연히 구파일방의 하나였던 공동파의 봉문이 가장 크다고 할 수 있지 않겠소? 산서혈사야 무림에서 몇십 년에 한 번씩은 일어나는 기보 쟁탈전이고, 절강에서의 왜적 난입이야 관에서 우선적으로 해결해야 할 사항이 아니오? 그렇게 따져 본다면 무림맹에서 최우선적으로 힘을 기울여야 할 곳은 당연히 이쪽 일이 아니겠소?”

여기저기서 옳다고 맞장구치는 말소리가 들려왔다.

이곳에 모인 섬서무림인들은 누구나가 마음속에 한 가닥 두려움을 간직하고 있었다.

공동파는 섬서성뿐 아니라 중원 어느 문파와 비교해도 결코 부족하지 않은 강한 힘을 가진 대문파였다. 그런 문파가 단 하룻밤 만에 쑥대밭이 되었다는 것은 적의 힘이 상상 외라는 것을 말해 주는 증표였다.

새외에서 중원으로 침입하는 길은 험준한 사천의 산세를 겪기보다는 감숙 방면으로 들어와 길이 잘 닦여진 섬서성, 특히 서안을 통해 가는 것이 수월하기 때문에 항상 가장 먼저 피해를 입어야 하고 가장 먼저 싸워야 한다.

백 년 전 마교의 대대적 발호 때도 가장 큰 피해를 입었던 지역이 바로 섬서성이었기에, 아직까지도 그 피해 의식이 다 가시지 않고 있는 형편이었다. 그러기에 지금의 심상치 않은 기류에 대한 무림맹의 적극적 예방책을 이곳 무림인들은 간절히 바라고 있는 것이다.

법현 대사의 미소가 점점 희미해져 갔다.

실상 현 무림맹의 힘은 마교와 격돌하던 백 년 전과는 비교할 수 없을만치 미약해진 상태이다. 당시에는 중원의 모든 문파가 거대한 적을 무찌르기 위하여 똘똘 뭉쳤지만 이제는 제 밥그릇 챙기기에 급급하여 무림맹에는 통 관심이 없는 상태였다.

특히 각 지역의 패주인 칠패는 거의 모든 방면에서 무림맹에 비협조적이었고, 강호정의를 수호하려는 명분만을 가지고 맹을 운영하기는 점점 힘들어지고 있는 작금의 상황이었다.

법현의 이번 행차도 섬서무림의 협조를 끌어내어 맹의 운용을 좀 더 원활하게 하고 싶은 목적이었지만 이들 역시 여전히 맹에서 자신들에게 뭔가 해주기를 바랄 뿐이었다.

법현 대사는 목소리를 가다듬었다.

"산서혈사는 말씀하셨다시피 식상할 만도 한 기보 쟁탈전입니다. 그러나 그 폐해는 결코 식상할 만한 수준은 아닙니다. 벌써 이백여 명의 무인이 죽어 나간 상황이고, 오대산 부근에서 시작된 천신도(天神刀)에 대한 쟁탈전은 태원을 거쳐 계속 남하하고 있는 실정입니다. 그런데 분명한 것은 암중에서 천신도를 노리는 세력이 있다는 것입니다. 그들은 헛소문을 퍼뜨려 군웅의 눈과 귀를 어지럽혀 혈사를 산서 전역으로 확대시키고 있습니다. 산서에서는 배신과 살인이 난무하고 있으며 오늘 태원에 나타났다는 천신도가 다음날은 황하 근처의 영제에 출몰한다는 말이 도는 상황인지라 곳곳에서 엉뚱한 오해로 인한 칼부림이 벌어지고 있습니다. 그 피해 지역이 점점 넓어져 산서 전체로 퍼져 가고 있기에 무림맹 무사들의 투입을 계속 늘려야 하는 형편이고, 민간인의 피해에 대한 우려 때문에 결코 거기서 손을 뗄 수는 없습니다. 절강의 왜적 난입에 대해서는 사안이 그리 간단하지가 않고, 그들이 단순한 왜적이 아닌 게 확실하다는 말씀밖에는 드릴 수가 없습니다. 더구나 두 사안이 모두 관에서 협력을 부탁해서 움직이는 상황입니다. 행여 저희가 섣불리 발을 빼서 무림과 관과의 관계가 나빠지는 것을 여러분도 원하시지는 않겠지요?"

그 말에는 단수도 갈첨도 별다른 반박을 할 수 없었다.

무림맹은 중원무림을 대표하는 단체이다. 관과 무림맹의 관계가 껄끄러워진다는 것은 곧 관에서 무림에 대해 불편한 태도를 취할 수도 있다는 것을 의미한다.

무림인은 고래로 항상 관의 묵인 하에 강호의 활동을 할 수 있었기에, 관과의 사이가 틀어진다는 것은 모든 무림인이 결코 바라지 않는 일이었다.

법현 대사가 말을 이었다.

"공동파의 봉문에 대해서는 저희도 큰 충격을 받았습니다. 그렇기에 앞의 두 사건을 최대한 빨리 마무리한 후, 맹의 전력을 이쪽에 기울일 생각입니다. 빈승도 이 대회가 끝나는 대로 산서로 달려갈 예정입니다. 그때까지만 여러 영웅께서 중원무림의 현관인 이 섬서성을 지켜주십시오. 빈승도 최대한 노력하겠습니다."

장내는 법현 대사의 진심 어린 말에 어느 정도 수긍하는 분위기로 흘러갔다. 그때를 놓치지 않고 백처단이 나섰다.

"자자, 여러분! 무림맹의 입장은 충분히 이해하셨으리라 믿습니다. 다만 우리가 지금 깨달아야 할 것은 따로 있습니다. 무림맹의 사정이 어떠하든 간에 이곳 섬서성을 지켜야 하는 것은 우리, 바로 섬서무림인들입니다. 옛말에 이르기를 군자는 스스로에게서 구하고, 소인은 타인에게서 구한다고 하지 않았습니까? 외부의 협력을 바라기 전에 우리 스스로가 이곳, 우리의 터전을 지켜야 합니다."

그는 좌중을 둘러보며 목소리를 높였다.

"저희 백가보에서 오늘 이렇게 영웅대회를 개최한 가장 큰 이유가 바로 이것입니다. 여러분, 우리는 누구를 영웅이라 부릅니까? 산을 쪼개고 강을 가르는 무공의 소유자가 영웅입니까? 권력의 꼭대기에서 오만하게 만인을 내려다보는 권세가들이 영웅입니까? 산중에 독야청청하며 홀로 도를 깨달아 우화등선할지언정 세상에는 하등에 도움이 되지 않는 신선 놀음하는 자들을 영웅이라 부릅니까?"

백처단의 목소리는 점점 또렷해지고 높아졌다.

"이 백 모는 여러분께서도 잘 아시다시피 상계와 무림을 넘나든 사람입니다. 전혀 다른 종류의 세계입니다만 어느 곳에서고 사람을 사귀는 데 있어서 가장 중요시한 것이 있습니다. 그것은 그 사람이 신의있는 사람인가, 스스로의 말과 행동에 책임을 질 줄 아는 사람인가를 가장 우선했고, 그러한 사람들만을 사귀어온 것이 바로 성공의 비결이었습니다. 이 백 모는 감히 제가 사귀어왔던 사람들을 영웅이라 부릅니다. 저와 교제하고 있는 이곳의 여러분을 영웅이라 부릅니다. 혈랑대를 필두로 한 새외 세력은 명문대파였던 공동파를 하룻밤 만에 쑥대밭을 만들 정도의 엄청난 힘을 가지고 있습니다. 그러나 여러분은 그것을 두려워하지 않고 맞서기 위하여 이곳에 모였습니다. 그 이유는 스스로의 터전을 지키려는 책임감이 있기 때문입니다. 외부의 적이 제아무리 강하다 해도 그것을 회피하지 않고 스스로의 책임을 다하려는 사람, 바로 그 사람을 저는 영웅이라 부릅니다."

그는 장내의 모든 사람과 눈을 맞추며 확신에 찬 목소리로 강변했다.

"우리 섬서무림은 혈랑대든 포달랍궁이든 새외의 그 어떤 강대한 세력이 쳐들어온다 해도 결코 물러서지 않을 것입니다. 그 이유는 스스로의 자리를 지키는, 이곳에 모인 우리의 영웅들이 있기 때문입니다!"

"와아아아—!"

백처단의 연설에 동화된 군웅이 장내가 떠나갈 듯한 갈채와 함성을 질렀다.

"자, 여러분! 이 자리에 모인 모든 영웅을 위하여 축배를 듭시다!"

"백가보주 천세!"

"영웅 만세!"

"섬서무림 만세!"

백처단의 선창에 따라 장내에 모인 모든 사람이 축배를 들며 고래고래 고함을 질렀다.

함학이 신기하다는 투로 말을 꺼냈다.

"백가보주의 화술이 뛰어나다는 얘기는 들었지만 이 정도일 줄은 몰랐군. 군중 심리의 조종에 있어서는 명불허전이라 할 수 있겠는데?"

최운이 대답했다.

"훌륭한 연설이긴 한데, 이토록 열광적인 반응은 조금 의외로군요."

함학은 주위를 둘러본 후 차분한 목소리로 말했다.

"자네, 사람들이 가장 두려워하는 것이 뭐라 생각하나?"

"글쎄요, 목숨을 위협하는 강한 적?"

"강한 적보다 더욱 사람을 옥죄는 것은 바로 공포심이라네. 특히 낯설은 것, 미지의 것에 대한 두려움은 사람을 나약하고 예민한 상태로 만들기 십상이지. 지금의 이 열광은 백가보주의 말에 감동해서라기보다는 각자의 내부에 있던 두려움을 동류 집단에 의지하여 표출하고 있는 것일 뿐일세."

함학은 술잔을 들어 슬쩍 목을 축인 후 말을 이었다.

"아마 백 년 전의 마교가 다시 부활해서 온다 해도 이 정도는 아닐 걸세. 왜냐하면 마교는 이미 한 번 접해보았으니까. 혈랑대가 허울 좋은 껍데기라는 것을 모르는 바보는 이 안에 존재치 않네. 이삼 년 전부터 새외의 움직임이 심상치 않다는 소문이 돌았지. 그것이 가장 먼저 퍼진 곳도 물론 이곳 섬서이고. 새외무림, 신비의 무공, 전설처럼 들려오던 포달랍궁, 이러한 미지의 것들이 차츰차츰 다가오며 마침내 그 실체를 처음 드러내자 거대 문파이자 든든한 방패막이였던 공동파가 모래성처럼 어처구니없이 붕괴되어 버렸지. 공동의 파멸은 단순히 서장이나 몽고에서 오는 물리적 통로가 뚫린 것에 그치는 것이 아니라 섬서무림의 정신적 방어벽이 붕괴된 거나 마찬가지일세. 이제 이들은 또 다른 정신적인 버팀목을 찾아야 하는 입장이고. 그 기대에 걸맞는 새로운 강자가 오늘 극적으로 탄생하게 되는군. 이러한 극적인 상황을 연출하는 그 재기발랄함에는 경탄을 금치 못하겠네. 다만……."

함학이 갑자기 말을 끊자 최운은 의아한 표정으로 뒷말을 기다렸다. 그 옆 자리의 맹정우는 마침내 안주를 바닥내고 본요리를 기다리며 술로 배를 채우고 있었다.

함학은 술잔을 들어 한 모금 마신 후 다시 말을 이었다.

"다만 내가 바라는 것은, 저자가 군웅의 기대를 정말로 충족시켜줬으면 한다는 것이지."

"그 말씀은……."

"그래, 그것이 무림맹의 목적에도 부합이 되는 것일세. 백가보든 화산파든 누가 섬서성의 패자가 되든 간에 새외의 준동만 제대로 막아낼 수 있다면 더 바랄 것이 없네. 다만 집안에서 밥그릇 싸움에 너무 열중하다가 월담하는 도적을 보지 못할까 걱정이 될 따름이지. 솔직히 말해 성세가 크게 떨어진 화산이나 무공보다는 돈으로 커버린 백가보나 미덥지 못하긴 매한가지일세. 나는 저자가 영웅이길 바라지는 않네. 다만 준걸이었으면 좋겠군. 시세를 제대로 아는 자가 준걸이라 하지 않나? 상황 판단을 못하고 단지 야망에 불타 저 자리에 오르려는 자가 아니길 간절히 바라 마지않네."

잠시 후 법현 대사가 자리로 돌아왔고, 백처단도 마충에게 사회를 넘겨 다음 순서를 진행시키려 했으나 군웅의 열광적인 반응에 붙들려 내려오지 못하고 있었다.

무림맹의 산서와 절강에서의 행사가 끝나기 전까지 새외의 준동에 대비하여 임시로 섬서무림 연합을 만들자는 제안이 나왔고, 오직 화산의 인물들만이 마뜩치 않은 표정을 짓는 가운데 그들을 제외한 모든 군웅의 열렬한 호응으로 즉석에서 연합이 탄생될 목전에 이르렀다.

일사천리로 일이 진행되어 연합의 대표로 백처단이 지목되자 백처단은 손사래를 치며 법현 대사에게 자문을 구했다.

"대사께서 지금 연합을 구축하는 것이 바람직한지, 대표로 누구를 뽑았으면 좋겠는지 조언을 해주시기 바랍니다."

뻔한 답변을 요구하는 백처단을 향하여 억지로 미소를 지으며 다시 자리에서 일어난 법현 대사가 목소리를 가다듬었다.

"물론 한시적인 연합 결성에는 대찬성입니다. 지금이 비상시국이라는 것은 모두가 인지하고 있는 사항이니, 힘을 모아 단결한다는 것처럼 바람직한 일은 없겠지요. 대표는 빈승이 감히 조언할 것이 없이 여러분께서 가장 원하시는 분을 직접 추대하여 뽑으시면 될 것입니다. 다만 이왕 연합을 체결하려면 상황이 상황이니만치 정파적 이해관계를

초월하여 빠른 시간 내에 조직을 구성하는 것이 바람직하다고 생각합
니다. 혈랑대의 공격이 언제 다다를지 모르는 상황이니 빠르면 빠를수
록 좋습니다."

"이미 늦었소이다."

갑자기 맨 뒤쪽에서 목소리가 들려왔다. 그리 크지 않은 음성이었지
만 맨 앞쪽의 상석까지 또렷하게 들려왔다.

'고수로군!'

낌새가 이상함을 감지한 백처단이 재빨리 물었다.

"어느 형제이신지 먼저 이름을 밝혀주시겠소? 고견을 경청하겠소이
다."

뒤쪽의 탁자에서 여러 명이 일어서는 것이 보였다. 그리고 그중에
한 사내가 뚜벅뚜벅 중앙으로 걸어나왔다.

나이를 짐작할 수 없는 날카로운 얼굴에는 칼자국이 미간부터 왼쪽
입술 끝까지 나 있어서 음산한 느낌을 주기 충분했다.

"장성 쪽에서 온 섭평이라 하외다."

"섭 형제께서는 뭐가 늦었다는 말씀이신지?"

자신을 섭평이라 소개한 자는 어이가 없다는 듯 헛웃음 소리를 내었
다.

"늦어도 한참 늦었소. 허허, 내 이름이 꽤나 유명한 줄 알았는데, 다
들 잘 모르시나? 이해를 돕기 위해 이곳까지 온 여정을 상세히 말씀드
리자면, 장성 너머에서 출발했고 공동산을 거쳐 이 자리까지 오게 되었
소이다."

법현 대사의 머리 속에서는 다소 낯익은 사내의 얼굴과 이름이 맴돌
고 있었다. 그러다가 장성 너머와 공동산이란 단어가 들리자 그제야

모든 낱말이 조화를 이뤘다.

"귀환도(鬼煥刀) 섭평!"

"오호, 이제야 알아보시는군. 팔 년 전에 선사해 주신 달마삼검의 흔적을 얼굴에 이렇듯 잘 간직하고 있는데. 섭섭하외다, 법현 대사."

백처단은 경악을 금치 못한 목소리로 외쳤다.

"그… 그럼 네놈이 혈랑대의 부대주란 말이냐?"

섭평은 잔인한 미소를 입가에 건 채 뚜벅뚜벅 앞으로 걸어왔다. 귀환도 섭평은 절정고수라 칭해질 만한 무인이었지만 이미 한껏 군중심리가 부풀어 오른 군웅은 대단히 용감했다.

"건방진 놈!"

"여기가 어디라고 감히!"

섭평의 주변에 있던 무림인들이 벼락같이 달려들었다.

파광!

"우욱!"

섭평에게 달려들었던 무림인들은 섭평이 가볍게 휘두른 일 수에 피보라를 뿜어내며 모두 퉁겨 나갔다. 압도적인 신위였다.

경계 태세에 있던 백가보의 내당 무사들까지 달려들었지만 뒤이어 따라온 섭평의 일행 십여 명에게 모두 일 수에 제압이 되었다.

그 압도적인 광경에 경악을 금치 못한 무림인들은 그제야 뭔가 이상하다는 낌새를 알아차렸다. 전혀 내공이 느껴지질 않는 것이었다.

"산공독이로군."

함학이 허탈한 목소리로 뇌까렸다.

산공독은 인체에는 아무 해가 없는 대신 몸 안의 공력을 전혀 운용할 수 없게 만드는 무색무취의 기독(奇毒)이었다. 최운도 한껏 용을 써봤지만 단전 가득히 충만하던 진기는 단 한 점도 느껴지지 않고 있었다. 대관절 언제 이런 상황으로 돌변했단 말인가?

"네… 네놈들, 대체 무슨 수작을 한 게냐?"

노화에 찬 함성을 부르짖는 백처단의 살찐 얼굴은 당혹감과 분노로 뒤범벅이 된 채 푸들푸들 떨리고 있었다.

단상 바로 앞까지 걸어온 섭평은 잔인한 미소를 더욱 짙게 만들며 입을 열었다.

"산공독에 중독된 거야 설명 안 해도 다들 몸으로 느끼고 있을 게요. 대관절 언제 이놈의 독이 몸에 들어간 건지 궁금하시겠지?"

섭평은 군웅 쪽으로 몸을 핑그르르 돌렸다.

"오늘 참 무더운 날이로군. 행여 비라도 오면 어쩌나 걱정을 했더랬소. 그랬다면 후아주의 섭취가 이토록 과다하지는 않았을 테니."

"후아주라니, 그건 산에서 곧바로 가져와 지하 창고에 보관할 때까지 하독할 기회가 전혀 없었을 텐데."

마충의 허탈한 목소리가 들려왔다.

"아, 마 총관. 그대에게도 몹시 감사하고 있소. 우리 수하 중에 한 명이 이쪽으로 첩보를 나섰다가 태령산맥을 지나쳐 온 것이 정말 행운이었지. 그러던 중 원숭이 계곡을 발견한 것은 더욱 큰 행운이었고, 또 거기서 대량의 후아주를 발견하고서 비상한 계획이 떠오른 것은 정말 천운이었소. 그 덕택에 중원 공략의 시발점이었던 섬서무림을 이렇게 공으로 먹을 수 있게 되었으니 말이오. 그 다음 과정은 충분히 짐작하실 수 있을 거요. 간자 한 명을 백가보 주방에 심어놓고, 마 총관 일행이 태령산맥 쪽에 요리 재료를 구하러 갈 때 따라가 원숭이 계곡으로 우연을 가장한 안내를 하게 만들었지. 그곳의 바위와 나무 구멍에 모여 있던 후아주에는 이미 산공독의 일부 성분이 풀어진 상태였고. 물론 그 성분만으로는 산공독이 작용되지 않소.”

그는 말을 하다 말고 갑자기 숨을 크게 들이켰다.

“창포 향이 참 향기롭지 않소이까? 농지에 거름 주는 시기이니 방향제를 안 쓸 수야 없었겠지. 우리 간자가 창포 향에 독의 나머지 성분을 잘 버무려 놓은 덕택에 산공독의 모든 성분이 여러분의 뱃속에서 절묘하게 조화가 되었을 것이오. 또한 다행히도 후아주가 워낙 양이 많았기에 우리의 영웅 백가보주께서 군웅을 접대함에 있어서 전혀 소홀함이 없게 되었소이다. 게다가 간자의 제안을 수렴하여 주정의 기운을 낮춘 술까지 만들어 화산파의 도장들과 법현 대사, 심지어 경비를 서던 내, 외당 무사들까지 먹여놨으니 이 섭 모는 오로지 백 보주의 협력에 감사할 따름이외다.”

백처단과 마충의 얼굴은 참혹할 정도로 일그러졌다.

섭평의 말대로 무더운 날씨에 서늘하게 보관된 후아주를 마다하는 이는 천 명이 넘는 군웅 중에서 단 한 명도 없었을 것이다. 게다가 워낙 무더운 날씨이고 술의 보유량이 넉넉했던 관계로 주정을 낮춘 술을 사기 진작 차원에서 내, 외당 무사들에게도 공급했던 것이 치명적인 결과를 부른 것이다.

섭평의 부하 대여섯 명이 건물의 출구 요소요소를 막아서니 천여 명의 군웅은 달아나지도 못한 채 꼼짝도 할 수 없었다.

그야말로 양 떼 속의 이리였다.

부하 네 명은 화산파들이 있는 탁자로 다가섰다.

화산파의 인물들은 반항조차 포기한 채 멱살을 잡혀 섭평 앞으로 끌려 나와 내동댕이쳐졌다.

“이 이상 모욕하지 말고 빨리 죽여라. 우리를 죽인다 해도 화산은 결코 꺾이지 않는다. 네놈들은 결국 화산의 검 앞에 목을 내놓아야 할 것이다.”

옥허자가 이를 악다문 채 말을 내뱉었다.

“허허, 벌써 죽을 각오를 다 하신 게로군. 사실 본좌도 일이 이 정도로 수월하게 풀리리라고는 예상 못했기에 마음의 준비가 되어 있질 않소이다. 공동파 쪽은 꽤 힘들었는데 말이오. 명색이 팔 년 만의 복수인데 뭔가 강렬한 감정의 격류 같은 것이 양념처럼 적당히 섞여야 하지 않겠소? 아, 그것을 만들어줄 분이 저쪽에 계시는구면. 저 양반은 도장처럼 열반에 들 준비를 아직 안 하고 있는 모양인데?”

섭평은 말을 마치고 법현 대사가 앉아 있는 탁자로 걸어왔다.

법현 대사는 말 한마디도 하지 않은 채 담담한 표정으로 탁자에 앉아 있었다.

법현 대사의 맞은편에는 함학과 최운이 분노에 이글거리는 눈으로 다가오는 섭평을 노려보고 있었고, 대사의 옆에는 맹정우가 의혹에 서린 표정으로 앉아 있었다.

맹정우는 고개를 갸웃거렸다.

‘도대체 이해가 가지 않는군. 산공독이 얼마나 대단한 독이길래 이토록 많은 사람이 모여서 열몇 명밖에 안 되는 이들에게 꼼짝도 못하는 거지? 난 아무렇지도 않은데? 그냥 개 떼처럼 덤벼들면 설마 저놈들 몇 명 못 무찌를라고.’

공력이라고는 약으로 쓰려고 해도 한 점 찾을 수가 없는 일반인인 맹정우 입장에서는 자신의 전부라고 할 수 있는 내공이 몽땅 소실된 무림인들의 무기력한 행태를 전혀 이해할 수가 없었다.

맹정우 옆 자리의 법현 대사는 소리없는 사투를 몸 안에서 벌이고 있었다. 귀환도 섭평의 위풍당당한 입장에서부터 뭔가 이상한 기운을 감지한 법현 대사는 즉시 운기를 해보았고, 산공독에 중독되었다는 것을 깨달았다.

법현 대사는 소림 칠십이 종 절예 중에 이원일기공(二元一氣功)을 익히고 있었다. 이것은 중단전과 하단전을 동시에 수련하여 종래에는 하나로 일통할 수 있는 고명한 내공심법이었는데, 소림사 내에서도 현재 이것을 익히고 있는 것은 단 두 사람뿐이었다.

다행스럽게도 법현 대사는 물을 타서 농도를 떨어뜨린 후아주를 마셨고, 그것도 그리 많이 마시지 않았기에 약간의 공력이 운기되고 있었다.

산공독은 하단전부터 무력화시키며 위로 올라오고 있었기에, 섭평 무리가 눈치 채지 못하게 탁자 아래로 살며시 손을 내려 기해혈과 명문혈을 점혈하여 상하단전의 교류를 차단시켰다.

법현 대사의 이마에는 식은땀이 맺히고 있었다.

이원일기공은 중단전 따로, 하단전 따로 운용할 수 있는 기공이 아니라 두 단전의 교류를 이용하여 공력을 증대시키는 무공이다. 일단 하단전이 봉쇄된 상황에서 중단전만 가지고는 이원일기공을 쓸 수 없다. 아예 중단전이 봉쇄되었다면 일반 무림인들과 같이 하단전만 가지고 발휘할 수 있는 무공은 많이 있었지만 순전히 이원일기공을 위해 중단전을 수련한 만큼 중단전만을 이용해서 다른 무공을 쓸 수는 없었다.

저쪽에서는 화산 문인들을 다그치던 섭평이 이쪽으로 고개를 돌리고 뭐라 말하고 있었다. 그러다 법현 대사와 눈이 마주치자 이쪽으로 걸어오기 시작했다.

법현 대사는 걸어오는 섭평의 얼굴, 그중에서도 자신의 흔적이 아로 새겨진 칼자국을 똑바로 보았다.

'저 얼굴⋯ 저 얼굴의 내면에는 나에 대한 원한과 분노가 가득 차 있겠지. 아미타불⋯ 얼굴, 내면, 내면? 그래, 상단전!'

법현 대사의 눈빛이 번득였다.

인체의 단전은 머리 속에 하나 더 있었다.

상단전을 이용할 수 있다면 중단전을 하단전 삼고, 상단전을 중단전으로 삼아 이원일기공을 시전할 수 있었다.

상단전은 뇌가 위치하고 있기에 지극히 수련하기가 어렵고, 대단히 조심스러운 장소이다. 약간만 주화입마의 기운이 돌아도 뇌에 지장을 초래하여 반병신이 되기가 십상이기에 현 무림에서 상단전을 수련하는 문파나 무공은 전무한 실정이다.

법현 대사 역시 상단전은 기의 흐름이 지나가는 통로로밖에 쓴 적이 없기에 대단히 위험한 시도였으나 이원일기공을 쓸 수 있는 방법은 그것뿐이었다.

섭평은 어느덧 탁자 앞으로 다가왔다.

"이것 참, 법현 상인, 그래도 팔 년 만에 재회인데 본 척도 안 할 셈이오? 왜 그렇게 아무 말도 안 하시오? 설마 색계라도 어겨서 침묵 수행이라도 하고 있는 거요?"

법현 대사는 여전히 자리에 가만히 앉은 채 묵묵부답이었다. 그것을 잠시 웃는 얼굴로 바라보던 섭평이 벌컥 화를 내며 대사의 멱살을 틀어쥐었다.

"이 땡중 새끼, 대체 무슨 꿍꿍이냐? 팔 년간 이 상처가 쑤셔올 때마다 네놈을 떠올리지 않은 적이 없다."

"놈!"

그 순간, 가만히 앉아 있던 함학과 최운이 벼락같이 자리를 박차고 나섰다.

함학은 장도를 빼내 횡소천군으로 섭평의 등을 향하여 횡으로 베어 들어갔고, 최운은 검을 빼 들고 탁자 위로 뛰어올라 섭평의 머리를 향해 선인지로의 초식을 수직으로 내리찍었다. 둘 다 공력이 운기되지 않는 상황인지라 가장 간단하고 빠른 초식들을 시전한 것이다.

"저럴 수가!"

잠시 기대감에 부풀었던 장내는 허탈한 탄식만이 울려 퍼졌다.

섭평은 눈썹 하나 까딱하지 않은 채 멱살을 잡았던 두 손을 풀고 몸을 돌려 날아오는 무림맹 최정에 고수 두 명의 칼을 양손의 엄지와 검지만을 이용해 하나씩 잡아챘다. 두 고수의 칼은 섭평의 손 거죽조차도 흠집을 내지 못한 채 두 손가락 사이에 끼워져 있었다.

"이… 이, 이……."

최운과 함학의 얼굴은 흙빛으로 변했다.

두 사람이 아무리 용을 써도 자신들의 칼은 섭평의 두 손가락 사이에서 빠져나올 생각을 하지 않고 있었다. 그렇다고 무인이 자신의 칼을 먼저 놓을 수는 없는 노릇이니, 두 사람은 그렇게 공격하다 멈춘 꼴사나운 자세로 섭평을 노려보고 있을 수밖에 없었다.

섭평 같은 고수에게 있어서 내공이 깃들여 있지 않은 칼은 저잣거리 어린애들이 휘둘러 대는 칼에 다름 아니었던 것이다.

"십 년이면 강산도 변한다 하는데 무림맹 무사들의 칼이 무뎌지는 데에는 팔 년이면 족하군 그래. 대사와 면담 중이니 방해하지 말게나."

섭평은 말을 끝내자마자 양손을 확 돌려 챘다. 그러자 두 사람의 칼이 동시에 두 동강이 나면서 함학과 최운은 피를 토하며 쓰러졌다.

"우욱!"

섭평이 칼을 부러뜨리면서 순간적으로 내력을 주입시켰던 것이다. 그다지 강한 충격을 준 것도 아니었지만 내공 한 점 끌어올리기 어려운 둘에게는 감당하기가 어려운 공격이었다.

섭평은 쓰러진 두 사람을 싸늘한 눈초리로 응시하다가 다시 법현 대사에게 고개를 돌렸다. 법현 대사는 여전히 무표정하게 자리에 앉아서 그 광경을 지켜보고 있을 뿐이었다.

그러나 법현 대사의 눈만은 안타까운 빛으로 가득했다.

법현 대사는 최대한 신속하게 중단전의 내공을 상단전으로 옮기는 중이었다.

거의 절반 정도의 내공을 간신히 이동시킨 후 진기를 유통시키기 시작했다. 십이 주천만 시킬 수 있다면 그럭저럭 신공의 힘이 나올 수 있을 듯했다.

한시가 급한 상황이었지만 완성되지 않은 상황에서 섣불리 기력을 일으켰다가는 절정고수인 섭평을 당해낼 수가 없었다. 간신히 십일 주천을 돌았을 무렵, 함학과 최운이 쓰러지고 섭평의 시선이 다시 법현 대사에게로 향했다.

"호오, 끝까지 입을 안 열겠다, 이건가? 그럼 어디 명부(冥府)에 다가가서도 침묵의 수행을 지키는지 한 번 보자!"

말이 끝나기가 무섭게 섭평은 법현 대사의 목을 움켜쥐고 끌어올렸다. 법현 대사의 몸이 그대로 따라 올라왔다. 섭평은 목을 움켜잡은 손에 힘을 주며 원독에 찬 음성을 내뱉었다.

“우선 네놈과 이 화산 말코들, 그리고 여기 떨거지들을 육시를 낸 후, 다음은 화산과 무림맹이다. 섬서와 개봉이 피바다로 변할 것이니 저승에서라도 한 많은 영혼들이 성불하길 열심히 빌거라. 크크크 크······.”

“으··· 으으으으······.”

섭평의 손에 힘이 가일층 가해지면서 법현 대사의 앙다문 입에서 신음 소리가 흘러나오기 시작했다. 눈은 고통을 참지 못해 잔뜩 찌푸려지고 얼굴은 점점 새파래지고 있었다. 그럼에도 불구하고 입은 여전히 자물쇠가 달린 듯 열려지지 않았다.

법현 대사는 너무도 통탄스러웠다. 목을 움켜잡은 터라 올라가던 진기가 상단전 바로 앞에서 막혀 버린 것이다.

‘일··· 일 주천만 돌리면 되는데··· 아아, 하늘은 섬서무림을 버리시는 겐가!’

섭평은 얼굴 상처를 씰룩거렸다. 수하들의 태반을 잃고 얼굴에 칼을 맞은 채 비참한 꼴로 도망쳤던 팔 년 전부터 지금껏 단 한시도 잊지 않았던 그 원흉이 바로 이 순간 자신에게 목을 맡긴 채로 고통에 일그러진 얼굴을 내보이고 있었다. 인고의 세월 동안 감내하던 원한을 막 갚으려 하는 그의 얼굴에는 광기 어린 희열의 빛이 가득해졌다.

그의 머리 속은 오직 법현 대사에 대한 살의(殺意)로 충만해졌고, 그의 목뼈를 부러뜨릴 요량으로 양팔에는 공력이 배가되었다. 그 순간!

서걱!

섭평의 팔 아래 탁자 귀퉁이에서 한줄기 빛무리가 뿜어져 나오며 올라와 잔뜩 힘을 주고 있던 섭평의 양팔을 지나쳤다.

섭평의 눈이 살짝 찌푸려졌다. 그러다가 천천히 팔꿈치에서부터 분

리되는 자신의 두 팔을 보게 되었고, 가늘어졌던 두 눈은 튀어 나올 듯
이 확대되었다.

"으… 으아악!"

귀청이 찢어질 듯한 비명성과 함께 섭평의 팔이 잘려 나간 팔꿈치에
서는 폭포수처럼 피보라가 뿜어져 나왔다. 그 순간, 법현 대사의 목에
매달려 있던 잘려진 섭평의 양팔이 뚝 떨어져 나갔고, 대사의 목어림에
서 멈춰져 있던 이원일기공의 진기는 상단전을 거쳐 다시 독맥을 타고
중단전으로 들어갔다. 십이 주천이 완성된 것이다.

신공을 갈무리하며 번쩍 뜨인 법현 대사의 눈에는 비산하는 피보라
와 쳐올렸던 검을 거둔 다음 비틀대는 섭평의 심장에 다시 정확히 꽂
아 넣는 맹정우의 모습과 바로 뒤쪽에서 악귀같이 달려드는 혈랑대 수
하들의 모습이 겹쳐졌다. 급박한 순간, 법현 대사의 두 팔이 힘차게 정
면으로 뻗어 나갔다.

항마번천장(降魔翻天掌)!

소림사 최강의 장법이 법현 대사의 쌍장에서 분출되었다. 산을 뒤엎
을 듯한 위력의 격공장력은 피를 흩뿌리며 넘어지고 있는 섭평을 스쳐
지나가며 비산하는 피를 머금고 적룡(赤龍)으로 화하여, 달려드는 혈랑
대 무리를 덮쳤다.

*　　　　*　　　　*

6월 21일(후편).

그저 배 터지게 밥을 먹고 와서 잠이나 푹 잘 요량으로 일기를 먼저 써 놓고 대회에 갔었지만 속편을 쓰지 않을 수 없는 대단한 일이 벌어졌다.

졸지에 '섬서영웅'이 되고 말았다.

사실 내가 한 일은 별거없었다. 한창 여흥이 무르익고 있던 와중에 무슨 늑대패인가 뭔가 하는 불한당 놈들 몇 명이 들이닥쳤다. 어느 잔치나 그런 놈들 한둘쯤은 꼭 있게 마련이니 주최 측에서 적당히 돈이나 줘서 쫓아보 내려나 했는데, 똥보 백가보주는 의외로 쪼잔한 인물이었던 모양이다. 어 쨌든 시비가 붙었고, 알고 보니 구원(舊怨)이 있는 놈들이었던 모양이다. 특히 도사와 중을 닦달했고, 하마터면 운이가 모시고 있던 스님이 목 졸려 죽을 뻔했다.

나머지 놈들은 시원찮았지만 불한당 패거리의 두목은 보통 센 놈이 아 니었다. 놈들은 무슨 약인가를 술과 향에 타서 그 자리에 있던 사람들의 내공을 못 쓰게 만들었다고 하는데 그렇다고 해도 날아오는 칼을 손가락 두 개로 잡는다는 것은 정말 대단한 재주였다.

물론 그런 놈을 처치한 내가 더욱 대단한 놈이다. 비록 팔성검의 공이 컸다만서두…….

놈의 손가락 재주에 나도 기가 팍 죽어 얌전히 있어야겠다 생각하던 중 에 놈이 내 옆 자리에 앉아 있던 스님의 모가지를 잡은 채 자리에서 일으 키는 게 보였다. 그 광경을 보고 있자니 아까의 출입문 통과 시험이 생각 났다. 아까처럼 아래쪽의 탁자를 소리없이 베어낸다면 잘하면 놈의 팔까지 베어낼 수 있을 듯했다.

마침 놈은 스님의 목을 조르느라 정신이 없었고, 내 쪽은 신경도 쓰지 않는 것 같았다. 그래서 나는 가볍게 칼을 뽑아 밑으로부터 올려쳐서 탁자 와 놈의 팔뚝을 한꺼번에 베어낼 수 있었다. 놈은 양팔이 짤리자 이지를 상실한 듯 비틀거렸고, 그런 놈의 심장에 칼을 꽂아 넣는 것은 어린애 팔목 비틀기보다 쉬웠다.

단지 뒤이어 달려드는 놈의 무리가 문제였는데 스님이 장풍을 쏴서 몽땅 날려 버렸다.

정말 이해가 안 갔던 것은 두목을 제외하고는 몽땅 스님이 처리했는데 모든 사람이 나에게만 정신없이 찬사를 보내는 것이었다. 운이가 모시는 스님은 정말 훌륭한 분이어서 그런 상황에 화를 내기는커녕 나를 칭찬하기에 바빴다.

쪼잔한 백가보주는 간이라도 빼줄 듯한 표정을 지은 채 나를 섬서영웅으로 공표했고, 열린다던 비무대회는 큰 사고가 벌어진 때문인지 취소되었다. 그 덕택에 오백 년 되었다는 인형설삼과 소림사의 대환단이라는 것까지 덤으로 얻게 되었다.

나는 지금 무척 고민 중이다. 이것들을 그냥 먹을 것인지, 아니면 팔 것인지.

뭐 그것은 일단 산서에 갔다 온 후 결정하기로 했다. 스님은 무척 강한데도 불구하고 나에게 산서까지 호위를 부탁했다. 운이 녀석이 허우대가 멀쩡해지긴 했지만 여전히 못미더운 모양이다. 뭐 사례도 두둑이 하겠다는 모양이고 여기 있어봐야 구병이 놈 기다리다 망부석이나 될 판이니 일단 움직이는 것도 나쁘지는 않을 듯하다.

참, 그 와중에 눈에 번쩍 띄는 당가 미인과 그녀의 숙부인 성질 더러워 보이는 땅꼬마를 만났었는데, 대회 중간에 들었던 그 이상한 목소리는 땅꼬마가 냈던 모양이다. 대회가 끝난 뒤 당가 사람들도 와서 나에게 감사의 인사를 했었는데, 땅꼬마는 여전히 인상을 바락바락 써대며 '당가는 은원을 결코 잊지 않네. 은혜를 베푼 것에 대해 감사하고 있네만 자네 실력을 확인하고픈 마음은 변하지 않았으니 당가에 꼭 한 번 들르게'라는 밥맛없는 말을 뇌까려 댔다. 그 미인은 여전히 방실거리며 '꼭 오세요, 맹 공자!' 라고 하여 나의 마음을 들뜨게 했다. 땅꼬마는 몰라도 그녀는 나중에 반드시 다시 만나야겠다.

어두워지기 전에 바로 출발해야 한다. 짐을 꾸리려 집에 온 김에 쓰는 이 일기가 당분간 마지막이 될 듯하다.

제2장

영웅은 지용(智勇)을 겸비해야 한다

영웅은 지용(智勇)을 겸비해야 한다

대회에 참석한 사람들 중에는 강호에서 독의 전문가라 칭해질 수 있는 사천당가의 식솔이 다섯 명이나 있었지만 산공독은 해독할 수 있는 독이 아니었다. 인체에는 무해하고 시일이 지나면서 차츰 약효가 사라지는지라 군자산(君子酸)이라고 불리고 있었다.

그러나 지금 출발하는 일행에게는 그다지 군자스럽지 못했다. 언제 다시 혈랑대의 습격이 가해질지 모르는 입장인지라 여전히 위험하기 짝이 없는 상황이었다.

영웅대회를 조기 폐회한 후, 법현 대사와 백처단을 비롯한 유력 인사들은 긴급 회의를 가졌다. 그들은 몇 가지 사안을 빠르게 정리했다.

우선 서안에서는 칼을 찬 무림인들은 몽땅 영웅대회에 참석했고, 모두 산공독에 중독되었다. 그러므로 역시 중독된 법현 대사 일행이나 화산파의 문인들이 여기 남아서 약효가 떨어지기를 기다리는 것은 위험천만한 판단이다.

혈랑대가 복수의 명분을 내세우고 있는 한 그들의 최우선 목표가 무림맹의 법현 대사 일행과 화산파 도인들이었기에 혈랑대 본진에서 이 상황을 알아차리기 전에 빨리 이들만 빠져나가면 혈랑대가 서안을 칠 우려는 그다지 없을 듯했다.

법현 대사를 제외한 나머지 일행은 무기력한 일반인과 마찬가지의 상태였고, 당후의 소견으로는 산공독의 효력은 한 이틀 정도 지속되리라고 예상되었다.

결국 법현 대사 일행과 화산파의 삼 장로와 세 명의 제자에다가 보표로 일검탈명 맹정우가 합세한 전체 일행이 화산파로 향하기로 결정했다. 최단시간 내로 화산파에 도착하여 산공독이 해독될 때까지 버틴 후, 법현 일행은 산서로 빠져나간다는 복안이었다.

"화산까지는 약 이백팔십 리 길입니다. 마차를 이용하여 빨리 간다면 하루 밤낮이면 충분할 것입니다."

"말은 위험 부담이 너무 큽니다."

옥허자의 말에 함학이 이의를 제기했다.

"우선 벌써 해시가 지났으니 곧 이경(二更)을 알리는 북소리가 들릴 거요. 그러면 성문이 닫힐 텐데 마필을 이용한다면 대로로 가야 하니 오늘 내로는 서안 밖으로 나갈 수도 없소. 또한 나가서 어찌어찌 말과 마차를 구해 대로에서 몰고 간다 해도 기마전이 특기인 놈들이 따라잡기라도 하는 날에는 무공을 쓸 수 있는 사람이 거의 없는 입장에서 대처할 방도가 전혀 없소이다."

백처단이 끼어들었다.

"성문 통행이야 노부가 어찌해 볼 수 있겠소만, 함 당주 말대로 마필을 이용하는 것은 조금 위험한 것 같소.”

화산의 옥진자가 말했다.

“도보로 간다 해도 위험하긴 매한가지입니다. 지금 당장 경공을 쓸 수 있는 사람은 법현 대사와 맹 소협뿐이므로 나머지 사람들은 쉬이 지칠 게요. 이동 속도가 일반인과 매한가지라면 화산은 사흘은 걸려야 갈 수 있소. 이동 시간이 늘어날수록 위험도 그만큼 증가하기 마련이오.”

맹정우가 집에 갔다 오는 대로 출발해야 할 상황인데 내공이 소실된 무림인들은 자신감마저 상실한 탓에 아무것도 정하지 못하고 탁상공론만을 되풀이하고 있었다.

그때 백가보 회의실 문이 열리며 맹정우가 들어왔다.

“정우야, 그 차림은?”

반갑게 맞이하던 최운이 의아한 표정을 지었다. 맹정우는 아까 전의 멋들어진 금의는 온데간데없이 평민들이 즐겨 입는 무명옷 차림이었다.

“음, 이것은…….”

맹정우의 말을 백처단의 흥분된 목소리가 가로막았다.

“맹 소협, 역시 섬서영웅다운 명민한 판단이오! 그렇소! 변복, 변복을 하면 간단하지 않소이까?”

“오오, 그렇군!”

“역시 맹 소협이로군. 왜 그 생각을 못했지?”

“대단하오, 맹 소협!”

잠시 어리둥절해하던 맹정우는 재빨리 분위기에 편승했다.

“아… 하하하! 이 정도야 기본이죠!”

"오오… 역시!"

회의실에 모여 있던 인사들은 모두 맹정우의 지혜에 탄복하며 변복할 준비에 들어갔다. 백가보 소속의 서안표국 제복과 마차, 말이 즉시 준비되었고, 총 열두 명의 인원은 표행을 가장하여 서안을 출발했다.

백처단이 손을 써서 느지막이 열린 서안 동문을 빠져나온 시각은 인시 초(오전 3시)를 넘어서고 있었다.

이곳 지리에 숙달된 관계로 표행의 선두에 서서 말을 몰아가는 맹정우는 피식 새어 나오는 웃음을 참지 못했다. 사실 초가삼간에 훔쳐 갈 것도 없어 문도 안 걸어 잠그고 사는 맹정우가 뭔 여장을 꾸릴 게 있어 집으로 향했겠는가? 빌린 금의나 어떻게 며칠 더 빌려보려고 정 과부 집에 가는 것이 가장 큰 목적이었다. 그런데 정 과부는 금의에 피 약간 묻힌 것을 보고는 미친 듯이 화를 내며 옷을 뺏어갔다. 결국 어깨를 축 늘어뜨린 채 집에 가서 가지고 다니기 부담스러운 인형설삼을 잘 보관한 후, 평소 입던 옷 중 그나마 제일 봐줄 만해 보이는 옷을 입고 조마조마한 심정으로 백가보로 돌아왔다.

행여 본색이 드러나 내쫓기지나 않을까 걱정했었는데, 되려 옷 때문에 '지용(智勇)을 겸비한 인재'로 인정받게 된 것이다.

'사람 팔자 알 수가 없다더니, 그간 재수없는 일만 잔뜩 있었는데 다 액땜이었나 보구나. 운수가 대통해도 이 정도일 수가 있나?'

히죽히죽 웃던 맹정우는 문득 앞을 바라보았다.

사위가 캄캄한 가운데 대로는 계속 뻗어 나가 지평선 끝까지 닿아 있었다. 어두운 앞길이 문득 알 수 없는 자신의 미래같이 생각되어 걱정이 들기 시작했다.

'그나저나 그 혈랑대라는 놈들한테 행여 발각이라도 된다면 대번 내

실력이 들통날 텐데 걱정이로구나.'

맹정우는 상념을 떨쳐 내려는 듯 머리를 좌우로 흔들었다.

'쩝, 너무 부정적인 생각은 말자구, 맹정우. 운이란 게 한번 붙기가 어려워서 그렇지 붙었다 하면 토끼 교접했다 떨어지듯 그렇게 쉽게 떨어지겠어? 행여 그놈들이 덤벼들어도 장풍 날리는 스님이 알아서 하시겠지 뭐.'

일행이 지금 향하고 있는 쪽은 서안에서 화산으로 가는 길목에 위치한 위남(渭南)이었다. 위남은 맹정우와 구병이가 포목 거래 때문에 측간 드나들 듯 자주 가던 도시였다. 그래서 가는 지리에도 훤할뿐더러, 가는 길목마다 단골 객잔이 있는 형편이었다.

저 멀리 휘영청 떠 있는 달을 보고 있노라니 아까 만났던 당지연이 생각났다.

"기가 막힌 미인이었는데 말이지. 어떻게 한번 꼬셔보는 거였는데 그놈의 땅꼬마 때문에… 가만, 그러고 보니……."

맹정우는 가만히 셈을 해보았다.

춘앵이가 울고 불며 떠나간 지도 벌써 한 달이 지났다. 그 말은 운우지락(雲雨之樂)을 즐겨본 지도 한 달이 지났다는 말이었다.

춘앵이 아니라도 여자를 구하는 것은 그리 어렵지 않았지만 구병이가 떠난 뒤로는 기본적인 자금조차 없었기에 시도 자체를 포기했던 것이다. '세명로 풍류공자' 로 칭해지는 맹정우 입장에서는 한 달 가까이 운우지락을 즐기지 않았다는 것은 기록적인 일이었다. 그런 생각을 하고 있자니 갑자기 미칠 듯이 여자를 안고 싶어졌다.

'으음, 왜 하필 여자 생각을 해가지고…….'

"야! 무슨 생각을 그리하고 있냐?"

말을 몰고 가까이 다가온 최운이 물었다.

"응, 음욕이 마구 솟구쳐서……."

최운은 잠시 어리둥절해하다가 너털웃음을 터뜨렸다.

"하하하, 네 녀석 농 잘하는 것은 여전하구나."

"농이 아닌데……."

그때 화산의 어린 제자 한 명이 다가왔다.

"최 향주님, 맹 소협님."

"무슨 일이십니까, 도장."

"아무래도 잠시 쉬어가야 할 듯합니다. 삼 사백과 칠 사숙께서 내상이 다시 도지신 모양입니다. 함 당주님도 괜찮다고는 하시지만 안색이 좋지 않습니다."

"그래요?"

최운의 표정이 어두워졌다. 아까 혈랑대의 습격 때 화산파의 삼 장로는 끌려나오는 과정에서 다쳤고, 함학, 최운도 내상을 입었다. 최운의 내상은 그다지 심하지 않았지만 나머지는 그렇지 않았던 모양이다.

"법현 상인께서 일단 치료를 하고 가야 될 것 같으니 숙소를 정하는 게 좋겠다고 하십니다."

그 말을 들은 맹정우가 반색을 하며 재빨리 끼어들었다.

"알겠습니다. 제가 알아서 모실 테니 걱정 말라고 전하십시오."

맹정우는 말을 몰아 대로가 서로 만나는 교차로 변에 위치한 큼지막한 객잔으로 일행을 안내했다.

"어섭셔! 아이고, 서안표국의 영웅들이시군요? 자자, 말은 우리 아이들에게 맡기시고 이리로 들어오십… 어? 정우 형?"

객잔 문 앞에서 반색을 하며 일행을 맞이하던 점소이가 맹정우를 보며 아는 체했다.

맹정우는 재빨리 말에서 뛰어내려 쏜살같이 달려들어 손으로 점소이의 입을 막고 몸으로 밀어 객잔 안쪽으로 끌고 들어갔다. 그 덕분에 '정우 형'의 '우 형' 부분은 손에 막혀 일행에게까지 들려지지 않았다.

"켁켁! 정우 형! 왜 그래 갑자기? 두어 달 만에 놀러 와서는."

"얌마, 빨리 말할 테니 똑바로 잘 들어. 나를 맹 공자라고 불러라. 그리고 우리 일행 떠날 때까지는 친한 척도 하지 말고. 그러면 저번에 도박 빚 오십 문 꾸어간 거 달라 안 할 테니. 알았냐?"

점소이는 영문도 모르고 고개를 끄덕였다.

"형, 근데 애란이는?"

"조용히 해! 기회 봐서 만나고 갈 테니 걔한테 미리 말하지 마."

그러는 사이 일행이 객잔 안으로 들어섰다. 최운이 의아해하며 다가왔다.

"정우야, 무슨 일이냐? 뭐가 그리 급해서 객잔으로 뛰어들어 왔어?"

"응? 으응… 아! 적도들이 혹시 잠복하고 있지 않나 해서 말이지. 미리 객잔 내부를 훑어보느라고."

또다시 '오오!', '역시!' 등의 감탄사가 몇 차례 오고 간 후 일행은 이층의 객방에 자리를 잡았다.

"우선 옥허 도장부터 치료를 시작합시다. 맹 소협, 다른 분들의 상세를 돌볼 수 있겠소?"

"예?"

법현 대사의 말에 맹정우는 어리둥절해졌다. 의원도 아닌데 뭐 상세를 돌보란 말인가?

"네 내공이 화산의 내공과 융화가 가능하냐 이 말씀이시다."

최운의 설명을 듣고 나서야 맹정우는 법현 대사가 자신에게 내상을 입은 사람들의 내공 치료를 도와달라는 것임을 알아들었다.

"아, 그게 말입니다. 제 세명신공은 일반 문파의 내공심법과 본질적으로 틀린 심법인지라 융화가 거의 어려울 듯합니다. 자세한 설명은 말씀드리기가 곤란합니다만……."

맹정우는 땀을 뻘뻘 흘리며 변명했다.

'사실은 곤란한 정도가 아니라 거의 불가능하지.'

맹정우의 실상을 알 리 없는 법현 대사는 안타까운 표정을 지었지만 그 말에 어느 정도 수긍했다. 산공독에도 중독되지 않는 내공이니 분명 여타 내공과는 차원이 다르리라.

"저는 치료하지 않아도 괜찮습니다. 화산 장로들의 치료가 끝날 때까지 저쪽 방에서 눈 좀 붙이고 나면 아무렇지도 않을 겁니다."

함학의 호기로운 말에 법현 대사는 미소를 지으며 말했다.

"그럼 그렇게 합시다. 나머지 일행은 내공이 소실된 마당에 많은 일을 겪었으니 무척 피곤하실 게요. 치료가 두 시진은 넘어갈 듯하니 눈 좀 붙이시고, 옥허 도장과 옥진 도장만 이 방에 남아주시오. 아, 그리고 맹 소협은 방 밖에서 호법을 좀 서주시고."

나머지 일행은 자러 가라는 말에 희색이 만면하던 맹정우는 호법을 서달라는 말에 움찔했다.

'이런 제기, 된통 걸렸군. 이렇게 되면 여기 온 목적이 없어지게 되는데…….'

그러나 현재 법현 대사를 제외하고 내공을 쓸 수 있는(?) 인물은 맹정우뿐이었으므로 토를 달 수도 없었다.

법현 대사와 두 도인을 제외한 나머지 일행은 우거지상을 하고 있는 맹정우를 앞세우고 객방을 나섰다. 다른 일행은 옆 객방을 하나씩 찾아 들어갔고, 복도에는 맹정우와 최운만이 남았다.

"정우야, 별 도움은 안 되겠지만 내가 있어주마."

맹정우는 고개를 저었다.

"그럴 필요 없어. 너도 들어가서 자라."

"꼭 너 때문이 아니고, 명색이 호위 임무를 띠고 여기까지 좌호법을 모신 내가 어찌 이 같은 상황에서 의무를 타인에게 떠넘기고 잠을 편히 자겠니."

"야, 임마!"

맹정우는 갑자기 화를 버럭 냈다.

"네가 정말 의무를 충실히 이행하고 싶다면 내공이 사라져서 별 쓸모도 없는 지금 여기서 이렇게 오기나 부리고 있는 게 합당하겠냐, 아니면 휴식을 푹 취한 뒤 한시라도 빨리 기력을 되찾는 것이 합당하겠냐. 함 당주나 나머지 사람들이라고 맘 편히 잠이나 자고 싶겠어? 지금 우리에게 필요한 것은 네 마음의 부담감이나 덜어내는 헛짓거리가 아니라 한시라도 너의 본모습을 회복하기 위하여 노력하는 자세야. 알아듣겠어?"

최운은 잠시 멍하니 맹정우를 쳐다보다가 한숨을 푹 내쉬었다.

"네 말이 맞다. 내가 한참 잘못 생각했구나. 나도 참 어리석은 놈이야. 너에 비하면 아직 멀었구나."

"객쩍은 소리 말고 들어가 쉬어."

"그래. 고맙다, 일깨워 줘서. 그럼 수고해 다오."

최운이 방으로 들어가자 맹정우는 안도의 한숨을 내쉬었다.

“휴, 그놈, 끝까지 붙어 있을까 봐 조마조마했네. 대략 두 시진은 걸릴 거라 했으니…….”

얼마간의 시간 동안 앞뒷방의 동태를 살핀 맹정우는 법현 대사의 방을 제외한 나머지 객방의 일행이 모두 잠든 것을 확인한 후, 건너편 복도로 이동했다.

“아봉, 아봉 어딨냐?”

“맹 공자, 부르셨습니까?”

아까의 점소이가 하품을 하며 일층 주방에서 나왔다.

“마, 일행 있을 때나 그렇게 불러. 애란이 좀 불러와라.”

“잘 텐데?”

“내가 왔다고 하면 버선발로 뛰어나올걸. 그건 그렇고, 빈방 더 있지?”

“방 거의 다 찼어. 정우 형네 일행 바로 옆방밖에 없을 거야.”

“이런 제기, 딴 방은 없냐?”

점소이는 고개를 저었다.

맹정우는 입맛을 다셨다.

“쩝, 할 수 없지. 자는 것은 확인했으니 별일은 없을 테지. 거기 있을 테니 애란이 그쪽으로 보내.”

“알았어.”

맹정우는 함학과 최운이 자고 있는 바로 옆방으로 들어갔다. 잠시 후, 방문이 벌컥 열리며 예쁘장하게 생긴 여급 한 명이 뛰어들어 와 맹정우의 품으로 달려들었다.

“정우 옵빠!”

“쉿! 쉿! 조용히, 조용히!”

"오빠아, 왜 그래?"

"옆방에 일행이 있단 말이다. 다들 자고 있으니 조용조용히 얘기해."

"조용히 얘기만 해?"

"아니, 조용히 하고서 할 게 더 있지."

그 말과 동시에 맹정우는 애란의 탐스러운 가슴을 헤집기 시작했다.

"어맛, 왜 이리 급해?"

한참을 뒤척이다가 살풋 잠이 들어 있던 최운은 반복적으로 들려오는 이상한 소리에 잠이 깨었다.

'무슨 소리지?'

귀를 쫑긋 기울이니 '쿵덕쿵덕쿵덕' 하며 떡메 치는 듯한 소리가 옆방 쪽에서 들려왔다.

'이 오밤중에 떡을 하나?'

뭔가 수상하다고 생각된 숫총각 최운은 벽에 바싹 귀를 갖다 대었다. 그러자 쿵덕쿵덕 소리와 함께 미묘한 신음 소리가 같이 들리는 것이 감지되었다.

신음 소리는 떡메 소리와 절묘하게 조화되고 있었다.

쿵덕과 쿵덕 사이에 추임새처럼 아! 소리가 섞여서 쿵덕, 아! 쿵덕, 아! 하는 식으로 진행이 되고 있었다.

한참을 귀를 기울이던 최운은 '오빠 살살 좀 해', '그쪽은 아파' 등의 소리가 간간이 섞여오자 비로소 무슨 소리인지 깨달아 얼굴을 붉혔다.

'이런 추태가 있나, 신경 쓰지 말고 빨리 자자.'

그러나 목조 건물의 나무 벽이 그다지 방음이 잘될 턱이 없었다. 게다가 일단 무슨 소리인지 알게 된 이상 피 끓는 청춘인 최운에게 영향을 안 줄래야 안 줄 수 없는 소리였다.

최운은 한여름인데도 불구하고 이불을 뒤집어쓰고 베개를 머리 위로 눌러썼다. 그런데 사라졌던 공력이 돌아오고 있는 것인지, 이성에 의해 가두어진 듣고자 하는 욕망이 육체의 한계를 넘어서게 한 것인지 몰라도 여전히 떡메 소리와 교성은 귓가를 파고들었다.

'정신 차려라, 최운! 무림이 위기에 처해 있는 이때에 색에 홀려 휴식을 취해야 할 시간을 버리고 있다니… 정우의 진실된 충고를 생각해라! 친구 보기 부끄럽지도 않으냐! 이래서야 아침에 정우를 무슨 낯으로 볼 수 있겠는가!'

스스로를 자책하며 피가 나도록 입술을 깨물자 그제야 떡메 소리가 그쳤다. 최운은 안도의 한숨을 내쉬며 땀으로 뒤범벅이 된 몸을 식히려 이불을 걷어냈다.

옆방에서는 떡메질(?)을 마친 맹정우와 애란이 침상에 나란히 누워 담소를 나누고 있었다. 애란이 말했다.

"오빠, 나 여기 그만둘 생각이야."

한 손은 애란을 팔베개하고, 다른 한 손으로는 그녀의 탐스러운 젖가슴을 조물락거리던 맹정우가 대꾸했다.

"왜, 더 좋은 자리라도 생겼냐?"

"아니."

"그런데 왜 그만둬?"

"……"

"왜 말이 없어?"

"나 세명로로 갈 거야."

"음? 거긴 왜?"

"오빠랑 살 거야. 나 이런 생활 지겨워. 이제 정착하고 싶어. 애도 키우고, 살림도 하고."

"뭐?"

맹정우는 깜짝 놀라 몸을 벌떡 일으켰다.

애란이 놀란 눈으로 쳐다보며 말했다.

"왜 그렇게 놀라? 오빠는 그런 생각 한 번도 안 해봤어?"

'으음, 또다시… 벌써 일곱 번짼가?'

실상 무공도 없고 협의도 그다지 찾아보기 어려운 맹정우에게 있어서 '섬서영웅'이라는 칭호에 어울리는 유일한 사항은 줄줄이 따라붙는 여인네들이라 할 수 있을 것이다.

번드르르한 용모와 비교적 재치있는 화술로 꼬신 여자만 해도 세명로를 가득 채울 만했으며, 애란이나 저번에 대판 싸우고 헤어진 춘앵이처럼 같이 살자고 적극적으로 달려드는 여자도 여럿이었다. 물론 그 많은 여자 중에 제대로 책임져 본 여인은 단 한 명도 없다.

"뭐야, 왜 아무 말도 안 해? 설마 나를 버리려고 하는 거야?"

"무슨 소리 하는 거야. 널 버리긴 왜 버려. 다만 아직 내가 기반이 잡혀 있지 않은 관계로다가……."

애란은 배시시 웃으며 맹정우의 입술에 손가락을 대었다.

"걱정 마. 나 여기서 삼 년간 일하면서 열심히 모은 돈 있어. 그거 밑천 삼아서 구병이 오빠 포목점 일이나 곁가지 붙어서 하지 말고 우리도 새로 하나 내자, 응?"

"누가 곁가지를 붙었다는 거냐? 엄연히 나는 투자자야, 투자자."

맹정우는 대답하는 가운데서도 열심히 머리를 굴렸다. 얘가 보통 결심을 한 게 아닌 모양이었다.

무책임하긴 하되 그리 모질지는 못한 성정인 맹정우는 이쯤에서 애를 떼어놓는 것이 피차 좋을 거라는 결심을 했다.

"애란아, 그냥 여기 있어라."

"왜?"

"솔직히 말하자면, 난 너랑 합칠 생각이 별로, 아니, 전혀, 손톱만큼도 없어. 상상도 안 해봤고."

애란은 누운 자리에서 몸을 벌떡 일으켰다. 그리고 가뜩이나 큰 눈을 더욱 치뜨며 맹정우를 노려봤다.

"그게 무슨 소리야? 그럼 난 오빠한테 뭔데? 그냥 노리개야?"

"노리개라니, 그런 말이 어디 있어. 그냥 서로 좋은 관계 아니니. 좋아서 배도 몇 번 맞댄 거고. 그런 걸 갖고 같이 살자고 붙어달리면 조금 곤란……."

맹정우의 말이 끝나기도 전에 애란은 침상에서 튀어 나가 탁자 위에 올려져 있던 과도를 잡아 목에 대었다.

"닥쳐, 이 나쁜 놈아. 멀쩡한 처녀 취해서 데리고 놀 땐 언제고 뭐 어쩌고 어째? 내 말 안 들으면 이 자리에서 콱 죽어버릴 거다!"

'죽겠다는 년은 네 번째로군.'

맹정우는 골치가 지끈거려 고개를 수그리고 양손으로 머리를 쓰다듬었다.

'네년이 처녀면 서안에 처녀 아닌 계집 한 명도 없겠다. 풍류공자 맹정우가 애 떼본 여자도 못 알아볼 줄 알았더냐? 소화루(韶華樓)에서

기녀 노릇 하다 손님 주머니에 손을 대는 바람에 쫓겨 나온 거까지 다
아는데……'
　저간의 사정이야 어쨌든 간에 옆방을 의식해서라도 이 이상 소동이
커지는 것은 막아야 했다.
　"알았다, 알았어. 우선 진정하고 칼부터 내려놔. 찔릴라."
　"그럼 내 말 듣는 거야?"
　"이봐, 애란 소저."
　맹정우는 목소리를 쫙 깔기 시작했다.
　맹정우는 생김새에 어울리는 미성을 가진 데다가 지금처럼 목소리
를 쫙 깔 때는 배에서부터 깊이 울려 나오는 저음이 듣는 사람으로 하
여금 집중하게 만들어 그의 말에 은근히 감화되게 하는 재주를 가지고
있었다.
　"부탁인데 철 좀 들라구. 까놓고 말해 나보다 나이도 두 살이나 많
으면서 왜 이리 어린애처럼 굴어? 이렇게 막무가내로 굴면 사내가 좋
다고 넘어올 것 같아? 같이 살자면 부부의 연을 맺자는 얘긴데 인륜지
대사를 칼이나 협박으로 이룰 수 있을 것 같나? 그런 식으로는 참다운
부부가 될 수 없어. 부부라는 건 말이지, 서로 간의 사랑과 존중, 이해
가 선결되어야 이루어질 수 있는 거라구. 지금같이 땡깡 부려서 될 수
있는 게 아니야."
　맹정우가 정색을 하자 애란은 되려 당황했다. 나름대로는 극단적인
방법을 썼는데 씨도 안 먹힌 것이다.
　당황하기 시작하자 여자의 최후의 보루, 마지막 무기가 튀어 나왔
다.
　"흐아아앙! 그럼 나보고 어쩌라고!"

과도도 던져 버린 채 냅다 울어 젖히기 시작하자 이번에는 맹정우가 당황했다. 그는 재빨리 침상에서 튀어 내려와 애란이의 입을 틀어막았다.

"쉿! 쉿! 옆방 손님들 깨겠다! 얘가 왜 이래? 미쳤어?"

"오아아 오우이아 이어이, 가이 사아아—"

틀어막힌 입 사이로 울음 섞인 기성이 흘러나왔다. 대략 해석해 보면 '오빠가 좋으니까 이러지, 같이 살자아—' 정도의 뜻인 것 같았다.

"알았어. 알았으니 제발 입 좀 다물어. 일단 우리 문제는 내일 아침 날 밝으면 심도있는 토론을 나눠보자구. 아까도 말했지만 인륜지대사 아니겠냐. 이렇게 정신 몽롱한 새벽에 이 이상 골치 아파봐야 좋은 결정 안 나온다구. 그러니까 일단 지금은 마음을 추스르고 네 방에 가서 자. 그리고 내일 아침에 다시 보자. 어때? 괜찮아? 괜찮으면 고개를 끄덕여."

애란은 여전히 입이 꽉 막힌 채 눈물이 그렁그렁한 눈으로 맹정우를 쳐다보며 고개를 끄덕였다.

맹정우는 애란을 간신히 어르고 달래서 그녀의 방까지 데려가 침상에 눕히고 돌아왔다. 그러고 보니 어느덧 한 시진이 지나 있었다.

'으음, 할 수 없지. 붙어달리는 계집을 떼어놓는 길은 손자님의 서른여섯 번째 병법뿐!'

결심을 굳힌 맹정우는 법현 대사의 방문을 열고 성큼성큼 안으로 들어갔다.

법현 대사는 옥허자의 치료를 끝내고 옥진자를 막 치료하려는 참이었다. 대사는 갑자기 방 안으로 들어오는 맹정우를 의아한 눈으로 살폈다.

“맹 소협, 무슨 일이 있소?”

맹정우는 심각한 표정으로 고개를 끄덕였다.

“대사님, 아무래도 느낌이 좋지 않습니다. 간자로 보이는 자가 객잔 주변을 서성이다 사라졌습니다. 치료는 이쯤에서 끝내고 이곳을 빨리 뜨는 것이 좋을 듯합니다.”

“그러나… 옥진 도장의 치료가 아직 안 됐는데…….”

“그럴 시간이 없습니다. 일단 옥진 도장은 표국 마차에 태우고 이곳을 뜬 다음 차후에 치료를 강구해야 합니다. 지금 상황에서 암습을 받았다가는 결과가 치명적일 수 있습니다.”

맹정우는 다급했다. 옥진자까지 치료하자면 또 한 시진이 경과될 것이고, 그렇게 되면 날이 밝아 잠에서 깬 애란이가 다시 엉겨 붙을 것이었다.

법현 대사가 무거운 얼굴로 고개를 끄덕였다.

“할 수 없지. 소협의 판단이 현명하오. 내상이 도진 채로 움직이는 것은 위험하기 짝이 없는 일이나 지금은 그것을 따질 계제가 아닌 것 같군. 즉시 출발합시다.”

“아, 그리고 가급적 조용히 움직이는 게 좋을 것 같습니다. 객잔 손님들의 이목이 집중되는 것은 좋은 일이 아니니까요.”

맹정우는 재빨리 옆의 방들로 들어가 화산파의 제자들을 깨우고 함학과 최운이 자고 있는 방으로 들어갔다. 함학은 여전히 취침 중이었고, 어찌 된 일인지 최운은 말똥말똥 눈을 뜨고 있었다.

“벌써 일어났냐? 즉시 출발해야 돼.”

최운은 맹정우를 기이한 눈초리로 쳐다보며 말했다.

“응? 벌써? 무슨 일이 있어?”

"주변 낌새가 수상해. 빨리 떠나는 게 좋을 것 같아. 다른 방에도 다 얘기해 뒀다."

맹정우는 자고 있는 함학을 깨운 후 다시 다른 방으로 갔다.

최운은 행장을 꾸려 방을 나서면서 분주한 맹정우를 바라보며 생각에 잠겼다.

아까 전에 그는 잠도 자지 못한 채 옆방에서 나오는 고성을 들어야 했다.

여인의 죽어버리겠다는 고함 소리가 들려왔을 때는 하마터면 뛰쳐나갈 뻔했다. 내공을 쓸 수 없는지라 자세한 내용을 들을 수는 없었지만 대충 사내가 달래자 여인도 진정하는 듯했다. 그러다가 둘 다 방을 나서는 것 같더니, 누군가가 다시 올라왔다. 올라온 사람은 복도를 서성거리다 법현 대사의 방으로 들어가는 것 같았다.

만약 대사의 방으로 들어간 거라면 이층으로 올라온 사람은 분명히 맹정우일 것이다. 그럼 맹정우가 여인과 같이 내려갔다가 혼자 올라온 것이란 말인가?

'분명히 사내의 목소리가 정우 같았단 말이야.'

최운이 명문정파의 제자로서 색을 멀리하는 바른 품행을 가지고 있긴 하지만 그 역시 강호의 칼밥을 먹는 사내로서 맹정우가 여인을 취하는 것 자체에 대해서는 이상하게 생각하지 않았다. 다만 호법을 서야 하는 상황에서 여인을 취했다면 그것은 용납할 수 없는 일이었고, 게다가 분명 옆방의 사내는 여인과 친밀한 관계 같았다.

그리고 보니 아까 객잔에 들어오기 전의 상황도 좀 이상했다. 사실 이 객잔에 다다르기 조금 앞쪽에도 번듯한 객잔 하나가 보였는데 굳이 더 좋은 데가 있다며 맹정우가 바락바락 우기는 바람에 이곳으로 오게 되었던 것이다.

최운은 머리가 복잡해졌다.

'아서라, 최운. 무림의 안위가 걸려 있는 이 중대한 행사에 설마 네 친구 정우가 그런 얼토당토않은 짓을 하리라고 생각하는 것이냐? 그는 목숨을 걸고 섬서무림과 너를 구해냈다. 어찌 그런 친구에게 확실치 않은 정황 몇 개를 가지고서 오해를 품을 수가 있단 말이냐?'

그는 스스로를 자책하며 망상을 떨쳐 버리려는 듯 머리를 흔들었다.

일행이 떠난 지 이각쯤 지난 후,

객잔 가까이 조심스럽게 다가오는 십여 명의 괴한이 있었다. 모두 회의에 복면을 한 괴한들은 여명이 밝기 직전의 어두움에 동화되어 있었다.

우두머리로 보이는 키 큰 복면인이 나지막하게 읊조렸다.

"맹수들은 모두 중간 방 쪽에 모여 있다고 한다. 사냥감이 세 마리 이상일 때의 두 번째 방법을 쓴다. 중간 방을 제외한 나머지 방을 습격한다. 가급적 소리를 크게 내되 토끼들은 신속하게 처리하라. 그러면 당황한 맹수들이 토끼를 구하려고 너희들의 입속으로 알아서 뛰어들 것이니 침착하게 마저 처리하면 된다."

강호에 박식한 인물이 밝은 햇살 아래서 이들을 볼 수 있다면 암습 시 쓰는 그들의 복면과 왜도에 가까운 살짝 휜 곡도를 보고서 강북 청부 살인 집단의 대명사격인 귀령곡(鬼靈谷)의 인물들이란 것을 알아차릴 수 있을 것이다.

소리도 없이 객잔 벽에 달라붙어 이층 객방의 외벽까지 다다른 복면인들은 반씩 편을 갈라서 가운데 방을 제외한 양쪽 방의 창문 쪽으로 다가갔다. 그런 뒤, 안쪽 동태를 살피는 것도 생략하고 창문을 사정없 이 때려 부수며 잠입했다.

와지끈! 쿵쾅!

객방 안으로 들어서자마자 냅다 칼로 침상을 찍어댔지만, 갈라지는 것은 나무요, 튀어 오르는 것은 이불뿐이었다. 질펀한 피의 향연을 기 대했던 복면인들의 눈에 실망의 빛이 스쳐 갔다.

"아무도 없습니다."

다른 방을 습격했던 수하들이 우두머리가 있는 방으로 와서 보고했 다.

"의뢰자 측에게서 전달받은 정보에 의하면 분명히 이 객잔에 아침까 지 투숙한다고 하던데, 정보가 잘못된 듯합니다. 어떻게 할까요? 점소 이를 족쳐서 행방을 알아낼까요?"

"냅둬."

우두머리는 귀찮은 듯 손을 저었다.

"인과응보지 뭐. 의뢰비 몇 푼 아끼겠다고 정탐은 지들이 직접 맡겠 다고 할 때부터 알아봤어. 그렇게 호언장담하는 바람에 우리 쪽 추종 전문 인원도 데리고 오지도 않았고 장거리 추격 준비도 하지 않았는데 무리할 거 있겠어? 놓친 건 다 의뢰자 잘못이니 그냥 돌아가자고."

이층에서의 소동에 놀란 객잔 식구들이 다 깨어난 가운데 점소이 아 봉이 제일 먼저 이층으로 튀어 올라왔다. 그는 계단을 올라가는 와중 에 이층에서 내려오는 십여 명의 칼을 든 복면인과 마주쳤다.

"어… 어, 어……."

"뭘 봐, 임마."

딱!

"아고!"

놀라서 말도 제대로 못하는 아봉의 머리를 선두에서 내려오던 복면인이 주먹으로 꿀밤을 딱 소리나게 한 대 먹이며 지나쳤다.

복면인들은 입이 딱 벌어져 있는 객잔 식구들 사이를 지나쳐 보무도 당당하게 객잔 정문으로 나갔고, 아봉은 다리가 풀린 채 계단에 주저앉아 아직 붙어 있는 자신의 명줄을 확인하며 기쁨의 눈물을 흘렸다. 그러나 기쁨도 잠시, 누군가가 번개같이 계단을 뛰어올라 가며 그의 발을 밟고 지나가 그는 아픔의 비명을 또 한 번 질러야 했다.

그러나 객잔에 아련하게 울려 퍼지던 그의 비명도 잠시 후 이층에서 들려오는 한 여인의 한 맺힌 대성통곡에 묻혀 사라져 버렸다.

"흐아아앙! 이 나쁜 새끼! 지 동료까지 깨워서 내뺐나 보네! 벼락이나 맞아 뒈져라, 이 도둑놈아!"

✳

번쩍! 콰르르릉!

"아고, 깜짝이야!"

구름 한 점 없는 하늘에서 갑자기 쳐대는 벼락에 맹정우는 놀란 가슴을 쓸어내렸다. 확실히 산 위쪽은 하늘과 가까워서 그런지 산 아래보다는 벼락도 가깝게 치는 것 같았다.

날도 밝기 전에 객잔을 출발해서 쉼없이 달려온 끝에 마침내 저녁 무렵에는 화산에 도착할 수 있었다. 일행(특히 맹정우)은 대대적인 환영을 받으며 화산파로 입성했다.

법현 대사 일행과 삼 장로는 향후의 대책을 논의한다며 상궁으로 원로들을 만나러 갔고, 맹정우는 자하각 내의 전망 좋은 정자에 홀로 앉아 어린 제자들이 가져온 용정차를 맛보며 화산의 청량한 밤공기를 음미하고 있는 중이었다.

"냄새는 좋다만 정말 쓰군. 이걸 뭔 맛으로 먹는다지?"

애시당초 다도와 같은 고급 취미와는 거리가 먼 생활을 했던 맹정우는 슬쩍슬쩍 맛만 보다 이내 찻잔을 내려놓고 말았다. 그리고는 정자 바닥에 그대로 벌렁 드러누웠다.

고개를 살짝 돌려 맑디맑은 밤하늘에 떠 있는 무수한 별들을 바라보고 있자니 슬슬 앞으로의 행로가 걱정되기 시작했다. 돌아가는 분위기를 보아하니 화산 말코도사들이 주머니 속에 감추어둔 쌈짓돈을 풀어 그동안 고마웠다면서 찔러줄 것 같지는 않았다.

결국 산서까지 법현 대사를 쫓아가야 한다는 말인데, 별 생각 없이 이곳까지 쫓아왔지만 스스로에게 있는 재주라고는 보석 박힌 날카로운 칼 한 자루뿐이었다.

문득 생각난 김에 옆에 끌러놓았던 팔성검을 누운 채로 더듬어 찾아내어 집어 올렸다. 그리고는 언제나 보아도 행복한 박혀 있는 여덟 보석을 눈 가까이 갖다 대고 살피기 시작했다.

'으음, 이거 하나만 빼낼 수 있다면 이런 짓거리 당장 때려치울 텐데. 삼 년 전에 감정했던 보석상은 달라는 대로 주겠다고 했단 말씀이야?'

그 말을 들은 뒤 맹정우가 별별 짓을 시도해 보았지만 여덟 개의 보석은 꿈쩍도 하지 않았다. 틈새가 거의 없이 조밀하게 박혀 있고, 검집 마저 성분을 알 수 없는 엄청난 강도의 금속으로 만들어져 있어서 세명로 제일 장사인 엄산이가 손가락이 부러져라 돌려대도 움쩍도 하지 않았다.

이왕 생각난 거 심심하던 차에 잘됐다며 그나마 좀 헐거워 보이는 여덟 번째 보석을 부여잡고 빼보려고 낑낑거리며 헛심을 쓰고 있던 맹정우에게 검은 그림자가 다가왔다. 집채만한 그림자가 몸을 덮어오자 깜짝 놀란 맹정우가 뒤를 돌아보았다.

"누구냐?"

집채만한 그림자는 덩치에 걸맞는 둔탁한 목소리를 냈다.

"삼대제자 덕호라고 합니다요. 상궁에서 일검탈명 맹정우 대협을 데려오라 하시는뎁쇼?"

"그으래?"

한껏 거드름을 피우며 움직일 채비를 하던 맹정우는 덕호를 흘끔 살펴보았다.

덩치가 얼추 엄산이의 두 배는 됨 직했고, 훈련을 제대로 받았는지 팔뚝과 어깨 근육이 이만저만한 게 아니었다. 저 팔로 한 대 갈기면 곰도 쓰러질 것 같았다.

'이거 봐라? 힘 좀 쓰게 생겼네?'

맹정우의 잔머리가 핑글핑글 돌아가기 시작했다. 그는 덕호의 안내로 상궁을 향해 가는 길에 자연스레 말을 걸었다.

"이보게, 덕호."

"왜 그러십니까, 맹 대협."

"대협은 무슨, 그냥 맹 형이라고 불러."

"아이구, 아닙니다요. 감히 제가 어찌······."

맹정우는 만족스러운 미소를 지었다. 맹정우의 영웅담은 벌써 화산 구석구석까지 퍼진 모양이었다. 아까 용정차를 갖다 준 어린 제자들도 그렇고, 이 곰도 그렇고 눈에는 흠모의 감정이 그득했다.

"자네, 힘 좀 쓰나?"

강인해 보이는 덩치에 걸맞지 않게 순박하기 그지없는 덕호의 얼굴이 밝아졌다.

"그러믄요, 태어나서 아직까지 순수한 외력으로는 져본 적이 없습니다."

'외력은 또 뭐야?'

순수한 외력이라 함은 내공을 제외한 육체의 힘만을 지칭하는 것이지만 무공에 문외한인 맹정우가 알아들을 턱이 없었다.

"…어쨌든 힘이 세다니 이거 한번 해보게. 물론 나한테야 별거 아닌 일이지만 화산 삼대제자의 수준을 한번 알아보고 싶구만."

"뭘 말입니까요?"

"요기, 요 검의 보석 있지? 내가 맨 아래 보석하고 그 위 보석하고 위치를 좀 바꾸려고 하는 데 말이지, 이게 보통 힘 가지고는 빼내기는 고사하고 약간 움직이기도 힘들거든. 자네가 한번 빼보게."

덕호는 맹정우가 내미는 보검을 받아 들었다. 그는 섬서무림을 구해낸 맹정우의 영웅담을 저녁때 듣고 몹시 열광했던 터라 영웅이 내미는 과제를 받아들고는 잔뜩 흥분했다.

'그래, 여기서 사문을 욕되게 할 수는 없지! 기필코 이 시험을 통과하여 맹 대협에게 인정받겠다!'

그는 결의에 찬 몸짓으로 검집 맨 아래쪽의 연녹색 보석을 움켜쥐었다. 그리고 있는 힘을 다해 비틀기 시작했다.

그는 두 팔로 껴안으면 간신히 깍지 낄 수 있는 정도의 아름드리 나무도 뿌리째 뽑아낸 적이 있는 신력의 소유자였다. 그런 그가 맹 소협을 상궁으로 안내하라는 준엄한 사조의 명조차도 잊어버린 채 제자리에 멈춰 서서 양발이 바닥에 파고들 정도로 힘을 쥐어짜 댔지만 보석은 빠지는 것은 고사하고 미동도 하지 않았다.

반 각쯤 낑낑댄 뒤 땀을 비 오듯 흘리며 맹정우를 흘끔 쳐다보니 웃는 듯 마는 듯한 표정을 짓고 있는 것이 꼭 비웃는 것 같았다. 화산 삼대제자의 수준은 저 정도구나, 하고.

'안 돼! 사문을 더 이상 욕되게 할 수는 없다!'

그는 어렸을 적 어머니 젖 빨던 힘까지 다 끄집어내어 마지막 용을 썼다.

"쯔아아아—"

억눌린 듯한 신음성이 앙다문 입에서 흘러나오는 와중에, 문득 사부의 꾸지람이 머리 속을 스치고 지나갔다.

"이 곰 같은 놈아! 너는 어찌 항상 외공 따로 내공 따로 노는 게야! 네놈의 그 역발산의 힘에다가 내공을 실어 넣으란 말이다. 내공 공부할 때만 내공을 움직일 것이 아니라 힘을 발휘할 때 쓰란 말이다!"

그는 타고난 힘이 워낙 뛰어났기에 동기 중에서도 단연 돋보이는 제자였다. 하지만 점점 나이가 들면서 응용력이 떨어지는 것이 큰 문제점으로 작용하였다.

내공의 공부가 다른 동기들에 비해 뒤떨어지는 것도 아니었지만 검술 대련이나 권각 대련같이 힘을 쓰는 일을 할 때는 외력만을 사용하는 것이 어렸을 적부터 습관화된 탓에 내공을 검술에 제대로 응용하지를 못했다. 그렇기에 요즘 들어서는 되려 다른 동기들의 성취를 따라잡지 못하고 있었다.

'그래, 육합심공(六合心功)을 발휘해야 할 때가 바로 지금이야!'

정신없이 힘을 주는 와중에 머리 속에 심결을 떠올리기 시작했다.

마침내 그의 단전에 있던 내기가 움틀거리며 몸을 돌아 힘줄이 불거진 채 잔뜩 힘을 주고 있는 양팔로 향해갔다. 탄탄한 기초가 쌓인 내공의 힘이 양팔에 깃들여지는 것을 느끼자 덕호는 벽력같은 괴성을 지르면서 왼손에 잡혀 있는 검집을 하늘 쪽으로 치켜 올린 채 오른손으로 보석을 있는 힘껏 비틀어 뺐다.

"으랏찻찻차아!!"

가뜩이나 큰 목소리를 소유한 덕호의 괴성은 순간적으로 발현된 내공까지 실려서 고요한 밤공기를 꿰뚫고 멀리멀리 퍼져 나가 온 화산에 메아리쳤고, 취침 준비에 들어가던 이, 삼대제자들은 숙소를 들었다 놓는 괴성에 기겁하여 방문을 박차고 몽땅 뛰어나왔다.

한데 그렇게 죽으라고 힘을 쥐어짜도 미동도 안 하던 연녹색 보석은 어찌 된 일인지 육합심공의 내력이 손목으로 전해지자마자 뎅겅 검집에서 뽑혀져 나왔다. 예상밖에 너무도 쉽게 빠져나온 보석을 덕호는 미처 잡아채지 못했고, 보석은 그의 엄청난 힘이 실린 채로 손에서 빠져나가 하늘 높이 날아올랐다.

"내 보석—!"

맹정우는 덕호의 괴성과 맞먹는 비명성을 지르면서 포물선을 그리며 날아가는 보석을 섬전 같은 속도로 쫓아갔다.

그때 보고 말았다. 덕호와 숙소에서 뛰쳐나온 화산의 이, 삼대제자들은.

"오오오, 저럴 수가!"

그들은 인간의 몸이 한계를 넘어서서 움직이는 장면을 보고 만 것이다.

덕호의 옆에 있던 맹정우는 잔상만을 남긴 채 서서히 사라졌고, 그의 몸은 십 장 앞의 보석이 떨어진 곳에 이미 가 있었다.

그것은 전설로만 전해지던 경공의 완성형, 이형환위(移形換位)였다.

맹정우는 섬서영웅에 겸하여 무공을 익히지 않은 인간 최초로, 그리고 순수한 물욕만으로 이형환위를 시전한 전설 속의 인물이 된 것이다.

제3장

영웅은 기연(奇緣)을 만나기 마련이다

<h2>영웅은 기연(奇緣)을 만나기 마련이다</h2>

"정우야, 왜 그러니? 어디 아프냐?"

최운은 덩치 큰 화산제자에게 맹정우가 업힌 채로 회의실로 들어서자 깜짝 놀랐다.

덕호의 등에서 내려서던 맹정우가 겸연쩍은 목소리로 대꾸했다.

"으응, 아무것도 아니야."

맹정우는 분수에 맞지 않는 능력을 펼쳐 전설이 된 대가를 혹독하게 치르고 있었다. 다리 근육이 놀라 걷지도 못할 지경이었다.

"맹 대협께서 오늘 저희의 안목을 크게 높여주셨습니다요."

덕호는 의아해하는 화산의 원로들에게 침을 튀겨가며 맹정우의 좀 전의 신위를 설명했고, 또다시 오오! 역시! 등의 감탄사가 회의실을 돌아다녔다.

"맹 소협, 잠도 못 자고 여기까지 호위하느라 수고한 자네를 쉬지도 못하게 야심한 밤에 불러낸 것을 미안하게 생각하네. 하나 상황이 아주 기묘하게 돌변했다네."

맹정우는 비치적거리며 걸어가 간신히 회의실 의자에 앉는 데 성공한 후 이어지는 함학의 말을 경청했다.

"서안 쪽에서 급보가 날아왔네. 백가보가 무너졌다는군."

맹정우의 눈이 커졌다.

"그럼, 그 혈랑대가 쳐들어온 것입니까?"

"아니, 그랬으면 아예 예상과 부합하니 곤란하긴 할지언정 지금같이 답답하진 않겠지."

최운이 함학의 말을 이어받았다.

"백가보를 무너뜨린 것은 철혈방(鐵血幫)이야."

철혈방이라면 맹정우도 들어본 적이 있는 이름이다.

"철혈방이라면, 칠패의……?"

"그래, 사천의 패자, 철혈방."

사천 지방은 넓은 땅덩이만큼 전통있는 무가가 다수 포진되어 있는 지역이다. 아미파, 점창파, 청성파, 사천당가 등의 명문이 있기에 감히 그들을 넘어서 사천의 패자를 자처하는 세력이 생기리라고는 불과 이십 년 전만 해도 상상도 못할 일이었다. 그러나 그 고정관념을 깨고 사천에 터를 잡은 지 근 삼십 년 만에 자타가 공인하는 패주가 된 자가 있었으니 바로 철혈방의 방주 철혈도제(鐵血刀帝) 위지관천(尉遲普天)이다.

그 자신부터 천하오성의 한 자리를 차지하고 있는 최절정고수인데다가 좌청룡 우백호로 일컬어지는 문무쌍성(文武雙星) 제소운과 안량을 위시한 기라성 같은 고수들이 촘촘히 운집해 있어 칠패 가운데서도 공히 첫 손가락에 꼽히는 강대한 세력이 바로 철혈방이었다.

"그쪽에서 백가보를 친 명분은 뭐라고 합니까? 백가보와 철혈방의 사이가 좋지 않다는 말은 금시초문인데요."

화산의 장로 옥수자의 질문이었다. 무림맹 비선(秘線)을 통해서 급보가 전해진 지 얼마 안 된지라 회의실에서도 아직 상황 파악이 끝나지 않은 상태였다.

"저희도 그런 갈등이 있었는지 몰랐습니다만……."

함학이 대답했다.

"그들이 백가보를 접수한 후 공포한 바에 의하면 철혈방 계열의 상방과 백가상단 간의 마찰이 사천 쪽에서 좀 있었다고 하더군요. 아마 자리 싸움 정도의 갈등이었겠지요. 그런데 시시비비를 따지는 와중에 백가보의 처리가 공명정대하지 못해서 칼부림이 일었고, 문제가 더욱 확대되었다고 합니다. 그 와중에 철혈방 측에서 부상을 입었던 자들이 사망하는 바람에 그걸 걸고넘어진 것이지요."

함학의 말을 듣고 있던 중인들의 표정이 무거워졌다.

사실 시시비비의 내용은 그다지 중요하지 않았다. 그런 것은 얼마든지 조작이 가능한 것이고, 큰 세력이 작은 세력을 그런 식으로 흡수하는 것은 강호상에 비일비재한 일이었다.

문제는 백가보가 철혈방에 비해 좀 부족하긴 했지만 어줍잖은 시비로 그렇게 간단히 넘어갈 정도의 약한 세력은 아니었다는 것이다.

옥진자가 입을 열었다.

"참으로 시기가 공교롭다 말하지 않을 수가 없구려. 백가보 정도의 문파를 칠 준비를 하고 사천에서 서안까지 넘어오는 데 빨라도 사나흘은 잡아야 할 거요. 그들이 어제 영웅대회에서의 산공독 사건에 대한 정보를 대회 폐장과 동시에 접했다 하더라도 내일 이전에 도착했을 수는 없을 거외다. 그렇다면 이번의 무혈입성은 지극히 우연하게 일어난 결과라는 얘긴데……."

한 문파가 다른 문파를 치려고 갔는데 우연하게도 공격 목표였던 문파가 또 다른 세력에게 큰 피해를 입어 싸울 수가 없는 상태여서 간단히 제압했다. 우연히 일어난 일이니 쳐들어간 문파와 또 다른 세력과는 아무런 연관이 없다. 물론 있을 수 있는 가정이지만 이해관계가 거미줄처럼 얽히고설킨 강호에서 그런 우연성에 기대어 사건을 판단하는 것은 현명하지 못한 사고이다.

사람들의 머리가 복잡하게 돌아가는 가운데 무겁게 침묵하던 법현 대사가 장내를 환기시켰다.

"정보가 많이 부족한 현 상황에서 근거없이 정황만 가지고 사안을 판단하는 것은 피해야 할 것입니다. 위지 방주가 성인군자 정도는 못 되더라도 심지가 굳은 사나이라는 것은 노납이 직접 보고 내린 판단이외다. 오히려 새외의 침공을 서안에서 저지시킬 수 있는 든든한 방패가 생긴 것이라고 일단 안심을 하고, 산서 쪽의 문제를 먼저 해결하는데 총력을 기울이는 것이 좋을 듯합니다."

"그러나……."

옥허자가 무슨 말을 하려 했으나 법현 대사가 손을 들어 저지했다.

"예, 무슨 말씀을 하려는지는 알고 있습니다만, 지금 맹의 힘이 여기저기 분산되어 있는 상태에서 백가보 건까지 처리하기는 조금 문제가 있습니다."

무림맹의 세 사람은 옥허자를 비롯한 화산 문인들의 불안감을 어느 정도는 이해할 수 있었다. 승냥이가 있던 곳에 호랑이가 들어앉은 격이니 마음이 편할 리가 없었다. 그렇기에 이들은 무림맹에서 백가보 사건의 시비를 가려 철혈방이 서안에서 활개치고 다니는 것을 억제해 주기를 바라는 것이다.

법현 대사도 이들이 어떤 생각을 하는지 충분히 짐작할 수 있었지만 그러한 요구를 수용해 줄 수가 없는 형편이었다.

혈랑대가 문파의 존망을 뒤흔들 수 있는 상황이었던 것에 반해, 철혈방의 섬서 진입은 기껏해야 경제적인 영역에서의 화산 몫이 줄어들 따름일 것이다.

화산 계열의 상방이나 표국들이 타격을 입기는 하겠지만 백가장과 같은 노른자위 땅이 아닌 산꼭대기의 누각을 철혈방이 노릴 리는 없을 테니까.

지금 무림맹의 역량을 가지고서 강력하고 비협조적인 철혈방을 거스르면서 거기까지 신경 써줄 수는 없는 노릇이었다. 아무리 화산이 무림맹의 중요 구성원이라 하더라도.

"향후 대책은 우선 산서혈사를 해결하고 난 후, 옥운 장문께서 나오시면 다시 협의해 보도록 합시다."

법현 대사의 제안에 화산장로들은 마지못해 고개를 끄덕였다. 장문인인 옥운자가 폐관 수련에 들어간 터라 실상 그들끼리 전방위적인 대책을 세우기도 좀 무리가 있었다.

법현 대사 일행은 내일 아침 산서로 떠나기로 결정하고 화산파에서 인원을 차출해 줄 것을 부탁했다. 그러나 화산 장로들은 철혈방 건으로 마음이 상한 탓인지 반응이 시큰둥했다.

결국 혈랑대의 위험성이 아직 내재되어 있는 관계로 고수급의 차출은 거부되었고, 산서까지 보좌해 줄 제자 두어 명의 지원만이 허락되었다.

또가닥 또가닥 또가닥.

구름이 적당히 해를 가려주어 다소 시원한 느낌을 주는 아침, 섬서에서 산서성으로 향하는 한적한 관도에는 여섯 필의 말이 세 필씩 앞뒤로 나누어져 전진하고 있었다.

뒤쪽의 세 필의 말에 올라탄 인물들은 앞쪽의 말들과는 약간 거리를 둔 채 심각한 표정으로 이야기를 나누고 있었다. 이들은 화산에서 이른 아침에 출발한 무림맹 좌호법 법현 대사의 일행이었다.

"백가보가 그렇게 허무하게 무너지리라고는 꿈에도 몰랐습니다. 중수재 백처단이 산공독 때문에 체면을 구기기는 했습니다만 능력이 출중해 보였는데 말입니다."

최운의 말에 함학이 대꾸했다.

"그러게 말일세. 하나 산공독에 중독된 상황이니 중수재 아니라 경천재(輕天才)가 있었다 해도 어찌할 수 있는 상황은 아니었겠지. 시운이 없었다고 할 수 있네만, 역시 상인에서 무림인으로의 과급한 변신이 발목을 잡았다고도 볼 수 있네."

"어째서 그렇습니까?"

"단순하게 생각해 보아도 상계 쪽에 어느 정도 발을 걸치고 있었다면 사천에서 어떤 시비가 붙었다고 해도 철혈방이 상계의 눈치를 아니 살필 수는 없었기에 그렇게 단박에 쳐들어와 무력 행사를 할 수 없었을 걸세. 백처단은 백룡방과의 경쟁 심리, 부친의 바람 등으로 인해 무리한 세 불리기를 거듭했고, 상계 쪽에서는 너무 일찍 발을 뺐지. 양강(兩强)이었던 백룡방에 비해 돈에 의해 불려진 규모는 크되 내실이 없다는 비판을 많이 들어왔어. 무림대회의 다소 무리한 강행도 다분히 자신들의 세를 홍보하고자 하는 목적이 컸지만 결국 사고가 일어났고, 음식물에 반입되는 독에 그렇게 허술하게 당했다는 것 자체가 그들이 아직 무림문파로서의 준비가 덜 되어 있다는 것을 반증하는 사건이었지. 아마 산공독 여파가 아니었어도 철혈방의 노림수를 결코 벗어날 수 없었을 것이야. 한마디로 사상누각(砂上樓閣)이었기에 언제 무너져도 이상할 게 없었단 얘길세."

심각하게 강호 정세를 분석하고 있는 이들의 앞에는 세 필의 말이 앞서 가고 있었다. 세 필의 말 위에는 각각 맹정우와 화산에서 보내준 두 젊은 제자가 타고 있었다.

함학이 시선을 그쪽으로 가져가며 말했다.

"그건 그렇고 화산에서 이 정도로 비협조적으로 나오리라고는 생각 못했습니다. 상당히 실망스럽군요. 무림맹의 사정을 그들도 충분히 이해하리라 생각했는데……."

법현 대사가 말했다.

"너무 섭하게 생각하지 마시게, 함 당주. 철혈방의 서안 등장은 화산으로서도 긴장할 만한 사건이네. 혈랑대만으로도 벅찬 상황에 철혈방이라는 호랑이까지 등장했으니 고수를 빼줄 여력이 없을 만도 하지. 적어도 섬서는 칠패 같은 강성한 세력이 아직까지 없었으니 말일세."

"그만큼 화산의 힘이 약화됐다는 것을 반증하는 것 같았습니다."

최운의 말에 두 사람은 고개를 끄덕였다.

"그래, 칠패의 등장만큼이나 무당, 소림을 제외한 구파일방의 몰락도 이 세대의 놀라운 현상이지. 종남이나 형산파는 더 이상 대파라고 칭해질 수 없는 형편이고, 공동파까지 봉문이 되었으니 구대문파라는 말 자체도 조만간 없어질지 모를 일일세. 그래도 화산은 화산일룡의 등장으로 능히 무당과 자웅을 겨룰 수 있다고 자처했건만……."

"화산일룡이라 하심은, 옥운 장문인 말씀이십니까?"

최운이 눈을 동그랗게 뜨고 반문하자, 법현 대사와 함학은 어리둥절해하는 그의 표정을 보며 동시에 너털웃음을 터뜨렸다.

"하하하. 그래, 자네 같은 젊은이들은 이해가 안 갈 만도 하지."

함학이 말했다.

"일 년에 열 달 이상을 폐관 수련을 한다며 장문인 자리를 공석으로 만드는 바람에 지금은 무존 진인(無存眞人)이라는 별호가 더 익숙한 화산 몰락의 상징적 인물로밖에 알지 못할 테니 말일세. 하지만 말이지, 이십여 년 전만 해도 무존 진인은 훗날 천하제일인의 자리에 오를 것이라고 화산에서 장담하던 기재였다네."

"그랬습니까?"

"화산에서만 그리 생각했던 것이 아닐세."

법현 대사가 말을 이어받았다.

"기재라기보다도 천재, 아니, 그 이상이었지. 본 맹의 맹주님도 당시에는 한 수 접어줄 정도였으니까. 스무 살 이전에 자하신공을 구현하기 시작했다면 이해가 빠르려나?"

"그, 그런……."

"이 사람 참, 그렇게 놀란 척할 거 없네. 자네 화후랑 거의 비슷하지 않나? 신진사룡의 수좌가 너무 겸양을 떨어도 보기 좋지 않네."

함학의 짓궂은 말에 최운은 펄쩍 뛰었다.

"함 당주님! 농담으로라도 그런 말씀 마십쇼. 저는 아직 멀었습니다. 그리고 신진사룡이니 수좌니 하는 말씀 하지 마시라고 부탁드리지 않었습니까."

"하하, 알았네, 알았어. 어쨌든 화산일룡이 화산의 미래를 밝혀줄 인물이라는 것은 당시 화산파를 비롯한 모든 무림이 예상하고 있었지만 애석하게도 천재에게 닥친 첫 번째 시련을 그는 넘어서지 못했네."

"시련이라 함은?"

"같은 연배의 호적수에게 패배하고 말았다네."

법현 대사가 당시를 회상하듯 아련한 표정을 지으며 말했다.

"당시에 화산일룡과 함께 이대신룡(二大神龍)이라 불리던 사람이었지. 사실 비무 전의 예상으로는 옥운 진인의 반 초 승리를 대부분의 강호인이 점쳤네만, 천재의 약점 중에 하나인 지나친 자만심이 결국 발목을 잡고 말았지. 결국 다 이긴 승부는 젊은 나이에도 불구하고 끝까지 냉정함과 집중력을 잃지 않았던 호적수에게 넘어갔고, 화산일룡은 생애 최초의 패배에 넋이 나간 뒤 이십 년 가까이 외부에 모습을 드러내지 않은 채 두문불출했네. 혹자는 주화입마에 걸려 무공을 다 잃어버렸을 거라고 하였고, 또는 방황을 거듭하다가 화산에서 파문당해 낭인이 되었다고 하는 소문도 돌았었지만 그의 사문은 천재의 잠적에 대해서 입에 자물쇠를 걸어 잠근 듯 묵묵부답이었네. 그의 사문, 화산파 역시 그의 잠적에 발맞추어 몰락에 몰락을 거듭했고, 그러던 와중에 팔 년 전 혈랑대와의 대격전 끝에 전대 장문인인 태현 진인이 사망하자 이십 년 동안 소식을 들을 수 없었던 화산일룡이 장문인에 등극하여 세간을 깜짝 놀라게 만들었지. 그 다음의 행보는 최 향주도 잘 알 걸세. 벌써 팔 년째 매년 폐관 수련을 열 달 가까이 하면서 외부에 거의 모습을 드러내고 있지 않지. 무림맹에서 정기적으로 열리는 장문 회합에도 언제나 대리인을 보내는 형편이고. 노납이 생각하기에 화산일룡의 기나긴 방황은 아직 완결되지 않은 것 같더군."

최운은 한 천재의 기이한 행보를 듣고는 깊은 생각에 잠겼다. 그러다가 문득 떠오르는 생각에 다시 입을 열었다.

"아참, 그 호적수는 대체 누굽니까?"

함학이 싱긋 웃으며 대답했다.

"맹주님이지 누구겠나?"

뒤쪽의 무게있는 대화 분위기와는 달리 앞쪽 세 일행의 분위기는 화기애애하여 마치 유랑을 나온 듯했다.

"그래서 놈의 신경이 온통 대사님께 쏠려 있는 것을 보고는 '기회다!' 싶었지. 그 판단 직후 세명신공의 엄청난 기운이 실린 나의 팔성검은 딱딱하기가 돌과 같은 탁자와 무쇠 같은 놈의 양 팔뚝을 한꺼번에 일검양단, 아니, 일검삼단 해버렸고, 나머지 조무래기들은 스님과 협조하여 가볍게 처리해 버렸지. 그리하여 섬서무림은 구원을 얻게 되었다고 할 수 있지."

"우와아아! 대단해요!"

사정없이 튀는 맹정우의 침을 맞아가면서도 좌우에서 열심히 그의 영웅담에 귀를 기울이던 화산의 두 제자, 덕호와 덕현은 일제히 엄지손가락을 치켜들었다.

이 둘은 고수를 내보내는 데 시큰둥한 반응을 보인 화산에서 미안한 마음에 길 안내나 하라며 일행에게 딸려 보내준 자들이었다.

화산에서는 양심상 그래도 삼대제자 중에 걸출하다 할 수 있는 제자들을 딸려 보내려 했으나 맹정우가 덕호를 강력 천거하는 바람에 같은 사부 밑의 직계 사형제인 덕현까지 따라오게 된 것이다.

"한참 떠들었더니 입이 다 아프군. 이제 자네들 얘기 좀 한번 해보지? 자네 둘의 사부님이 남다른 분이던데. 혹시 자네 둘, 그분의 자식 아닌가?"

두 제자는 펄쩍 뛰었다.

"아이구, 맹 대협은 무슨 말씀을 그렇게 하십니까. 도사가 어떻게 애를 낳고 게다가 자기 파에 입적까지 시킬 수가 있습니까요. 그저 우리 사부님이 잔정이 좀 많아서리……."

"좀 많은 정도가 아니던데?"

조금 더 솔직히 말하자면 거의 팔불출 수준이었다.

선학자(善鶴子)라 불리던 이 둘의 사부는 산 아래 화음현까지 쫓아와 가지고는 두 제자에게 강호상에서 지켜야 할 예법과 주의 사항을 귀에 못이 박히도록 읊어대는 바람에 옆에 있던 맹정우까지 그걸 외우게 될 정도였고, 맹정우와 법현 대사의 손을 부서져라 잡고서 우리 제자 좀 잘 부탁한다며 눈물이 그렁그렁하다가 같이 배웅 나온 옥허자 등에게 호되게 꾸지람을 듣고서야 어깨가 축 쳐져서 발길을 돌리던 모습이 아직도 눈에 선했다.

화산의 두 제자는 사부님 얘기가 나오자 활기차던 얼굴이 갑자기 숙연해졌다. 덕현이 잠시 머뭇거리다 입을 열었다.

"맹 대협이시니까 이런 얘기 드리는 겁니다. 다른 사람한테는 얘기 하지 마세요. 우리 사부님이 원래 장문 사조님의 수제자랍니다. 뭐 공인받은 것은 아니지만 제자라고는 사부님 하나뿐이니 수제자죠. 장문 사조께서는 폐관 수련이 잦기 때문에 사부께서는 젊어서부터 거의 혼자 수련을 하셨답니다. 사조께서는 폐관을 마치고 나오시는 간간이 봐주시는 정도였구요. 그래도 장문 사조를 원망하신 적은 한 번도 없으세요. 오히려 사조에 비해 크게 떨어진다고 말씀하시는 본인의 자질 탓을 늘상 하셨지요. 그런 까닭에 사조의 명예를 제자가 드높이지 못할 바에야 사손이라도 지켜 나가야 한다며 저희가 아주 어렸을 때부터 공을 무척 많이 들이셨답니다. 늘 같이 있는 시간이 많고 정도 워낙 많은 분이시라 저희를 친자식처럼 아끼시는 것이지요."

"흐음, 그래?"

시큰둥하게 대답했지만 맹정우는 속으로 부러웠다. 아까 얘기를 들어보니 이들도 자신처럼 고아였다가 화산에서 데려가 키워졌다고 한다. 비슷한 처지이지만 자신은 그렇게 오랫동안 정을 쌓아온 사람이 없었다.

굳이 꼽자면 구병이가 있지만 그는 친구, 동일한 선상에서의 관계였다. 자신보다 큰 어른에게 지속적인 관심과 사랑을 받아본 적이 없었다.

얼굴이 거의 기억나지 않는 어머니, 여덟 살까지 돌보아준 어머니와 먼 친척이라는 노부부. 노부부가 돌림병으로 죽고 난 후 맹정우는 혼자 살아야 했다.

아버지가 물려주었다는 유산은 비교적 넉넉했지만 여덟 살짜리가 그 큰 돈을 지키기 위해서는 정보다 세상을 먼저 알아야만 했다.

'쩝, 그래서 내가 계집을 그렇게 좋아하는지도…….'

호색한 기질을 부모의 정을 못 받은 탓으로 돌려 버리는 속 편한 맹정우였다.

✳

일행은 저녁 무렵 산서성 서남쪽의 영제(永濟)라는 곳에서 무림맹 청룡당과 조우할 수 있었다.

무림맹에서는 청룡당과 주작당이 산서혈사 해결을 위해 파견 나와 있는 상태였고, 함학이 오기 전까지 청룡당은 주작당주의 지휘 하에 있었다.

일행은 청룡당이 임시 거처로 쓰고 있는 객잔에 들어와 있었고, 맹의 세 명은 현재의 상황을 보고받으려고 객방에 들어간 상태였다.

호위 임무와 길 안내를 마치고 홀가분하게 아침에 떠나기로 한 나머지 세 명은 객잔의 후원에서 달 구경을 하고 있었다.

"휴우, 맹 대협, 그 위의 보석은 전혀 미동도 하지 않는데요. 소인의 능력으로는 도저히 불가능하겠습니다요."

"그래? 그럼 할 수 없지, 뭐."

맹정우의 눈에 아쉬움이 스쳐 지나갔다. 여덟 번째 보석이 어이없이 빠져나간 뒤, 덕호는 일곱 번째 보석까지 쉽사리 빼냈다. 그런데 여섯 번째 보석부터는 오는 길 내내, 그리고 객잔에 들어와서까지 용을 써봤지만 역시 옴짝달싹하지 않았다.

맹정우는 손에 쥐고 있는 두 개의 보석을 내려다보았다. 연녹색과 청색의 아름다운 보석들은 절로 그의 마음을 흐뭇하게 만들었다. 이미 보석상에게서 엄청난 가치를 인정받은 두 보석과 호위비로 법현 대사가 쥐어준 품 안의 천 냥짜리 전표는 든든하게 그의 앞날의 부귀영화를 보장해 주고 있었다.

한 이각쯤 지났을 무렵, 일층에 있던 청룡방 무사들이 부산하게 움직이는 것이 눈에 띄었다. 그러더니 이층에서 회의를 하던 법현 대사 이하 인물들까지 다 내려왔다.

법현 대사는 맹정우를 발견하고는 급히 다가왔다.

"맹 소협, 상황이 워낙 급한지라 우리는 이만 출발해야 할 듯하오. 태원 부근에서 시작된 혈사가 어느새 이 부근까지 진행된 모양이구려. 이제 북쪽에서 남하 중인 주작당과 협력 작전을 펼쳐 천신도를 한시라도 빨리 수급해야 할 상황이외다. 아까도 한 번 말했지만 맹 소협이 이번 사건에서 우리 맹을 도와준다면 정말 큰 힘이 되겠소이다. 물론 도와준다면 그에 상응하는 보상과 원한다면 무림맹에의 가입과 섭섭지 않은 지위까지 보장을 해주겠소. 어떻소이까?"

맹정우는 고소를 지었다. 참으로 군침 도는 얘기였지만 운 때를 타는 것도 적당히 해야 하는 법이다.

실상은 눈곱만치도 무공을 모르는 자신이 대체 뭘 도울 수가 있단 말인가? 들켜서 욕이나 먹던가, 얼쩡대다가 칼이나 맞아 뒈질 것이 뻔하기에, 이쯤에서 물러서야 했다.

"아까도 말씀드렸습니다만 저희 사문에서의 일이 여러 가지로 바쁜 관계로 이 이상 이쪽에서 머물기 곤란합니다. 저도 강호의 협을 위하여 대사님을 돕고 싶은 마음 굴뚝같습니다만 저의 빈자리는 우리 최향주가 확실히 메우고도 남음이 있으리라고 생각합니다. 더 도와드리지 못하고 이렇게 물러나는 것, 용서하시기 바랍니다."

무림맹의 인물들은 맹정우의 겸손함에 감탄을 금치 못했다. 그리고는 지금껏 도와준 것만 해도 차고 넘친다며 그의 의기를 칭송하며 감사를 표했다.

"정우야, 나중에라도 꼭 개봉으로 놀러 와라. 구병이도 데리고."

"그래, 그래. 너도 몸조심해라. 너무 무리하지 말고."

최운과의 아쉬운 작별까지 끝내고 무림맹의 인물들을 모두 떠나보낸 맹정우는 시원섭섭한 마음으로 객방으로 올라갔다.

침상에 털썩 누워 흐뭇함에 잠겨 있던 그는 행복감의 원천, 큼지막한 두 보석을 눈앞에 대고 달그락거리고 있었다. 그러다가 좀 더 자세히 보려고 등잔 불 근처에 갖다 대는 순간, 벽에 뭔가가 아른거렸다.

"음?"

워낙 순간적인 일이어서 처음에는 무엇이었는지 알 수 없었다. 다시 한·번 그 현상을 보려고 아까 했던 동작을 반복해 보니, 벽에 서서히 그림이 나타나기 시작했다.

바로 보석에 등잔 불빛이 관통하면서 보석 안에 내재되어 있는 아주 작은 그림과 글들이 벽에 확대되어 비친 것이었다.

깜짝 놀란 맹정우는 연녹색 보석부터 자세히 살펴보기 시작했다. 팔각형의 보석은 한 면 한 면마다 육안으로 직접 보면 식별하기 어려울 정도의 그림과 글들이 깨알같이 새겨져 있었다.

보석의 평평한 윗 부분을 등잔불 쪽에 놓고 보고자 하는 면을 벽 쪽으로 향하게 뉘이면 한 면 한 면마다 새겨진 내용을 확인할 수 있었다.

한 면 한 면 불빛에 돌려보니, 두 면에는 글이, 나머지 여섯 면에는 손동작을 묘사한 그림들이 들어 있었다.

투영 거리가 다소 짧아 글이 잘 안 보이자 맹정우는 등잔을 벽 쪽에 바싹 붙이고 객방의 반대편 벽에 영상을 투영시켰다.

글은 다소 오래된 문체였지만 식별하기는 어렵지 않았다.

연자(緣者)여, 정심한 도력의 그대가 이 글을 읽어주기를 바라 마지않는

다. 이 글을 쓰는 본인은 한때 강호에서 혈패왕(血覇王)이라 불리며 수많은 살업을 행했었으나 화산의 숨은 고인(高人) 청양 진인에게 신(身)으로나 심(心)으로나 완벽히 패배한 뒤 그간의 과오를 뉘우치며 깊은 참회에 들어갔다. 화산 내지의 한 동굴에서 면벽 수련을 한 지 십 년, 깨우침[得道]을 얻어 이제 세상과의 인연을 마치고 내세로 떠나려 한다. 하나, 비록 지금 마음의 평정을 찾긴 했으되 지나간 과거의 수많은 과오가 없어지는 것은 아니기에 후세의 연자에게 작은 인연을 남겨 내 지난 과오를 털끝만큼이라도 보상하려 한다. 본인의 애검이었던 패천검에 박힌 여덟 보석 중 검집 아래쪽의 첫째, 둘째 보석은 도가 계열의 정심한 내공을 십 년 이상 수련한 자라면 손쉽게 뺄 수 있으되 다른 종류의 내공으로는 절대 검집에서 빼낼 수 없도록 조치한 것이니 연자의 청정함을 믿고 여덟 개의 보석에 담긴 본인의 네 가지 무공을 전수하려 한다.

맹정우는 여기까지 읽고 뇌까렸다.
"혈패왕이 대체 누구야?"
지금의 강호에는 칠패가 있지만 백이십여 년 전의 강호에는 오로지 일패(一覇)만이 존재하고 있을 뿐이었다.
패천방(覇天幇)!
천하를 제패하겠다는 광오한 이름처럼 그들의 힘 앞에 구파일방도 모두 숨을 죽였고, 마교조차도 사파의 지존 자리를 내놓아야만 했다. 그 엄청난 힘의 꼭대기에는 혈패왕 혁련세(赫連世)가 있었다.
그의 일검에 땅이 갈라졌고, 그의 일장에 하늘이 뒤집혔다.
그러던 그가 강호일통을 눈앞에 두고 어느 날 갑자기 사라져 버렸고, 패천방은 구심점을 잃고 어이없이 와해되어 버렸다.

당시 혈패왕의 실종은 강호 최대의 관심사였지만 내막은 그 누구도 알지 못했다. 그 엄청난 비사(秘事)가 백이십 년 동안 작은 보석 안에 숨어 있다가 드디어 모습을 드러낸 것이다.

이러한 사실을 알 리가 없는 맹정우는 여전히 침상 위에 누워 손만 등잔 앞에 치켜 올린 채 한 면 한 면 감상을 계속했다.

본인의 네 가지 무공은 십 년간의 면벽 수련을 거치면서 지난날의 패도적인 무공들의 미처 알 수 없었던 수많은 결함을 하나하나 깨달아가며 완성시킨 본인의 한평생 무공의 정수(精髓)라 할 수 있다. 패도적인 기운은 말끔히 사라지고 현묘한 무리(武理)만이 깃들어 있으니 안심하고 수련하라. 첫째, 둘째 보석에는 금나수법이, 금나수법의 마지막 초식을 발휘해야 빼낼 수 있는 셋째, 넷째 보석에는 내공심법이, 심법을 삼 성 이상 깨우쳐야 얻을 수 있는 다섯, 여섯 번째 보석에는 경신법이, 심법을 구 성 이상 깨우쳐야 빼낼 수 있는 마지막 두 보석 안에는 하나의 검식이 내재되어 있다. 조급한 마음을 먹지 않고 이치를 깨닫는 데 주력하면 금나수법은 반 년 안에, 경공은 이 년 안에, 심법과 검식은 능히 삼십 년 안에 대성 가능할 것이다. 연자의 청정함을 믿기에 도와 중생을 위하여 이 무공을 써주리라 확신하니 부디 본인이 행하였던 크나큰 과오의 짐을 후세에서 조금이라도 덜어주길 부탁한다.

"삼십 년?"

맹정우는 입을 딱 벌렸다. 진득한 맛이 없기로 세명로에서도 유명한 맹정우가 삼십 년간 한 가지 일에 매달린다는 것은 불가능한 일이었다.

내막이야 알 수 없지만 현재의 상황이 구병이가 무림야사를 떠들어

댈 때 들었던 '전대 기인이 남긴 비급'을 얻은 것과 비슷한 상황이라는 것을 알 수 있었다.

내용도 내용이거니와 보석 표면에 미세하기 그지없는 글자를 새겨넣고 일정 수준 이상의 무공을 갖추어야 빼낼 수 있도록 검집에까지 조치를 취해놓은 재주를 보건대 검의 주인이 예사로운 인물은 아닌 듯했다.

생각지도 못했던 기연을 얻은 것 같아 가슴이 쿵쾅거렸지만, 장장 삼십 년을 수련해야 한다는 것은 입을 벌어지게 만들었다.

"흐음."

맹정우는 고민에 빠졌다. 천 냥짜리 전표에다가 보석 두 개를 판 돈으로 세명로 길목 끝의 빈터를 사서 커다란 객잔을 하나 세우려던 야심 찬 행보가 지장을 받기 시작한 것이다.

그도 사실 한편으로는 졸지에 영웅이 되어버린 상황이 그리 싫지만은 않았었다.

밥이나 얻어먹으러 갔던 자리에서 만났던 옛친구 최운은 강호의 청년 영웅이 되어 있었고, 그 자신을 초라하게 만들었다. 그런데 어쩌다 운이 따라서 갑자기 쳐다보기도 힘들었던 섬서성의 무림인들이 영웅처럼 떠받들고, 자신을 초라하게 만들었던 옛 친구조차 자신을 존경하기 시작하자 하늘을 날 듯한 기분까지 들었다. 그러나 스스로의 현실을 직시해야 했기에 어쩔 수 없이 발길을 돌리기로 결심했다. 그러던 중에 뜻밖의 기연을 만나게 된 것이다. 이 기연을 살려 다시 한 번 영웅의 기분을 맛보고 싶다면 객잔은 포기해야 한다. 보석을 팔 수는 없는 노릇이니.

그는 한참을 뒹굴면서 머리가 빠개지도록 심각하게 고민을 했다. 그러다가 갑자기 침상에서 몸을 벌떡 일으켰다.

"에라, 새꺄, 다 집어치워! 네깟 놈이 그림 몇 장 본다고 절정고수가 될 수 있을 것 같냐. 지 분수를 알아야지. 에라, 이놈아. 맞아라, 맞아."

맹정우는 자기 뒤통수를 정신 차리라는 듯 몇 번을 후려갈긴 후 등잔불을 끄고 이불을 머리까지 둘러쓴 채 침상으로 파고들었다.

이각(약 30분) 후, 이불은 방바닥으로 집어 던져졌고, 등잔불이 다시 켜졌다. 그리고 밤새도록 객방의 벽에는 불빛에 비추인 손 그림자가 아른거렸다.

제4장

영웅은 위기에 처한 여인을 돕는다,
그것도 헌신적으로

"이보게, 덕호."

"왜 그러십니까요, 맹 대협?"

"자네가 익히고 있는 내공심법 말이야."

"육합심공 말씀이십니까?"

"그래, 그거. 나한테 좀 가르쳐 줄 수 없나?"

"예?"

맹정우와 덕호, 덕현은 섬서성으로 귀환하고 있는 중이었다. 갈 때
와 같이 말을 탔으되 임무를 마치고 한결 넉넉해진 걸음걸이를 유지하
며 한담을 나누고 있었다. 그러던 와중에 나온 맹정우의 말에 덕호의
두 눈이 휘둥그레졌다.

"아니, 맹 대협께서 육합심공이 무슨 필요가 있으신지요? 육합심공
같은 기초 심공을 익히실 이유가 있나요?"

육합심공은 화산파 제자들이 처음 익히는 기본 심공이었다. 이것을 십이 성 달성해야 자하신공의 첫 단계를 익힐 수 있게 되는 것이기에, 맹정우 같은 신공(?)의 소유자가 익힐 수준의 것이 아니었다.

"크흠! 물론 내가 특별히 필요해서 그런 것이 아닐세. 사실은… 응, 그렇지, 최근 각 파의 기본 심법을 연구하고 있거든? 자고로 기초가 튼튼해야 절정에 다다를 수 있지 않겠나? 그런 취지에서 무림 각 파의 기초 심공의 장단점을 분석하고 우리 파의 그것과 비교하여 좋은 것은 받아들이고, 나쁜 것은 걸러내는 작업을 하려고 하는 것이지."

맹정우가 순식간에 사연 하나를 만들어내는 스스로의 구라빨에 지 혼자 경탄을 하고 있는 사이, 덕호의 얼굴은 슬쩍 굳어졌다.

"그건 안 되겠는뎁쇼."

"아니, 왜?"

"비록 도인 체조에 가까운 기본적인 내공심법이라지만 엄연히 본파의 무공입니다요. 어찌 외인에게 함부로 전수할 수 있겠습니까요?"

"으응, 그래?"

맹정우는 적이 당황했다.

그다지 길지 않은 동행이었지만 덕호는 자신을 천하제일의 영웅처럼 떠받들고 공경하는 자세를 보여주었다. 그렇기에 이렇게 완강하게 거부할 줄은 미처 예상하지 못했던 것이다.

구원자는 엉뚱한 곳에서 나타났다. 덕호의 옆에서 코를 후비적거리던 덕현이 던진 한마디,

"제가 가르쳐 드리지요."

그 말에 구겨졌던 맹정우의 얼굴이 다리미로 지진 듯 쫙 펴졌고, 덕호의 얼굴이 구겨진 종이처럼 일그러졌다.

“덕현이, 너! 어떻게 그럴 수가 있느냐! 네가 감히 사문을 배신하고서……..”

“진정해라, 좀. 너의 큰 머리를 박는 데만 쓰지 말고 굴리는 데도 사용해 보란 말이다.”

덕현은 히죽거리면서 말을 이었다.

“무당의 양의심공이나 본산의 육합신공 같은 기초 심법은 시중의 도인 체조 책에도 나와 있는 기본 심공들이다. 이미 백성들의 건강을 위해 사해에 널리 퍼뜨린 심법 하나 가르쳐 드리는 것이 뭐가 아쉬워서 열을 내는 것이냐?”

그 말에 덕호는 얼굴이 멍청해진 채로 뒤통수를 긁적였고, 맹정우는 덕현에게서 육합심공의 행공 요령, 구결 등을 전수받을 수 있었다.

맹정우가 갑자기 육합심공에 관심을 기울인 이유는 어제 밤새워 가며 익히려 애썼던 금나수법 때문이었다.

그림을 보면서 어느 정도 동작에는 익숙해졌으나 이것을 시전하려면 아무래도 기본적인 내공이 필요했다.

금나수법 자체가 정심한 도가 계열의 내공을 십 년 이상 숙련한—보석을 빼낼 수 있을 정도의—것을 전제로 구성되어 있었기 때문이다.

십 년 수련이라는 것이 까마득하긴 했지만 다행하게도 자신에게는 대환단과 인형설삼이라는 절세의 영약이 있었다. 일단 기본적인 내공만 형성되면 능히 일 갑자 이상의 공력을 이들 영약을 통해 얻을 수 있다는 복안이 서 있었던 것이다.

그러한 이유로 덕현이 불러주는 구결을 열심히 외우며 길을 걷고 있던 중 어디선가 이상한 소리가 들렸다. 창졸간에 지나간 그 소리가 무엇인지 명확하지는 않았지만 왠지 귀에 익은 소리였다.

"맹 대협, 왜 그러십니까?"

갑자기 맹정우가 말을 멈추고 두리번거리자 그를 지나쳐 간 두 사람이 의아하게 바라보며 물었다.

"쉿!"

맹정우는 입에 손가락을 갖다 대며 둘을 조용히 시켰다. 그리고는 귀를 쫑긋 세우고 소리가 다시 나기를 기다렸다.

잠시 후, 또다시 소리가 들려오기 시작했다.

"하아, 하아, 아아아……."

맹정우의 눈에서 신광(神光)이 번쩍였다. 이것은 분명 여성의 신음 소리, 교성이었다!

맹정우는 즉시 말에서 뛰어내려 살금살금 소리의 진원지라 짐작되는 방향으로 걸어가기 시작했다.

관도에서 벗어나 풀숲을 헤치고 들어가서 몇 발짝을 더 걷자, 숲 가운데의 풀밭에 볼 만한 광경이 벌어지고 있었다.

웬 여인이 교성에 가까운 신음 소리를 내며 몸을 뒹굴고 있는 것이 보였다.

"음?"

맹정우는 침음성을 흘렸다. 여인에게서 이 장쯤 떨어진 곳에는 피범벅이 되어 있는 한 사나이의 시체가 눈에 띄었던 것이다.

여전히 간간이 신음 소리를 내며 뒹굴고 있는 여인은 거의 이지를 상실한 듯했고, 몸에 걸친 옷은 군데군데 살짝 찢겨져 있었다.

"아니, 이것은!"

맹정우는 소리를 지르며 주먹으로 손바닥을 탁 쳤다.

이 상황은 구병이가 밤낮으로 떠들어대던 무림야사 중에 맹정우가 가장 좋아했던 대목, 음적의 춘약에 중독되어 위기에 빠진 여인을 주인공이 자신의 모든 것을 바쳐서(?) 구해내는 내용과 거의 일치했다. 차이점이 있다면 이미 음적은 처리되었다는 것뿐.

"맹 대협, 이게 대체 무슨 일입니까?"

뒤늦게 헐레벌떡 달려온 화산의 두 제자가 기이한 풍경을 바라보며 맹정우에게 물었다.

"자네들도 이러한 상황을 들어본 적이 있을 것이네. 내 명석한 두뇌로 판단하건대 저기 머리가 으깨진 놈은 음적일세! 그리고 여기 신음성을 내며 몸을 꼬고 있는 이 소저는 아마도 강호인일 듯싶네. 상황을 보아하니 음적이 춘약으로 소저를 중독시키고 범하려 했으나 소저가 춘약의 독이 발작하기 전에 장력으로 놈의 머리를 으깨 버린 것 같군. 그러나 애석하게도 놈을 죽였으되 춘약을 해소할 길이 없어 이렇게 위기의 순간을 맞게 된 것이지."

"그… 그럼 어떻게 해야 하죠?"

"어떻게 하긴! 춘약을 해독시켜야지."

맹정우는 옷고름을 풀기 시작했다. 그러다가 고개를 팩 돌렸다.

"자네들, 왜 그러고 서 있나?"

멀거니 제자리에 서 있던 두 제자는 무슨 말인지 못 알아들어 서로를 말뚱말뚱 쳐다보기만 했다.

"이런 답답한 친구들을 봤나? 약을 해독하려면 소저의 옷을 벗겨야 하는데 도를 닦는 사람들이 그걸 구경하고 있을 거야? 저기 멀찍이 사라져 있게!"

어린 두 제자는 그제야 맹정우의 말뜻을 알아듣고 얼굴을 붉히며 뒤로 돌아갔다. 가는 중에 덕호가 중얼거렸다.

"덕현아, 치료시키려고 소저의 옷을 벗겨야 하는 건 알겠는데 맹 대협은 왜 자기 옷고름부터 풀었을까?"

"으이구, 내공으로 치료하려면 옷차림이 간편해야 할 것 아니냐. 그런 것까지 꼭 설명해 줘야 알겠어?"

덕호보다는 조금 똑똑한 덕현 역시 이쪽 방면은 무지하기 짝이 없었다.

두 청년은 상황을 전혀 파악하지 못한 채 그 자리에서 멀리멀리 벗어났다.

맹정우는 덕현의 예상보다 훨씬 간편해진(?) 차림으로 치료에 나섰다.

소녀는 가까이서 살펴보니 엄청난 미인이었다. 오똑한 코에 앵두 같은 입술, 거의 감겨 있는 눈의 기다란 속눈썹. 옷을 한 꺼풀씩 벗겨내니 과연 강호의 여인인지라 몸매가 아주 탄탄하고 잘 빠져 있었다.

맹정우는 여자를 좋아하긴 하지만 아직까지 한 번도 여성의 동의 없이 성교를 해본 일이 없기에, 거의 의식이 없는 여인을 취한다는 것에 일말의 가책이 느껴졌다.

"소저, 미안하오. 오직 소저를 위해서 이러는 것이니 양해해 주기 바라오."

얼른 변명을 뇌까린 맹정우는 마지막 남은 속곳을 긴장되어 살짝 떨리는 손으로 벗겨냈다. 그러자 눈부신 나신, 수밀도 같은 가슴과 허벅지 사이에 깊이 숨어 있던 비역이 드러났다.

흥분한 맹정우는 시간 끌면 위험할 수도 있다는 생각에 얼른 소녀의 몸 위로 몸을 실었다.

"아아악!"

소녀의 입에서 커다란 비명이 흘러나왔고, 몸에서는 경련이 일었다.

'이런 제길, 숫처녀였군. 좀 아팠겠는걸! 적당히 애무를 해줬어야 하는데……'

맹정우는 후회했지만 때는 이미 늦었다. 삽입한 김에 끝을 봐야 한다. 연신 상하 운동을 반복했으나 소녀는 비명과 함께 혼절을 한 듯 전혀 반응이 없었다.

"이런 제길! 시간(屍姦)하는 것 같군! 이런 걸 바란 게 아니었는데……"

맹정우는 찜찜함을 느끼며 소녀의 상태가 악화될까 무서워 재빨리 일을 마무리했다.

화산의 두 제자는 초조한 모습으로 관도에서 말과 함께 기다리고 있었다. 이윽고 맹정우가 옷까지 다시 다 입힌 소녀를 업은 채 풀숲에서 나왔다.

"맹 대협, 치료는 잘 끝났습니까?"

"음, 다행히 잘 끝난 것 같네."

여전히 혼절한 상태였지만 확실히 소녀의 안색은 처음 보았을 때보다 좋아져 있었다.

"일단 말 한 필에 이 소저를 싣고, 가까운 객잔까지 가야 될 듯싶네. 거기서 의식이 돌아오길 기다려 보세."

맹정우와 두 제자가 소녀를 말에 실으려고 하는 찰나, 갑자기 벼락 치는 듯한 고함 소리가 귀를 울렸다.

"네 이놈들!"

깜짝 놀라 고개를 돌려보니 어느새 그들의 눈앞에는 중년 무인과 괴장을 든 노파가 나타나 있었다.

"아가씨에게 무슨 짓을 한 것이냐!"

두 사람은 몹시 흥분해 있었지만, 맹정우가 소녀를 안고 있었기에 섣불리 다가오지 못하는 듯했다.

영민한 덕현은 상대의 복색을 본 후 정체를 알아차리고 포권을 취하며 침착하게 말했다.

"저는 화산 선학 진인의 제자인 덕현이라고 합니다. 이 옆의 사람은 제 동기인 덕호입니다. 그리고 이쪽 소저를 안고 계시는 분은 맹정우 대협이십니다. 창천보 분들은 흥분을 가라앉히시길 바랍니다. 우리는 소저에게 위해를 가한 것이 아닙니다."

두 남녀는 덕현의 침착한 대꾸에 흥분을 가라앉히는 듯했다.

"위해를 가한 것이 아니라면, 우선 아가씨부터 넘기게!"

중년인의 말에 맹정우가 재빨리 소녀를 안아서 노파에게 넘겼다.

"상태가 어떠시오?"

중년인이 걱정스레 물었다. 노파는 잠시 맥을 짚어보더니 안도의 한숨을 내쉬었다.

"내상이 약간 있는데 안정세로 들어가고 있는 것 같소. 그 외에는 큰 탈이 없군."

중년인은 그제야 일행을 찬찬히 바라보았다. 방금 대꾸한 청년을 비롯한 또 한 명은 화산 문하의 복색을 하고 있었고, 침착한 대응을 보아하니 아가씨에게 위해를 가한 자들은 아닌 듯하였다.

"명가의 제자들에게 실례가 많았소. 워낙 다급했던 상황이니 이해해 주시리라 믿소. 본좌는 창천보의 수호대주 진념(眞念)이라 하오. 아가씨를 발견하게 된 정황을 듣고 싶소만?"

맹정우가 나섰다.

"저희는 무림맹에서의 일을 마치고 섬서성으로 돌아가던 중이었습니다. 관도를 가던 도중에 이상한 신음 소리를 듣게 되었는데 그 소리를 따라가 보니 아가씨는 의식을 잃어가고 있었고, 아가씨와 싸운 듯 보이는 흉적은 머리가 으깨져 있었습니다. 그래서 아가씨의 의식이 돌아오기까지 돌봐 드리려 이리 옮겨와 말에 싣고 있던 중이었습니다."

맹정우는 거기까지 말하고 진념에게 다가갔다. 그리고는 진념의 귀에 대고 살짝 뭐라고 얘기를 했다. 진념의 안색이 심각하게 변했다.

"그… 그게 정말이오?"

진념의 목소리는 떨리고 있었다. 맹정우는 아무 말 없이 고개를 끄덕였고, 진념은 믿지 못하겠다는 듯 그 현장으로 가자며 맹정우를 잡아끌었다.

두 사람은 의아해하는 노파를 남겨두고 풀숲으로 들어갔다.

사단이 벌어졌던 현장에 다다라 머리가 깨진 시체를 바라보던 진념의 얼굴이 흙빛이 되었고, 입에서는 침음성이 흘렀다.

"아는 사람입니까?"

"본좌의 기억이 맞다면… 놈은 탐미랑객 저인호(楮因護)라는 강호에 악명 높은 색마요."

"역시 그랬군요."

진념은 급히 말했다.

"그래, 춘약에 중독된 아가씨를 발견해서 처리했다고 하는데, 어떻게 한 거요? 무슨 방법을 썼소?"

맹정우는 다시금 목소리를 낮추었다.

"제가 이렇게 진 대주께만 따로 말씀드리는 이유가 그것입니다. 이

미 제가 왔을 때는 상태가 몹시 위독해 보이는 상태였고 선택의 여지
가 없었습니다.”

“으음…….”

진념의 낯빛은 더욱 어두워졌다.

“그렇다면, 저 화산 제자들도 이 사실은 모르는 게요?”

“그렇습니다.”

진념은 눈앞에 있는 청년을 미묘한 눈초리로 바라보았다.

춘약을 해독했다는 방법은 안 들어도 뻔했다.

그렇다면 지금 해야 할 선택은 단 두 가지이다. 한 가지는 이놈을 쥐
도 새도 모르게 죽여 버리는 것이고, 또 한 가지는 아가씨와 혼례를 시
키는 것.

인적 드문 곳에 단둘이 있지만 단박에 죽여 버리기에는 좀 껄끄러운
면이 있었다. 비록 화산 제자들이 이 사실을 모른다고는 하나 어쨌든
동행을 하고 있는 상황이니 이놈을 죽이려면 천상 그들의 입까지 막아
야 했다. 하나 아무리 화산이 세가 기울고 있다고는 해도 여전히 명문
대파이기에, 그 제자들을 건드린다는 것은 매우 위험한 일이다. 또한
무림맹의 일을 마치고 돌아온다는 것을 보면 이자 역시 함부로 죽일
수 있는 상대는 아닌 듯했다. 그렇다면 차선책의 가능성도 염두에 두
어야 한다.

“소협의 사문도 화산파요?”

“아닙니다. 저들과는 그저 동행일 뿐입니다. 소속을 밝힐 수 없는
점 양해하시기 바랍니다.”

진념은 정체를 밝히려 하지 않는 맹정우가 더욱 미심쩍어졌다. 이런
상황에서는 최대한 정체를 캐어보아야 한다.

"그래도 뭐 별호라든가 어디서 활동한다던가, 그 정도는 말해 줄 수 있지 않소?"

맹정우는 분위기가 약간 이상하게 돌아간다는 것을 감지했다. 운 좋게도 그에게는 상황을 반전시킬 만한 패가 준비되어 있었다.

"강호의 친구들은 저를 일검탈명이라 부릅니다. 활동은 섬서성 서안에서 주로 하고 있습니다."

발 없는 말이 천 리 간다(說話沒脚走千里)는 말은 강호에서는 만 리 간다(走萬里)는 말로 바뀐다. 그만큼 소문이 퍼지는 속도가 빠르고 범위가 넓다.

사흘 전에 일어났던 영웅대회의 흉사는 뒤이은 백가보의 몰락, 철혈방의 서안 진출과 함께 이미 강호 구석구석까지 샅샅이 그 사연이 퍼진 상태였다.

진념의 눈이 튀어 나올 듯이 커졌다.

"일검탈명 맹정우! 소협이 바로 섬서영웅이란 말씀이오?"

"영웅이라니, 감당 못할 말씀이십니다."

진념의 표정은 의혹에서 기쁨으로 바뀌었다. 강호의 청년 영웅이라면 쌍수를 들어 환영할 만한 입장이었다.

두 사람은 서로 만족스러운 표정을 지으며 일행이 기다리고 있는 관도로 나갔다.

소녀를 안고 있던 노파가 걱정스러운 눈빛으로 진념을 쳐다보았으나 진념은 밝은 얼굴로 고개를 끄덕였다.

"맹 소협, 지금은 아가씨의 상태도 살펴야 하고 본 보의 사정이 다급한지라 급히 가봐야겠소. 다음번에 이곳 산서로 올 때는 태원의 본 보에 꼭 들러주시오. 아니, 아예 이 자리에서 약조를 합시다."

“하, 하, 하, 그러믄요. 반드시 들르겠습니다.”

두 남녀는 소녀를 데리러 올 때와 마찬가지로 빠르게 사라졌다.

맹정우가 사해를 진동시키고 있는 자신의 명성에 흡족해하며 몸을 부르르 떨고 있는 가운데, 덕현이 신기하다는 듯이 중얼거렸다.

“수호대주가 저리 쩔쩔매는 것을 보니 저 아가씨가 바로 화화선녀(火花仙女)인가 보군요.”

“응? 아는 처자인가?”

“창천보의 금지옥엽을 모르십니까? 무림삼봉 중에 하나인데요.”

덕현이 의아한 눈초리로 쳐다보며 반문하자, 맹정우는 겸연쩍은 표정으로 헛기침을 했다.

“커험! 자고로 무도를 추구하는 수련자는 호사가들의 잡다한 말에 귀를 기울이지 않는 법일세. 어찌 규방의 처자들 소문까지 내가 알 수 있겠나?”

“규방의 처자는 아닌데…….”

덕현은 뭔가 실수한 듯하여 시무룩해지며 입을 다물었다. 그런 그의 귀에 맹정우의 다정해진 목소리가 다시금 들려왔다.

“그런데 그 처자 이름이 뭐라고?”

제5장
영웅은 혈사(血事)를 종결짓는다

영웅은 혈사(血事)을 종결짓는다

천신도!

이것은 십이 년 전에 사망한 대력신도(大力神刀) 탁비(卓備)의 애병이며 강호칠대기병에 포함되어 있는 보도였다.

탁비는 강인한 육체의 소유자로, 내, 외공의 조화가 당시 무림에서 가장 잘 조화된 인물이라 평가를 받으며 천하오성의 한자리를 차지하고 있었다.

그러던 그가 사망할 무렵, 자신의 친구인 소소인이라는 자에게 이런 얘기를 했다. 자신의 파산도법은 한 기인에게서 얻은 천신도 안에 갈무리되어 있던 이름 없는 도법[無名刀法]을 자신의 수준에 맞게 변형시킨 것이며 파산도법은 무명도법의 위력을 십 분지 일도 구현해 내지 못하고 있다는 말이었다.

탁비는 얼마 뒤 사망했다. 그런데 어찌 된 일인지 두 사람만의 비밀

스러운 대화의 내용이 탁비가 사망한 얼마 후에 탁비의 주변 인물들에게 알려졌고, 소문이 돌기 시작한 직후 소소인과 천신도가 함께 사라졌다는 것이 알려졌다. 그리고 그 소문은 일파만파로 퍼졌다.

천신도 자체로도 비할 데 없는 보물이었지만 천하오성의 일 인이 십분지 일의 위력밖에 발휘할 수 없었다는 칼 안에 내재된 무명도법은 더욱 강호인의 군침을 자아내게 만들었다.

무수한 강호인이 소소인의 종적을 찾아 천하를 이 잡듯이 뒤져 댔지만 그의 머리털 하나도 발견하지 못한 채 무심하게 세월이 흘러갔고, 천신도와 도법은 점점 사람들의 뇌리에서 잊혀져 가고 있었다.

그러던 어느 날, 오대산의 녹림도들이 도망가는 나그네를 쫓아가서 처리하고 오는 길에 산속에서 길을 잃고 말았다. 녹림도당이 산에서 길을 잃었다면 개도 웃을 일이지만 오대산의 험준한 산세에 갇힌 녹림도들 입장은 심각했다.

날이 어두워지고 있는 가운데 미친 듯이 산을 헤매던 그들은 결국 노숙을 결심하고 지나가다가 우연히 발견한 외진 동굴에 들어섰다. 그런데 동굴에는 한 괴인이 가부좌를 한 채 앉아 있었고, 놀란 산적들이 아무리 고함을 쳐도 미동도 하지 않았다.

산적들이 가까이 다가가 자세히 살펴보자 괴인은 이미 숨이 끊어져 있었고, 괴인의 주변에는 여러 잡다한 물건과 함께 칼 한 자루가 있었다. 녹림도들도 명색이 무림인이기에 호기심이 일어 칼을 빼 보았더니 검은 빛깔의 칼에서 뿜어져 나오는 예기가 심상치 않았다.

운 좋게도 녹림도들 중에는 까막눈을 면한 자가 한 명 있었다. 그는 괴인이 써놓은 일기 형식의 글을 읽을 수 있었고, 그가 바로 소소인이고, 천신도 안의 무명도법을 익히다가 주화입마에 걸려 내공을 거의 소실한 뒤 분을 참지 못하고 자결했다는 것을 알 수 있었다.

녹림도들도 강호의 소문을 들었기에 그 도가 측량할 수 없는 가치를 가진 보물이라는 것을 알 수 있었다. 희희낙락하며 길을 찾아 녹림채로 돌아와 우두머리가 천신도를 차지한 것까지는 좋았다. 그러나 탐욕은 인간의 본성을 변질시키고 질서를 파괴하는 것.

그날 밤, 우두머리의 처소는 혈향이 진동했고, 우두머리를 처치하고 첫 번째로 천신도를 얻은 자는 두 번째 산적에게, 그는 또다시 세 번째에게 죽임을 당했다. 물고 물리는 살육 끝에 마지막으로 도를 차지한 자는 그 길로 녹림채를 빠져나갔으나 애석하게도 채에 남아 있던 녹림도들의 입을 막고 가야 한다는 생각을 하지 못했다.

결국 소문은 산서를 진동시키기 시작했고, 천지사방에서 무림인들이 몰려들기 시작했다. 드디어 태원 부근에서 천신도를 가진 녹림도가 발견되었고, 또다시 물고 물리는 살육전이 전개되었다. 어쩌다가 천신도를 만져 본 무림인은 경쟁자에게 죽든가, 같이 왔던 동지가 뒤에서 찌른 칼에 죽어야만 했다.

사건은 점점 복잡해져 갔다. 법현 대사가 전술한 것과 같이 암중에 강대 세력까지 보도 쟁탈전에 참가하였고, 온갖 소문이 횡행하며 군웅의 이목을 흐렸다. 아침에 태원에 나타났다던 천신도가 저녁에는 몇백 리가 떨어진 황하 근처에서 발견되었다는 식의 소문이 돌았고, 각지에서 오해로 인한 칼부림이 끊이지 않았다.

황하의 지류이며 산서성을 수직으로 관통하고 있는 분하(汾河) 유역의 한 촌락. 오후가 지나 땅거미가 어둑어둑 깔려올 무렵 무시무시한 병기를 차고 있는 장정들이 모여들기 시작했다. 마을을 서성거리던 무림인들은 달이 서서히 제 모습을 드러내기 시작했을 때 일제히 강가의 갈대밭 쪽으로 달려갔다. 그곳에서 울려오는 금속성의 파열음이 그들을 불러낸 것이다.

"천리비마(千里飛馬) 양구(羊九)다!"

"놈이 왼쪽으로 도망간다!"

"잡아라!"

모여든 무림인들은 여우 사냥이라도 하듯 빠른 속도로 움직이는 한 무인을 강 쪽으로 몰아갔다.

오늘 오후에 파다하게 퍼진 소문으로는 천리비마 양구가 절정고수인 독안조(獨眼鳥) 염천과 대웅왕(大熊王) 석모제가 양패구상(兩敗俱傷)하는 틈을 타 천신도를 훔쳐 달아났다고 한다.

강을 따라 남하한다는 소문이 퍼졌기에 무림인들은 이쪽으로 올 것을 예상하여 대기하고 있었던 것이다.

"빌어먹을……."

양구는 입맛이 썼다.

자신의 운도 여기서 다한 것 같다. 독안조와 대웅왕이 격돌할 때만 해도 자신 역시 그저 구경꾼 중 하나였다. 감히 그들과 자웅을 결할 생각은 꿈도 꾸지 않았으나 양쪽이 충돌한 뒤 같이 나가떨어지는 순간 그들의 사이에 놓여 있던 천신도가 유독 눈에 크게 들어왔고, 몸과 마음이 동시에 움직였다. 그의 별호에 어울리는 빠른 신법은 경쟁자들을 제치고 수중에 보도를 취할 수 있도록 만들어주었다.

장장 이백여 리를 숨 한번 편히 쉬지 못하고 달려왔으나 결국 여기에서 잡힐 것 같았다. 갈대밭 주변은 온통 병기를 찬 무림인 일색이었다. 완전히 포위된 채 퇴로가 막힌 그에게 남은 방법은 한 가지뿐이었다.

열 살 이후로는 해본 기억이 없는 자맥질에 다시 한 번 도전하는
것!

'에라, 모르겠다!'

그는 마음을 굳힌 뒤, 곧바로 갈대밭을 뛰어넘어 강가로 달려갔다.
그대로 몸을 던지는 찰나, 누군가 갈대밭의 끝에 누워 있다가 벌떡 일
어나 몸을 날리는 그의 뒷덜미를 잡아채어 땅바닥에 패대기쳤다.

"쥐새끼 같은 놈, 감히 본왕이 이백 리를 뛰게 만들어?"

자신을 본왕이라고 지칭하고 있는 인물은 키가 팔 척은 됨직한 곰
같은 덩치에 턱에는 장비처럼 밤송이 수염이 무성하게 나 있는 나이를
짐작할 수 없는 장한이었다.

"대웅왕이다!"

그를 알아본 몇 명이 소리쳤다.

"호호호, 본왕을 알아보았으면 냉큼 입 다물고 꺼져라."

본래 포악하기 그지없는 평소 그의 성격 같았으면 소문이 새어 나가
지 않게 하기 위하여 이 자리의 무림인들을 모두 죽여 버리겠다고 날
뛰었겠지만, 독안조와의 혈투에서 입은 부상이 그리 녹록한 것이 아니
어서 마냥 성질대로 할 수 있는 상황이 아니었다.

대웅왕은 만사를 포기한 듯 자빠져서 움직이지 않고 있는 양구에게
다가가 그의 몸을 뒤졌다. 그리고는 묵빛의 도를 하나 집어 올렸다.

천신도!

그토록 찾고 있던 물건을 눈으로 확인하자 대웅왕의 기세에 다소 눌
렸던 군웅의 눈에 탐욕의 빛이 떠올랐다. 대웅왕이 절강을 들었다 놓
았다 하는 절정고수라 하지만 이곳에 모여 있는 백여 명이 다 같이 달
려든다면 처리 못할 것도 없어 보였다.

차츰 군중 심리가 형성되기 시작하자, 대웅왕을 빙 둘러싼 형태가 점점 좁혀지기 시작했다. 누구 한 명이 달려들면 모두가 대웅왕에게 달려들 형세였다.

대웅왕도 노련한 무인답게 분위기가 심상치 않음을 감지했다. 이런 상황에서는 선수를 쳐야 한다. 그의 눈에 무리에서 떨어져 나와 약간 앞쪽으로 나선 두 명의 무인이 보였다.

대웅왕의 눈빛이 번득임과 동시에, 육중한 그의 몸은 무게를 잃어버린 듯 표홀히 이동하여 두 사람의 앞으로 다가섰다.

둘러싸고 있던 무인들이 그의 이동을 비로소 감지한 순간, 두 무인 중 한 사람은 이미 공중으로 떠오르고 있었다. 비명성도 지르지 못하고 날아오른 그의 몸은 서서히 부서지기 시작하여 곧 수백 조각의 육편(肉片)으로 화하여 비산하는 피와 함께 무인들 위로 쏟아져 내렸다.

대웅왕의 웅패도법의 위력은 시각적, 촉각적 효과를 기대 이상으로 발휘했다. 뒤이은 두 번째 육편 비를 맞은 무인들은 개세적인 그의 무공에 완전히 질려 버렸다.

대웅왕은 싸늘한 미소를 머금은 채 빙 둘러싸고 있는 무인들을 향해 걸어왔다. 대웅왕이 걸어오는 방향에 서 있던 무인들은 모두 얼굴이 창백해진 채로 급히 뒤로 물러섰고, 포위망은 뻥 뚫려 버렸다.

대웅왕은 인의 장벽이 뚫려 형성된 길을 여유있는 걸음걸이로 걸어 나갔다. 마치 자기 집 앞을 산책 나온 사람같이 걸어가고 있는 그를 옆에서 지켜보고 있던 무인들은 모두 어느 용기있는 한 사람이 먼저 덤벼들기를 간절히 바랐다.

단 한 사람만이라도 그의 칼을 받아낼 수 있다면 나머지가 모두 동시에 덤벼들어 차륜전으로라도 그를 쓰러뜨릴 수 있을 것 같았다. 그러나 이 자리에 모인 그 누구도 처음 칼을 디밀 용기있는 자가 자신이라고 생각하지는 않았다. 결국 고양이 목에 방울 달기였다.

그러나 세상을 살다 보면 뜻하지 않은 곳에서 길이 열리는 법이다. 꼭 용기있는 자가 아니어도 고양이 목에 방울을 달러 갈 수는 있었다.

대웅왕이 막 무인들 사이를 빠져나가려 할 무렵, 누군가가 확 튀어나와 그에게 덤벼들었다. 여유있는 자세를 취하고 있었지만 충분히 긴장하고 있었던 대웅왕은 당황하지 않고 덤벼드는 상대를 향해 자신의 거치도(鋸齒刀)를 들어 사선으로 베어갔다. 그러던 그의 눈에 기이한 광경이 비쳐졌다. 순간적으로 마주친 상대방의 얼굴은 그의 예상처럼 공격을 하는 자가 가지고 있는 결의에 찬 표정과 적의에 찬 눈이 아니었다. 그의 얼굴은 당혹과 공포로 뒤범벅이 되어 있었다.

대웅왕은 상대를 일도양단하면서도 속으로는 '아차' 싶었다. 상대는 그를 죽이려고 덤벼든 것이 아니다. 누군가가 뒤에서 떠밀었을 것이다. 그렇다면 떠민 놈은?

대웅왕은 본능적으로 자신의 사선 쪽으로 몸을 돌렸다. 아니나 다를까, 엄청난 살기가 실린 숨은 칼이 날아들고 있었고, 본능과 노련함으로 간신히 막아냈다.

위기를 넘겼지만 공격을 당해 잠시나마 수세에 몰렸던 그는 이미 양떼 속의 호랑이가 아니었다. 양들은 뒤집어쓰고 있던 '공포' 라는 껍데기를 벗어던지고 승냥이 떼로 변하여 덤벼들었다.

대웅왕은 자신에게 날아들었던 숨은 칼의 주인도 확인하지 못한 채 사방팔방에서 날아드는 검과 도, 편을 거치도를 풍차처럼 휘둘러 가며 막아내었다. 그는 상처 입은 호랑이처럼 길길이 날뛰었지만 중과부적(衆寡不敵)이었다. 일각도 채 안 되어 십여 명을 고혼으로 만들었으나 그 와

중에 왼팔이 잘려 나갔다.

미친 듯이 칼을 휘두르고 있는 대웅왕은 무인들에게 찔려 죽기 전에 울화통이 터져 죽을 판국이었다.

왼팔을 자른 놈은 바로 아까의 숨은 칼이다. 아니, 놈이 자른 것이 아니라 잘리게 만들었다.

덤벼드는 놈들을 도륙하며 퇴로를 뚫으려는 순간이면 어김없이 그 숨은 칼이 날아와 자신에게 생채기를 내었고, 그때마다 큰 위기를 맞이했다. 그러던 중에 한 팔이 잘린 것이다.

눈으로 확인할 수는 없었지만 다른 놈들과는 분명 다른 예기를 칼 안에 감추고 있어서 칼을 맞는 순간 놈이라는 것을 느낄 수 있다.

놈은 최소 자신과 백 초를 겨룰 수 있을 정도의 고수다. 게다가 뱀처럼 영리한 놈이다. 놈은 고수랍시고 함부로 나섰다가는 자신과 같은 꼴이 될까 봐 승냥이들 틈에 숨어서 진두지휘까지 하며 기회를 엿보고 있는 것이다.

'내가 이 자리에서 난도질을 당해 어육이 되는 한이 있어도 네놈은 죽여 버리겠다!'

그는 이를 부드득 갈며 다시 한 번 퇴로를 뚫는 시늉을 하며 포위망의 한쪽을 압박해 갔다. 아니나 다를까, 뒤에서 날아오는 살기가 느껴졌다. 그러나 그도 이번에는 준비를 하고 있었다. 정면의 적들을 향해 크게 횡으로 베어가면서 그 탄력으로 몸을 반대편으로 회전시키며 찔러오는 숨은 칼을 맞이했다.

그의 등 쪽, 이젠 몸을 돌렸으니 그의 명치 쪽으로 날아오던 예도는 마침내 그의 거치도에 걸려 저지되었고, 그는 드디어 냉막한 인상의 숨은 칼의 주인과 얼굴을 마주쳤다.

대웅왕은 상대의 눈에 떠오른 당혹감을 읽어내며 쾌재를 불렀다. 예도는 거치도의 톱날과 맞물려져 옴짝달싹 못하고 있었다. 대웅왕은 곧바로 반격을 가할 요량으로 거치도에 걸린 예도를 힘껏 뿌리쳤다. 그리고 중심을 잃은 듯한 상대를 향해 칼을 머리 위로 치켜 올리는 순간 등에 불로 지지는 듯한 통증이 느껴졌고, 그 통증은 배를 뚫고 앞으로 튀어 나왔다.

대웅왕 석모제는 여전히 거치도를 머리 위로 치켜든 채 자신의 배를 바라보았다. 배를 뚫고 나온 칼은 그가 뿌리친 것과 같은 모양의 예도였다.

'숨은 칼은… 한 놈이 아니었군.'

예도는 찔러 들어온 것과 같은 속도로 다시 빠져나갔고, 허탈한 미소를 띠며 대웅왕은 고목 넘어가듯 무너져 내렸다. 쓰러져 버린 호랑이에게 승냥이 떼가 이빨을 드러내며 달려들었다.

산서혈사의 축소판이 갈대밭 위에서 다시 벌어지기 시작했다. 한 명이 천신도를 낚아채면 곧 그의 등 뒤에는 다른 이의 칼이 꽂혔고, 또다른 자가 칼을 잡고 또다시 같은 과정이 반복되었다. 사람들은 처음에는 천하제일의 무공에 대한 욕심으로 칼을 휘둘렀으나 이제는 그 욕망를 넘어선 살기가 그들을 지배하고 있었다.

목불인견의 참상이 벌어지고 있는 와중에, 광기에 휩싸인 눈동자들 사이사이로 냉정을 잃지 않은 차가운 눈동자 서너 쌍이 서로 눈빛을 교환하고 있었다. 바로 대웅왕을 처치한 '숨은 칼'의 주인들이었다. 인육이 튀고 피가 갈대밭을 붉게 물들이는 가운데서도 그들은 살극의 중심지에서 몇 발짝 떨어져서 상황을 예의 주시하고 있었다.

광기와 살기로 휩싸인 지금의 상황은 그 누구라도 어찌해 볼 도리가 없다. 침착하게 기다려 어느 정도의 시간을 보내고 나면 흥분했던 무인들은 결국 제풀에 지칠 것이고, 천신도를 잡는다는 것은 곧 죽음을 의미한다는 것을 깨닫게 될 것이다. 그리하여 보도는 군중의 중앙에서 아무도 건드리지 않은 채 태풍의 눈처럼 고요하게 자리 잡을 것이다.

그들은 그때까지 기다리다가 본신의 능력을 그제야 발휘하여 지친 군웅 사이에서 보도를 손쉽게 채어가면 그만이었다. 지금은 오직 때를 기다리기만 하면 되는 것이다.

그러나 세상일은 완벽하다 생각될 때도 늘 변수가 발생하는 법이었다. 상황은 그들이 기다리는 때에 종결되지 않고 좀 더 일찍 종료되었다. 그들이 전혀 예상치 못한 방향으로.

삐릴릴리—

갑자기 갈대밭에 청아한 옥소 소리가 울려 퍼졌다. 병장기의 충돌음과 기합성, 비명성이 난무하는 와중에도 청량한 옥소 소리는 갈대밭에 있는 모든 무인의 귓가에 파고들었다.

"우욱!"

청량하게 들리던 옥소음은 점점 커지며 귀속을 파고들어 머리 속까지 들이닥치는 듯했다. 내공이 약한 무인들은 차례차례 비명을 지르며 귀를 막고 쓰러졌다. 옥소음은 가공할 만한 위력의 음공(音功)이었다.

삐릴릴리— 삐릴릴리—

옥소음은 점점 크게 울려 퍼졌다. 옥소를 불고 있는 누군가가 가까이 다가오고 있기 때문이었다.

내공이 심후한 이들도 결국 정좌를 하고 내공을 끌어올려 옥소음에 저항할 수밖에 없었다. 갈대밭 위의 모든 사람이 쓰러지거나 가부좌를 틀며 자리에 앉자 싸움은 종료되었다.

짙은 안개 사이로 마침내 옥소음의 주인이 모습을 드러냈다.

피를 흘리며 쓰러진 자들 사이로 걸어오는 한 사람의 모습이 마침내 드러나자 가부좌를 튼 채 그를 바라보던 무인들의 눈은 이채를 띠었다. 뜻밖에도 가공할 음공을 발휘하고 있는 자는 너무나도 아리따운 여인이었던 것이다. 잘해야 이십 대 초반으로 보이는 궁장여인은 옥소를 계속 불면서 무리의 중앙 부근에 쓰러져 있는 한 무인이 잡고 있는 천신도 쪽으로 걸어갔다.

이윽고 궁장여인이 쓰러진 채 천신도를 부여잡고 있는 무인 앞에 다가섰다. .

이제 궁장여인이 칼을 잡고 자리를 뜨면 이 참극도 모두 끝날 것처럼 보였다. 그러나 궁장여인과 천신도를 삼 장쯤 격한 위치에서 네 방위를 점하고 있는 네 명의 가부좌를 튼 무인의 생각은 그렇지 않았다. 끊임없이 서로와 궁장여인의 움직임을 곁눈질로 확인하고 있는 이 사인의 옷차림새는 제각각이었으나 차고 있는 칼은 길이가 길고 폭은 상대적으로 작은 예도였다.

이들은 바로 숨은 칼의 주인들이었다.

이들은 뜻밖의 옥소 소리에 무인들이 쓰러지기 시작하자, 변수가 생겼음을 확인하고 즉시 행동에 들어갔다. 최대한 천신도 근처까지 접근했으나 이들 역시 옥소음에 저항하기 위해 가부좌를 틀 수밖에 없었다. 그러나 가부좌를 튼 무인들 중에서는 천신도와 가장 가까운 위치를 점할 수 있었다.

이들은 여전히 냉정함을 유지한 채, 궁장여인이 천신도에 손을 뻗치기만을 기다리고 있었다. 천신도를 집으려고 옥소에서 한 손만 떼면 당장 옥소음은 흐트러질 것이고, 그때가 암습 기회였다.

음공의 수준으로 보아 대단한 내공의 소유자일 것이지만 이들 사 인도 그에 못지않았다. 음공에서 벗어날 수 있는 단 한 순간만 포착할 수 있다면 삼 장의 거리는 찰나지간에 좁힐 수 있었고, 승산은 충분했다.

애석하게도 궁장여인은 그녀의 무공만큼 주의력이 깊지는 않은 모양이었다. 그녀는 자신의 음공에 모든 무인이 완벽하게 제압된 것으로 알았는지 천신도에 다가서자마자 즉시 한 팔을 뻗어 칼을 집었다. 얼른 칼을 자신의 허리에 꽂고 다시 옥소를 불 요량이었지만, 이미 주변의 사 방위에서 검은 그림자가 동시에 덤벼들고 있었다.

다행히도 옥소여인의 판단력은 그녀의 주의력보다는 훨씬 뛰어났다. 그녀는 동시에 거리를 좁혀오는 그림자들을 기다리지 않고 북쪽의 그림자 쪽으로 먼저 몸을 날렸다.

차캉!

옥소와 예도가 맞부딪치며 불꽃이 튀었다.

순식간에 삼 초를 나눈 두 사람의 위치가 바뀌었다. 옥소여인은 옥소와 칼이 맞부딪치는 순간 한쪽 손에 들린 천신도를 칼집째 휘둘러 적을 당황케 했고, 그 순간 유리한 위치를 점할 수 있었던 것이다.

일단 위치를 바꾸어 사 인의 포위망에서는 빠져나왔지만 아직 여인은 그들의 칼의 사정거리 안에 있었다. 사정없이 네 개의 칼이 여인에게 덮쳐들었고, 궁장여인은 빠른 신법으로 뒤로 물러나며 사 인의 칼을 받아냈다. 여인은 양수(兩手)로 무기를 쓰는 것에 익숙한 듯, 한 손에는 옥소, 한 손에는 천신도를 들어 사 인의 연수 합격을 잘 막아냈다.

궁장여인은 빠른 신법을 이용하여 요리조리 사 인의 공세를 빠져나가고 있었지만 초조한 안색을 감추지 못했다. 칼을 집으려고 할 때 주의를 조금만 기울여서 주위를 살폈으면 이런 꼴을 당하지는 않았을 것

이다. 경공이 위낙 고절한 탓에 합격을 막아내고는 있었지만 사 대 일
로는 상당히 벅찬 상대들이었다. 게다가 가부좌를 틀고 음공에 저항했
던 나머지 몇몇 무인도 어느 정도 정신을 차린 듯했다. 자신의 음공을
내공으로 막아낼 수 있었다면 범상치 않은 고수다. 그들의 최우선 목
표는 이 네 명보다는 음공으로 공격한 자신일 것이다. 이러다가는 큰
낭패를 겪을 수도 있을 것 같았다.

마침내 위기가 닥쳐 들었다. 좌측 이 인의 상하 공격으로 먼저 들어
온 도는 천신도로 막고 뒤를 이은 정강이 쪽으로 날아오는 예도를 빠
르게 뒤로 뛰어오르며 피했지만 착지하는 곳에서 쓰러진 채 꿈틀대는
한 무인의 손을 밟아버린 것이다.

"꺅!"

새된 소리와 함께 여인은 중심을 잃고 비틀거렸고, 그 순간을 놓칠
우측의 이 인이 아니었다. 순식간에 거리를 좁히며 여인의 허리와 목
쪽으로 두 개의 칼이 동시에 날아왔다. 여인은 중심을 잃은 와중에도
옥소를 절묘하게 상하로 움직여 날아드는 두 개의 도를 퉁겨냈다. 그
러나 어느새 좌측에서 다시 이 도(二刀)가 날아들었다. 그녀는 빠른 신
법으로 거리를 끊임없이 만들어내어 동시에 네 명에게 합격을 받지 않
고 싸워왔지만 이제는 네 개의 칼을 다 막아내야 했다.

쩽! 쩽! 채챙!

잠시 득의의 빛이 어렸던 사 인의 눈에 놀라운 기색이 돌았다. 궁장
여인은 당할 듯 당할 듯하면서도 다시 옥소와 천신도를 동시에 상하로
움직이며 네 개의 도를 막아낸 것이다. 병기를 상하로 끊임없이 흔들
며 방어하는 저 수법은 높은 무리(武理)가 내포한 듯하여 쉽게 뚫리지
가 않았다.

그러나 행운의 신은 궁장여인을 떠난 모양이었다. 가부좌를 틀었던 나머지 무인 중에서 그래도 가장 공력이 심후했던, 천진(天津)에서 알아주는 고수인 유성호(流星狐) 추윤(秋潤)이 그녀의 뒤쪽에서 공격 태세를 갖추고 접근하고 있었다.

추윤도 여인의 음공과 빠른 신법 등을 견식하고 그녀가 이 자리의 최고수임을 알아보았다. 이런 혼란 상황에서는 우선 강자부터 잡아야 하는 법이다. 사 인이 같은 패라는 것을 알아차리지 못한 그는 고민할 것도 없이 유성추를 들어 머리 위에서 빙빙 돌리기 시작했다. 그리고 그녀가 사 인의 합격에 손이 묶인 것을 확인한 후, 자신의 온 공력을 쏟아부은 유성추를 그녀의 등으로 날렸다.

궁장여인의 낯빛이 어두워졌다. 사 인의 합격조차 힘이 부친 판에 뒤쪽에서 엄청난 파공음과 함께 뭔가가 날아오고 있었다. 절체절명의 순간이었다. 유성추는 순식간에 그녀의 등으로 다가왔다.

"차앗!"

낭랑한 음성과 함께 여인은 아슬아슬하게 유성추를 피해 공중으로 뛰어올랐다. 그녀는 엄청난 도약력으로 뒤쪽으로 오 장을 날아 공중에서 방향을 전환하며 유성추의 주인을 노렸으나 노련한 추윤은 벌써 멀찍이 이동해서 다음 공격을 준비하고 있었다.

그녀가 착지하자마자 또다시 유성추가 날아들었다. 그러나 문제는 유성추가 아니었다.

사 인 역시 그녀가 공중으로 피할 것이라는 것을 예상하고 있었다. 그들은 대형을 형성하며 빠르게 전진하여 그녀가 착지하는 순간 진(陣)을 형성하며 덤벼들었다.

그들의 진법은 그들이 소속된 단체가 자랑하는 사인합격진(四人合擊

陣)으로, 현 사 인 정도의 무공 수위를 가진 인물들이 이 진을 펼치면 절정고수라 해도 단숨에 제압할 수 있다고 장담하는 고절한 진법이었다.

사 인은 진법의 제삼식 사변무궁(四邊無窮)을 시전했다. 가운데의 이 인의 예도는 도기를 흩뿌리며 일직선으로 찔러들었고, 좌우의 이 인의 칼은 맹렬한 회전하며 궁장여인의 측면을 압박해 왔다.

궁장여인의 낯빛은 더욱 침중해졌다.

좌우의 이 인은 북두의 방위를 대칭으로 밟아가면서 측면으로의 이동경로를 완벽하게 차단하고 있었다.

옥소와 천신도는 이 둘의 공격에 묶여 버릴 것이다. 그렇다면 정면에 날아오는 이 도와 뒤에서 날아오는 유성추는 막을 재간이 없어진다. 착지한 직후의 공격인지라 재도약할 틈도 없다.

어렵지만 옥소와 천신도를 교묘하게 흔들며 전방과 측면의 네 개의 도를 맞이하고, 등쪽에 내공을 집중하여 유성추는 몸으로 견뎌낼 도리밖에 없었다.

절체절명의 순간, 창공을 찢는 듯한 경쾌한 휘파람 소리가 들려왔다. 그와 동시에 궁장여인의 등에 작렬하는 듯했던 추윤의 유성추는 두 조각으로 잘려 날아가 버렸고, 우측에서 짓쳐들던 일 인은 눈앞에 번쩍인 푸른 그림자에게서 튀어 나온 칼에 우수를 적중당하여 예도를 떨어뜨려야 했다.

궁장여인이 좌측의 예도를 막아내는 순간, 푸른 그림자는 섬전같이 움직이며 여인과 중앙의 이 인 사이를 파고들었다. 은색 도기를 흩뿌리며 찔러오던 두 자루의 예도는 푸른 그림자에게서 튀어 나온 검이 빛살과도 같은 속도로 회전하며 튕겨내었다.

"분광검법?"

중앙의 이 인의 입에서 동시에 튀어 나온 말이었다.

푸른 그림자의 잔영이 옅어지며 서서히 그 본색을 드러내었다. 중인들은 청의무복을 단정하게 차려입은 준미하기 그지없는 청년을 보게 되었고, 그의 오른쪽 가슴에 수놓인 무(武) 자를 확인할 수 있었다.

"무림맹 소속에 분광검법이라, 그대는 옥면신룡 최운인가?"

사 인 중의 한 명이 말했다. 청의청년, 최운은 포권을 취하며 입을 열었다.

"그렇습니다. 무림맹 청룡당 제일향주 최운입니다. 오늘 구궁보와 보타암의 영웅을 뵙게 되어 영광입니다."

그가 말을 끝냄과 거의 동시에 그와 같은 청의무복 차림새의 무인 삼십 명가량이 장내에 진입하여 중인들을 둘러쌌다. 청룡당 정예가 최운보다 한발 늦게 도착한 것이다.

청룡당원들을 보며 낯빛을 굳히고 있는 이들 사 인은 바로 절강의 패자인 구궁보의 정예고수인 사대도객이었다.

"우리가 구궁보 소속인 것을 어떻게 알았소?"

최운이 대답했다.

"구궁사변진(九宮四邊陣)은 귀 보 소속이 아닌 외인이 함부로 흉내 낼 수 있는 진법이 아니지요."

사대도객의 수장이 감탄한 듯 말했다.

"옥면신룡의 위명이 과하다고 생각했는데 이제 보니 턱없이 부족했군! 사변무궁을 그토록 손쉽게 막아낼 수 있는 자는 강호에 스물이 채 안 될 텐데……."

"과분하신 말씀입니다. 여기 연 소저께서 좌우 이변을 이미 상대하고 계셨기에 중간에 끼어든 제가 공격하기 수월했던 것뿐입니다."

최운의 옆에서 기이한 눈빛으로 그를 바라보던 궁장여인이 입을 열었다.

"대단하군요, 최 소협. 내 정체까지 알아차리시다니… 그건 그렇고, 옥면신룡이 임무를 이렇게 태만하게 할 줄은 정말 몰랐군요."

"태만하다니, 무엇을 태만하게 했다는 것입니까?"

의아한 표정으로 반문하는 최운을 향해 궁장여인은 싱긋 미소를 지었다.

"건장한 사내 다섯 명이서 연약한 여인에게 흉포한 살수를 쓰고 있는 상황을 목격했으면 빨리 체포를 해가야 하는 것이 무림맹 소속 무인이 할 일 아니던가요?"

궁장여인의 말에 모여 있던 모든 사람의 얼굴에 어이가 없다는 표정이 떠올랐다. 음공으로 먼저 공격한 게 누구인데 저런 소리를 하는 것인가?

최운이 떨떠름한 표정으로 대답했다.

"저… 연 소저, 연약한 여인이 대관절 어디에 있다는 말입니까?"

그의 농담인지 진담인지 모를 순박한 대답에 중인들은 폭소를 터뜨렸고, 여인의 얼굴은 새빨개졌다. 그녀는 발을 쾅 소리나게 굴렀다.

"흥! 옥면신룡이 아녀자에게 농지거리나 하는 가벼운 이인 줄 미처 몰랐군요. 구궁보의 사대도객 여러분은 나중에 보타암과 해결해야 할 일이 있을 거예요. 그리고 당신! 밤길 조심하도록!"

그녀가 표독한 눈빛으로 쳐다보며 읊조리자, 추윤의 얼굴은 새하얘졌다. 그가 비록 천진에서 알아주는 고수라지만 무림삼비(武林三秘)의 한 축인 보타암의 순찰이며 무림삼봉 중에 한 명이기도 한 천향선자(天

香仙子) 연설연(燕雪然)의 비위를 거스를 만한 담력은 없었다.

연설연은 말을 마치자마자 몸을 돌려 성큼성큼 걸어가기 시작했다. 최운이 당황하며 그녀의 앞을 막았다. 연설연은 최운을 째려보며 말했다.

"왜 이러시는 거죠?"

"아니, 몰라서 묻습니까?"

"그럼요. 저는 아주 바쁜 사람이랍니다. 이곳 말고도 볼일이 많아 한시라도 빨리 움직여야 하는데, 최 소협이 이렇게 방해를 하시면 몹시 곤란한데요."

최운은 이 어디로 튈지 모르는 여인을 어떻게 대해야 골치가 덜 아플지를 고민하며 말했다.

"소저가 어디로 가서 무슨 볼일을 보든 그건 관심없습니다. 다만 왼손에 들고 계신 칼만 놔두고 가시면 됩니다."

연설연은 왼손에 잡고 있는 천신도를 흔들며 말했다.

"이 칼 말인가요? 이걸 왜 최 소협한테 주고 가야 하죠? 이건 엄연히 내가 이 혈전에서 전리품으로 취득한 물건이에요."

"그렇게는 안 되지."

최운이 대꾸할 새도 없이 구궁보의 사대도객이 나섰다.

"연 소저와 우리 사이의 결투는 아직 끝난 것이 아니니. 나중에 볼 것 없이 아예 이 자리에서 해결하는 게 어떻겠소? 그 칼을 놓고 말이오."

연설연은 싸늘하게 대꾸했다.

"흥, 일개 여인에게 장정 네 명이서 한꺼번에 덤벼든 주제에 부끄럽지도 않나 보죠? 아직도 결투 운운을 하다니. 만일 내가 허락하면 요번에도 그 잘난 진법을 써서 네 명이 같이 달려들 건가요?"

사대도객 역시 무인으로서의 자존심만큼은 하늘을 찌르는 사람들이었다. 얼굴이 벌게진 사대도객의 수장이 강한 어조로 말을 내뱉었다.

"아까는 난전이었기에 소저 외에도 숨은 적이 많다고 판단하여 빠른 처리를 위해 그랬던 거요! 구궁사변진은 소저 정도의 실력에 쓰기에는 너무 과분한 진법이오. 걱정 마시오. 이번에는 본좌가 홀로 상대해 줄 테니."

연설연은 배시시 웃었다. 과연 사내들은 우직하기 짝이 없어서 자신의 격장지계에 손쉽게 넘어왔다. 아까 칼을 섞어본 바로 판단해 보면, 사대도객의 수장이라 해도 일 대 일이라면 충분히 승산이 있었다. 그러나 그녀의 영악하기 그지없는 계획은 한 사람에 의해 시작도 하기 전에 무산되었다.

"어림도 없는 말씀입니다. 일단 무림맹에서 이곳을 산서혈사 피해 지역으로 규정하고 맹의 인원을 투입한 이상 이제부터 어떠한 결투도 불허합니다. 게다가 혈사의 근본 원인인 천신도는 당장 압수해야 할 물건인데 그걸 걸고 결투를 한다니, 있을 수 없는 일입니다. 이 이상의 혈사를 막기 위해서라도 천신도는 본 맹에서 취득하여 공정하게 처리하기로 결정이 난 상태입니다. 연 소저께서는 고집 부리지 마시고 어서 협조해 주시기 바랍니다."

연설연은 눈앞의 맘에 들게 생겼지만 꼬장꼬장하기 그지없는 청년을 잔뜩 흘겨보았다.

마음 같아서는 다 때려 부수고 가고 싶었지만 아무리 보타암이라 해도 무림맹을 무시할 수는 없었다.

무림맹이 비록 예전과는 비할 수 없이 성세가 떨어졌다고는 하지만 여전히 중원무림의 중심이자 법이었다. 더군다나 다른 사람은 차치하고라도 최운의 무위는 그녀가 경시할 만한 수준이 아니었다.

과연 그녀였다면 그렇게 손쉽게 추윤의 유성추를 갈라내고 사대도객 중 삼 인을 순식간에 물리칠 수 있었을까?

주위를 둘러싸고 있는 청룡당 정예무인들까지 고려해 보면 일단 힘의 우위는 저쪽에 있다. 그렇다면 대세를 결정짓는 나머지 하나, 명분을 물고 늘어지는 수밖에 없었다.

"좋아요, 어차피 청룡당의 영웅들께서 이렇게 사위를 감싸고 있는 상황에서 힘없는 저야 최 소협께서 뭐라 하든 결국은 따를 도리밖에 없지 않겠어요? 그러나 이런 식의 행사가 무림맹의 도덕적 권위를 흔들지 않을까 심히 걱정되는군요."

최운의 눈꼬리가 살짝 찌푸려졌다.

"무슨 말씀이 하고 싶은 겁니까?"

"간단해요. 저나 여기 사대도객, 그리고 저쪽의 유성추를 쓰는 무사는 모두 목숨을 걸고 이 자리에 뛰어들었어요. 그 이유가 뭐라고 생각하세요?"

"천신도를 얻기 위해서가 아닙니까."

"아니에요."

천신도를 얻기 위함이 아니라니… 최운을 비롯한 중인들은 어리둥절한 표정을 지었다.

연설연은 야릇한 미소를 지으며 말했다.

"천신도가 대단한 병기이긴 하지만 목숨을 걸 정도로 가치가 있다고 생각하지는 않아요. 산서에 온갖 무인들이 뛰어들어 등잔불에 몸을 던지는 부나비처럼 산화해 가는 것은 보도를 얻고자 함이 아니고 천신도

안에 내재되어 있다는 무명도법, 천하제일도법일지도 모를 그 도법을
얻기 위함이 아닌가요?"

최운은 고개를 끄덕였다.

"그래서요?"

"무림맹에서 천신도를 가져간다면 그 이후의 처리를 어떻게 할지 보
지 않아도 뻔해요. 아마도 소유권자가 명확하지 않으니까 비무대회 같
은 것을 개최해서 우승 상품으로 쓴다던가, 아니면 협의의 행사를 한
이가 있다면 공로를 치하한다며 그자에게 수여하던가 나름대로 타인이
보기에 공정하다고 보여지는 처리를 하려 애쓸 거예요."

최운을 또렷이 쳐다보며 말하고 있는 연설연의 두 눈은 총기있게 반
짝거렸다.

"천신도가 어떻게 움직여질지는 훤히 알 수 있어요. 그러나 우리가
그토록 가지고자 했던 진정한 목적, 무명도법에 대한 처리는 어떻게 되
는 거죠? 물론 천신도와 함께 칼의 주인에게 수여할 거라고 하겠지요.
하나 그대들이 이런 식으로 낼름 도를 가져가서 그 안의 무명도법을
따로 베껴내지 않는다고 어떻게 장담할 수 있죠? 도법은 필사해서 암
중에 무림맹 수뇌부가 먹어버리고, 나머지 찌꺼기만 공정하게 처리하
는 시늉을 하지 않는다는 보장이 어디 있나요? 그렇게 되면 맹을 믿고
목숨을 걸고 쟁취한 전리품을 내놓은 우리만 눈뜬장님이 되어버리는
게 아닌가요?"

소나기처럼 쏟아지는 연설연의 맹공에 최운은 잠시 아무 말도 할 수
없었다. 논리 정연해 보이는 그녀의 말에 사대도객과 추윤은 물론이고,
심지어 음공에 의해 실신했다가 이제야 정신을 차리고 있는 무인들까
지 자신들을 쓰러뜨린 게 연설연이었다는 사실을 망각한 듯 그 말이

맞다며 목소리를 높이고 있었다.

"저 최운의 이름 두 자를 걸고 맹세하겠습니다. 결코 맹에서 그런 일은 없을 것입니다. 처리는 공정하고 신속하게 이루어질 것이니 여러분께서 더 이상의 참극을 원하시지 않는다면 저와 본 맹을 믿어주시기 바랍니다."

최운이 진화에 나섰지만 어느 정도 명분이 섰다고 판단한 연설연을 필두로 한 무인들은 그의 말만으로는 수긍할 수가 없다는 논지로 집요하게 물고 늘어졌다.

이각여를 설전을 벌였지만 결국 무공은 몰라도 입심으로는 도저히 연설연을 당해낼 수가 없음을 최운은 깨달았다.

"좋소. 그렇다면 연 소저의 의견을 일단 말해 보시오. 소저의 대안이 적절하다면 한번 고려해 보겠소이다."

절반의 항복을 받아낸 연설연의 얼굴에는 만족한 미소가 어렸다.

"간단해요. 이 자리에 있는 사람들은 어쨌거나 도의 행방을 쫓아 마지막까지 온, 보도를 가질 자격이 있는 사람들이라고 생각해요. 이들 중에 가장 천신도를 가질 자격이 있다고 판단되는 사람에게 최 소협의 재량으로 무림맹에서 보도의 주인으로 인정한다는 인가를 해주시면 되잖겠어요?"

"천신도를 가질 자격의 기준이 무엇입니까?"

"그런 것까지 일일이 설명해야 알아들으시겠어요? 당연히 보도를 쓸 정도의 자격이 있는지 무공으로 판단하는 것이지요. 강호에서 그 이상 확실하고도 당연한 방법이 있나요?"

'영악한 계집!'

사대도객을 비롯한 나머지 무인들의 머리 속에 동시에 떠오른 생각이었다.

그녀가 이 자리의 최고수라는 것은 아까의 결투로 미루어 충분히 짐작할 수 있는 사실이다. 그걸 이용해 천신도를 차지하고 거기다가 덤으로 후환을 막아줄 무림맹의 인증까지 받아내려 하고 있으니 이 얼마나 교활한 여우인가!

그러나 그들 역시 딱히 그 제안에 토를 달 수도 없었다. 강호에서 무공으로 결정을 보자는 제안은 그녀의 말처럼 가장 기본적이고 확실하며 이의를 제기할 수 없는 방법인 것이다.

최운의 잘생긴 이마에 세 가닥의 주름이 잡혔다. 잠시 고민하던 그는 결심한 듯한 표정으로 입을 열었다.

"좋습니다. 소저의 제안을 받아들이지요."

그는 그의 허락이 떨어지자 웃으며 손뼉까지 치고 있는 연설연을 손을 들어 제지했다.

"단, 조건이 있습니다."

"뭐죠?"

"아까 말씀드렸듯이 일단 이 지역에서의 모든 결투는 불허합니다. 고로 비무도 할 수 없습니다. 여러분은 제가 제안하는 방식으로 도를 가질 자격이 있는가 시험을 받게 됩니다. 거기에 대해서는 어떤 이의도 용납하지 않겠습니다."

연설연은 뭔가를 얘기하려다 멈추었다. 예상과 어긋나는 부분이 생겨 좀 꺼림칙하긴 했지만 방식이야 어쨌든 그녀는 사대도객에게는 충분한 자신감이 있었다. 일단 꼬장꼬장한 최운을 여기까지 끌어낸 것만 해도 성공이므로 더 이상 심기를 거슬려서 좋을 일은 없을 것 같았다.

“좋아요. 다른 분들은 어때요?”

사대도객을 비롯한 군웅은 굳이 반대할 이유가 없었다.

“다들 동의하는 것 같네요. 그래, 그 시험이라는 게 어떤 건가요?”

“우선 천신도부터 내놓으십시오.”

연설연은 떫은 표정을 지으며 천신도를 최운에게 넘겼다. 최운은 보
도를 가지고 성큼성큼 갈대밭을 나섰다.

“이봐요, 어디 가는 거예요?”

연설연이 불렀지만 최운은 들은 채도 하지 않고 하류 쪽으로 걸어갔
다. 별수없이 갈대밭에 있던 무인들과 청룡당 무사들도 모두 그를 따
라갔다.

최운은 이십여 장쯤 걸어가더니 강변에서 걸음을 멈추었다. 그리고
천신도를 천천히 칼집에서 뽑아냈다. 듣기 좋은 발도음과 함께 묵빛으
로 인해 어두움에 감싸여 잘 보이지 않는 도신이 드러났다.

최운은 강을 향하여 몸을 돌린 채 말했다.

“모두 똑똑히 봐주시기 바랍니다.”

그는 천천히 천신도를 머리 위로 들어 올렸다.

우우웅!

검기가 주입된 칼이 살짝 떨리면서 창룡음을 토해내는 순간, 벼락이
아름드리 나무를 쪼개놓는 듯 천신도가 보이지 않는 속도로 급강하하
며 강물을 쪼갰다.

촤아아악!

장관이었다. 최운의 도가 내려친 강물은 마치 지진으로 바닥이 갈라
져 내리는 듯 강의 중앙 부근까지 쫙 갈라졌고, 갈라진 강물은 해일처
럼 공중으로 치솟아 장장 칠, 팔 장을 솟구쳐 올랐다.

콰앙!

그 자리의 모든 사람이 강물이 솟구쳐 오르는 장관에 입을 딱 벌릴 무렵 강 중앙 쪽에서 폭음이 울려 퍼졌고, 공중으로 비산했던 강물들이 폭포수처럼 떨어지는 가운데도 무언가의 파편이 강물에 떨어지는 듯한 첨벙거리는 소리가 똑똑히 들렸다.

짝짝짝짝짝!

청룡당 무사들과 구경꾼으로 전락한 무인들이 최운의 경이적인 신위에 갈채를 보내는 가운데, 천신도를 노리는 무인들은 안력을 돋워 폭음의 정체를 알아보려 애썼다.

자세히 보니 강이라기보다는 개천에 가까운 수심이 낮은 지류인지라 군데군데 수면 위로 돌들이 삐죽이 솟구쳐 있는 것이 보였다.

강변에서 돌들이 모여 있는 거리까지는 얼추 십 장이 넘어 보였다. 최운의 도기가 강물을 매개로 거기까지 뻗어 나가서 돌덩어리 하나를 부숴 버린 것이다.

최운은 칼을 갈무리한 후 몸을 돌려 입을 열었다.

"잘 보셨으리라 믿습니다. 천신도를 잡고 이 자리에 서서 제가 부숴 버린 돌과 같은 위치에 있는 돌을 부술 수 있는 분께 보도를 가질 수 있는 자격을 인정해 드리겠습니다. 물론 더 먼 위치의 돌을 부숴도 상관이 없습니다."

구경하고 있던 중인들의 입이 다시 한 번 벌어졌다. 그 같은 신위를 보일 수 있는 자가 뭐가 아쉬워서 산서 촌구석까지 들어와 이 짓거리를 하고 있겠나?

그러나 어중이떠중이들을 제외한 사대도객과 연설연, 가능성이 있는 쪽은 심각하게 거리를 머리 속으로 측정하고 있었다. 그러나 그들 역시 거기까지 도기를 날려 보낼 수 있는 가능성은 희박해 보였다.

"잠깐만요. 설마 저기까지 도기를 날릴 수 없으면 자격이 없다고 억지를 부리려는 것은 아니겠죠? 이 자리에 모인 사람 중에 가장 멀리 도기를 날릴 수 있는 사람에게 주어야 하는 것이 이치에 맞는 거라고 생각하는데요."

연설연의 말에 최운은 흔쾌히 고개를 끄덕였다.

"물론입니다. 분명히 더 먼 곳의 돌을 파괴하실 수 있다고 말씀드렸습니다. 그것은 가장 멀리 도기를 날릴 수 있는 사람을 천신도의 주인으로 인정하겠다는 뜻입니다. 단, 도기를 날리는 것만으로는 안 되고, 반드시 강 중에 있는 돌을 파괴해야 합니다."

최운의 말에 연설연뿐 아니라 사대도객까지도 만족감을 드러냈다. 그들은 도를 전문적으로 수련한 무인들이었다. 옥소를 주무기로 쓰는 연설연에게 무공에서는 뒤질지 몰라도 도를 사용해서 도기를 날리는 것이라면 한번 해볼 만하다는 자신감이 생겼다.

도전자는 예상대로 연설연과 사대도객뿐이었다. 그 외의 무인들 중 가장 강한 추윤도 도기를 강물에 싣는 것조차 제대로 해낼 수 없는 수준이었기에 결국 이 오 인 중에서 보도의 주인이 판가름나게 되었다.

순서는 사대도객 중 삼 인이 먼저 하고, 그 다음에 연설연, 마지막에 사대도객의 수장이 하기로 결정했다.

첫 번째 도객은 강한 의욕을 드러내며 도기를 날렸지만, 육 장쯤 뻗어 나가다 결국 멈춰서고 말았다.

두 번째 도객은 신중하게 처신하여, 좀 더 하류로 내려갔다. 수심은 더욱 얕아졌고, 아까보다는 가까이에 군데군데 돌들이 솟구쳐 있는 것이 눈에 띄었다. 그는 사 장 정도 떨어진 거리에 솟아 있는 돌을 도기로 부술 수 있었다.

세 번째 도객은 같은 자리에서 오 장쯤 떨어진 돌을 노렸으나 도기가 다다랐지만 돌이 부서지지 않았다.

드디어 연설연이 나섰다.

그녀는 천신도를 잡고 머리 위로 들어 올렸다.

그녀의 머리 속에서는 심공의 구결이 흘러가고 있었다.

연설연이 옥소를 쓰는 까닭은 어디까지나 음공을 쓸 수 있기에 가지고 다니는 것이지 그녀가 쓰고 있는 무예가 옥소에 적합한 무공이기 때문이 아니었다. 그녀가 익히고 있는 천의무극신공(天意無極神功)은 검, 도, 봉, 편 등 어떤 병기로도 적용이 가능한 무공이었다.

연설연은 고요히 정신을 가라앉히는 가운데 천신도에 모든 내력을 실었다.

"타앗!"

낭랑한 기합성과 함께 천신도가 힘차게 공기와 강물을 갈랐다. 그녀의 도기는 앞의 최운이나 삼대도객과는 달리 거의 물보라를 일으키지 않고 직선의 파장만을 강물 위에 새겨놓으며 힘차게 나아갔다.

힘을 쓸데없는 곳에 쓰지 않고 최대한 도기의 전진 방향에 실어 보낸 것이다.

콰앙!

저 멀리 팔 장 정도 떨어진 곳의 돌이 부서져서 공중으로 튀어 오르는 것이 보였다.

연설연은 기쁨을 감추지 못하며 주위를 돌아보다가 최운과 눈이 마주쳤다. 최운은 슬며시 박수를 치며 고개를 끄덕였고, 연설연은 함박

웃음을 지었다.

마지막으로 사대도객의 수장이 긴장된 모습으로 앞으로 나섰다.

그는 천천히 강물 위로 시선을 가져갔다. 어쨌든 연설연보다는 먼 곳의 돌을 부숴야만 했다. 그의 눈에 연설연이 부순 돌이 있던 위치에서 약 반 장쯤 떨어진 돌이 보였다.

목표물을 정한 수장은 천천히 천신도를 머리 위로 들어 올렸다. 천신도도 천신도지만 칠패의 한 축인 구궁보 소속의 자신들이 보타암의 인물에게 망신을 당하기라도 한다면 그것은 임무의 실패 이상으로 질책을 받을 일이었다. 그는 모든 내력을 쥐어짠 후 자신의 염원까지 도에 실었다.

"으랏차아!"

괴성과 함께 물보라가 다시 한 번 비산했다. 최운에 비견할 만한 물보라가 일어나며 도기가 강줄기를 끊었다.

그러나 하늘 높이 솟아오르던 물보라는 전진하면 할수록 차츰차츰 높이가 줄어들어 가고 있었다. 물보라가 거의 소멸될 찰나, 도기가 돌과 충돌했다.

쿵!

돌 주위의 물이 흔들리며 커다란 파장을 만들어내었지만 결국 돌은 부서지지 않았다.

사대도객의 수장은 잔뜩 굳은 얼굴로 한동안 강 쪽을 응시하고 있다가 몸을 홱 돌렸다.

수장의 뒤를 나머지 도객들이 따랐고, 그들은 뒤도 돌아보지 않고 장내를 떠났다.

연설연은 냉소를 띠고서 그들의 퇴장을 바라보다가 곧 표정을 바꾸어 활짝 웃는 얼굴로 최운에게 다가왔다. 그리고 손을 쑥 내밀었다.

"자, 이제 됐지요? 어서 내놓으세요. 좀스러운 양반들이 떠나긴 했지만 아직 증인들도 많으니 인증도 빨리 해주시고요."

최운이 어리둥절한 얼굴로 되물었다.

"뭘 내놓으라는 겁니까?"

연설연의 활짝 웃던 얼굴이 잠시 멍해졌다가, 살짝 굳어졌다.

"그렇게 안 봤는데 조금 실망이네요. 농할 기분이 없어졌어요. 어서 보도를 내놓으세요."

최운은 슬쩍 미소를 띠며 대답했다.

"농지거리를 할 생각은 전혀 없습니다. 연 소저께서 뭔가 착오가 있으신 모양인데, 이것은 제가 가져가야 할 물건입니다."

"대체 무슨 말씀을 하시는 거죠? 분명 최 소협이 아까 도기를 가장 멀리 날린 사람에게 그 보도를 주기로 약조하셨잖아요? 그것은 저뿐 아니라 이 자리에 있는 모든 사람과 한 공약인데 그걸 어기실 셈인가요?"

"분명히 소저와 이 자리에 계신 모든 분과 약조했기에 그러는 겁니다."

최운은 주위의 의아한 표정을 짓고 있는 무인들을 둘러보며 말했다.

"아까 저는 도기를 가장 멀리 날려 돌을 부술 수 있는 사람이 천신도의 주인이 되도록 하자는 제안을 했고, 이 자리에 계신 모든 분이 거기에 동의했습니다. 맞지요?"

"그래요."

"그러면 도기를 가장 멀리 날려 돌을 부순 사람은 누굽니까?"

"당연히 제가……!"

연설연은 바로 자신이라고 대답하려다 말을 멈춘 채 딱딱하게 표정을 굳혔다. 도기를 가장 멀리 날린 자가 자신이 아니라는 것을 문득 깨달은 것이다.

"…지금 그것이 바로 최 소협이라는 말씀을 하고 싶은 건가요?"

귀를 쫑긋거리며 듣고 있던 중인들의 얼굴에 비로소 아하 하고 깨닫는 기색이 떠올랐다.

그렇다. 엄밀히 말하면 이 자리에 있던 모든 사람 중에 도기를 가장 멀리 날린 사람은 최운이고, 그렇다면 약조에 따라 당연히 그가 천신도를 차지해야 한다.

"그렇습니다. 저는 어디까지나 약조에 따른 행동을 하는 것뿐입니다. 소저가 저보다 멀리 도기를 날렸다면 당연히 소저에게 이 도를 드리겠습니다만, 그렇지 않기에 제가 갖겠다는 것입니다."

최운은 중인들을 둘러보며 말을 이었다.

"그리고 이 자리에서 확실히 말씀드리겠습니다. 천신도의 소유는 제 것이되 처리는 본 맹의 처음 의도대로 할 것임을 여러분 앞에서 밝히는 바입니다."

구경하던 무인들은 최운의 지혜롭고도 깔끔한 일처리에 감탄을 금치 못했다. 옥면신룡이란 별호는 허명(虛名)이 아니었던 것이다. 그러나 그 생각에 동조하지 못하는 인물이 한 명 있었다.

"흥! 옥면신룡의 일처리가 공평무사하다는 소문을 들었건만 이토록 후안무치하다니, 소문이 이만저만 틀린 것이 아니군요."

최운은 연설연의 공세를 여유있게 받아냈다.

"제가 무슨 후안무치한 행위를 했다는 것인지 알기 쉽게 설명을 해주시면 감사하겠습니다만."

"몰라서 묻나요? 소협은 마치 자신은 도를 차지하기 위한 경쟁에 끼지 않으려는 듯한 모양새로 자신의 주특기인 도기를 날리는 대결을 제안했어요. 저와 사대도객이 그것을 수락한 것은 당연히 당신이 대결에 참가하지 않으리라고 생각했기 때문이에요. 당신이 대결에 참여하려한다는 사실을 알았다면 당신이 자신있어하는 분야로 대결하자는 제안을 우리가 승낙했을 리가 있을까요?"

"연 소저가 단단히 착각을 하시고 계신 것이 있습니다. 아까의 대결은 결코 제가 유리한 대결이 아니었습니다. 오히려 가장 불리한 대결이라 할 수 있었지요."

최운은 말하면서 자신의 검집을 두들겼다.

"보시다시피 저는 검객입니다. 물론 무공도 검공인 분광검법을 익혔습니다. 검공과 도공은 출발점부터 큰 차이가 있다는 것은 소저가 더욱 잘 아실 것입니다. 저는 상당한 불리함을 안고 대결에 임한 것입니다. 그런데 저와 대결한 다섯 분은 어떻습니까? 구궁보의 사대도객은 도를 쓰는 도객이니 설명드릴 필요도 없고, 보타암의 천의무극신공이 모든 병기에 적합한 신공이라는 것을 제가 모를 줄 아셨습니까? 이렇게 따져 보면 아까의 대결이 누구에게 유리하고, 누구에게 불리했는지 머리 좋은 소저가 모를 리가 없다고 생각합니다만."

영악하기 그지없는 연설연도 결국 말문이 막히고 말았다.

만약 그녀나 사대도객이 최운의 의도를 읽고 대결을 거부했다면 그것은 대결 방식이 그들에게 불리하기 때문이 아니라 단지 최운의 무공 수위가 그들에 비해 한 수 위이기에 경쟁이 안 됨을 알기 때문이었을 것이다. 최운은 그것을 정확히 집어낸 것이다.

　무인들은 최운의 신위와 지혜에 대한 감탄, 천신도를 가지지 못한 것에 대한 아쉬움, 참극의 중심에서 살아난 것에 대한 안도 등 각양각색의 감정을 얼굴에 담은 채 사연 많은 갈대밭을 떠나기 시작했다.

　이제 사건이 완료된 듯하여 안심하며 장내의 정리를 청룡당 무사들에게 명하던 최운은 갑자기 뒤통수로 뭔가가 잔뜩 흩뿌려지자 대경실색했다. 급히 뒤돌아보니 잔뜩 약이 오른 얼굴로 노려보고 있는 연설연이 보였다. 연설연은 그와 시선이 마주치자 냉소를 띠며 천천히 몸을 돌려 갈대밭 바깥으로 발걸음을 뗐다.

　"향주님, 괜찮으십니까?"

　주변의 청룡당 무사들도 놀라서 그에게 다가왔다.

　최운은 쓴웃음을 지으며 머리와 옷에 잔뜩 묻은 모래를 털어냈다. 아마 연설연이 바닥에 깔린 모래를 발로 차서 날린 모양이다.

　"괜찮네. 그냥 모래야."

　"붙잡아서 버릇을 좀 고쳐 줄까요?"

　"아니, 그냥 놔두게. 다 된 밥에 재를 뿌린 격이니 화가 날 만도 할 테지."

　최운은 서서히 멀어지고 있는 연설연을 바라보며 문득 나오는 헛웃음을 주체하지 못했다. 노회한 노강호처럼 행동하던 그녀가 갑자기 어린애처럼 이런 짓을 하고 달아나니 무척 기이한 느낌이 들었다.

　"저런 말괄량이를 장차 누가 데리고 살지 몹시 걱정되는군."

＊

그녀는 반수면 상태에서 너무도 지끈거리는 두통으로 인해 의식을 찾기 시작했다. 서서히 반수면의 의식에서 본의식 상태로 돌아오기 시작하면서 기억하고 있는 장면장면들이 머리 속에서 되새겨지고 있었다.

그녀는 칼을 하나 찾고 있었다.

활달한 성격 탓에 자주 나돌아다니는 것으로 유명한 그녀였지만 워낙 칼 때문에 끔찍한 일이 많이 일어나고 있는 작금인지라 그녀의 집 안에서도 그녀의 급한 성격에 무슨 짓을 벌일까 두려워 거의 감금하다시피 하고 있었다. 그러나 그녀는 엄중한 포위망을 뚫고 나와 칼을 찾는 많은 사람들 틈에 끼였다.

처음에는 한번 구경이나 해보자 하는 마음이었는데, 목불인견의 참상과 인간 본연의 탐심을 목도하고서 그것에 질려 구경을 포기하고 돌아가려 하고 있었다. 그러다가 우연히도 절묘한 속임수의 현장을 보게 되었고, 사람들이 바뀐 가짜 칼을 정신없이 쫓아가고 그녀만이 진품을 가진 자의 도망을 목격하게 되었을 때, 그녀의 몸은 어느새 그의 뒤를 쫓고 있었다.

한적한 산길을 달리던 그자는 마침내 그녀의 추적을 눈치 챈 모양이었다. 잔뜩 겁에 질린 얼굴로 뒤쫓아오는 그녀를 확인한 사내의 얼굴이 활짝 펴지는 모습이 아직도 기억에 생생했다.

"흐흐흐, 계집이라니, 괜스레 겁을 집어먹었었군 그래."

그녀는 그자에게 특별한 악의는 없었지만, 갑자기 그 웃음이 기분 나빴다.

사내가 다짜고짜 덤벼들었지만 그녀의 한 수에 나가떨어졌다. 산서에서 그녀를 당할 자는 그리 많지 않다는 것을 그자는 몰랐던 것이다.

"제법 한 수가 있는 계집이로구나. 그러나 결국 후회하는 것은 너일
게다."

사내는 피까지 흘려대면서도 여유를 잃지 않았고, 그녀는 왠지 모를
그자의 여유가 기분 나빴다.

그는 슬금슬금 측면으로 움직이며 기회를 보더니, 갑자기 오른손을
휘둘렀다. 그녀는 잔뜩 경계하고 있었던 터라 가문의 장법으로 있는
힘껏 일 장을 쳐냈고, 그의 오른손을 떠났던 붉은색 분말은 장력에 밀
려 반대편으로 멀리멀리 날아가 버렸다.

당황한 사내는 암기를 뿌려대기 시작했다. 그녀는 탁월한 신법으로
암기를 피해냈다. 그러다가 사내가 또다시 품 안을 꼼지락거리다가 다
시 분말을 뿌렸고, 충분히 대비하고 있던 그녀는 이번에도 분말을 공중
으로 날려 버렸다.

그 분말이 음약이고, 사내가 호색을 즐기는 색마라는 것을 어렴풋이
짐작하게 된 그녀는 분노하여 살수를 쓰기 시작했다.

사내도 어느 정도 가락이 있는 자였다. 내공은 그녀에 비해 달렸지
만 강호에서 구른 세월이 녹록치 않은 듯 노련하게 그녀의 예봉을 피
해 나갔다. 사내가 당할 듯 당할 듯하면서도 피해 나가며 유들유들하
게 입으로 놀려대기까지 하자 약이 바짝 오른 그녀는 무리하게 공격을
일삼다가 사내의 암기에 오른발을 적중당하고야 말았다.

"흐흐흐, 음약을 바르지 않은 것이 한이다만, 칠점사의 독이 발라진
암기이니 살려달라고 엎드려 빌지 않으면 이각 내로 죽음에 이를 것이
다."

그녀는 당황했다. 역시 노련한 상대를 당해내기에는 그녀가 너무 어

렸던 것이다. 그러나 여기서 주저앉을 수는 없었다.

그녀는 재빨리 오른발을 점혈하고, 내공으로 독을 몰아내기 시작했다. 그녀의 내공은 나이에 비해 심후하여 선 채로 상대를 방비하며 운기하고 있었지만 불안정한 자세에서도 한쪽 다리를 치료할 수 있었다. 이윽고 암기가 떨어져 나간 자리에서 거뭇거뭇한 피가 흘러나오기 시작했다.

사내는 무척 당황했다. 설마 하니 그녀가 자신과 상대하면서 독을 몰아내는 방법을 쓰리라고는 상상을 못한 것이다. 불행히도 그에게는 더 이상 날릴 암기가 없었다. 결국 직접 덤벼들어야 하는데, 암수를 쓰지 못하는 정공법으로는 그녀에게 자신이 없었다.

사내가 돌멩이를 주워서 몇 번 던졌지만 그녀는 가볍게 막아냈다.

사내는 번민했다. 그녀가 움직이지 않고 있으니 그냥 달아나면 그만이었다. 그러나 그러기에는 움직이지도 못하고 있는 여인의 미모가 너무도 아까웠다. 색마로 악명을 떨치고 있는 그였지만 이만한 여인을 십 년 내로 겪어본 기억이 없었다.

"이런 제기! 오늘 네년을 못 취하고 달아난다면 탐미랑객의 이름을 버려야 할 것이다."

말을 마치고서 사내는 벼락같이 달려들며 장력을 날렸다. 그녀는 엄중한 자세로 맞대응했다. 장력이 맞부딪쳤고 사내는 뒤로 한 발자국 물러섰다. 그러나 확실히 처음 맞붙었을 때보다는 그녀의 장력은 위력이 많이 떨어져 있었다. 한쪽으로는 독에 대응하면서 사내를 상대하려니 어려운 것이다.

"크흐흐흐……"

사내는 흉소를 흘려가며 빠른 속도로 그녀의 주위를 회전하기 시작했다. 그녀는 움직임을 최소화하면서도 시선을 사내에게서 놓지 않았다. 사내는 기회를 보아 그녀에게 장력을 날렸고, 그녀는 한 번씩 장력을 교환할 때마다 괴로운 표정을 지었다.

그녀 역시 기회를 노리고 있는 것은 마찬가지였다. 이제 독은 거의 빠져나간 듯, 오른발에서 흘러나오고 있는 피의 색깔이 거의 선홍색에 가까워져 가고 있었다. 그러나 사내의 공세가 만만치 않아서, 한 번 장력 충돌을 할 때마다 조금씩 내상을 입고 있었다. 이대로 가다가는 당할 판이라 무슨 수라도 써야 할 시점이었다.

"타앗!"

때마침 사내의 장력이 날아왔다. 그녀는 결심을 굳히고 쌍장을 들어 날아오는 경력을 맞받지 않고 그대로 몸 안까지 흘려보냈다.

찌익!

그녀의 오른발에서 선홍색 핏물이 튀어 나왔다. 사내의 장력의 힘까지 빌어 마침내 독을 몰아낸 것이다. 그러나 아직 그녀가 기를 자유자재로 제어할 만한 능력이 안 되기에 사내의 장력을 완전히 몸 안에서 해소시키지 못했다. 결국 남아도는 힘에 의해 중심을 잃고 엉덩방아를 찧어야만 했다.

드디어 공격이 먹혀들었다고 생각한 사내는 득달같이 달려들었다. 사내는 자세가 흐트러진 그녀의 요혈을 노렸으나 그녀는 재빨리 몸을 옆으로 굴러 사내를 피했다. 사내는 포기하지 않고 달려들어 마침내 그녀의 두 팔을 잡았다. 사내가 그녀의 손목의 완맥을 봉쇄하려는 순간, 그녀의 팔이 쭉 뻗어 나오면서 사내의 머리를 강타했다.

사내는 피를 흩뿌리며 삼 장 뒤로 나가떨어졌다. 두개골이 완전히 부서진 채로.

그는 설마 그녀가 근거리에서 순간적으로 그 정도의 경력을 내뿜을
줄은 예상하지 못했던 것이다.

"하아, 하아, 하아……."

그녀는 가쁜 숨을 내쉬었다. 위기일발의 순간이었으나 다행히도 독
을 몰아낸 관계로 순간적이나마 발휘할 수 있는 최고의 장법을 시전할
수 있었고, 위기를 넘길 수 있었다. 그녀는 제자리에서 벌떡 일어섰다.

"아앗!"

그녀는 머리를 부여잡은 채 다시 쓰러졌다.

갑자기 일어나는 바람에 기혈이 뒤엉킨 것이다. 아니, 사내의 장
력을 함부로 몸 안으로 받아들였을 때 이미 기혈은 뒤엉키기 시작했
다.

사내의 장력으로 인한 내상이 미처 해소가 안 된 상태에서 무리하게
강한 장력을 시전한 것이 큰 화를 불러일으킨 것이다.

'주화(走火)로구나!'

보통 주화입마라면 내공 수련 중에 심마(心魔)가 껴서 기혈이 엉키
는 경우를 말하지만, 내상을 입은 상태에서 무리한 동작으로 인해 기
혈이 꼬여 역으로 육체와 정신에 영향을 주는 상황에 이를 수가 있었
다.

이런 경우 주변에 도움을 줄 만한 보조자가 있어 기혈에 자극을 주
어 기의 흐름을 원활하게 만들어주어야 하는데, 불행히도 지금 그녀의
주변에는 머리가 부서진 색한 한 명이 널브러져 있을 따름이었다.

시간이 흘러도 기혈의 흐름이 정상으로 돌아오기는커녕 점점 걷잡
을 수 없이 뒤엉키자 그녀는 정신이 혼미해지기 시작했다.

이제는 기혈의 불균형이 정신에까지 지장을 주어 '입마(入魔)'의 단

계로까지 가려 하고 있었다.

"윽! 으아아아……."

그녀는 신음 소리를 내며 땅바닥에 누운 채로 몸을 비틀었다.

지닌 바 내공에 비해 경험이 일천한 탓에 이런 상황에서의 대처가 미숙한 그녀는 어찌할 바를 몰랐다.

머리는 쪼개질 듯하고, 하단전 주위의 기혈이 널을 뛰는 듯 울렁거렸다. 이대로 주화입마가 심화되면 내공을 몽땅 소실할지도 모른다. 좀 더 재수가 없으면 정신 착란이 일어나고 반신불수가 되든지, 피를 토하고 죽을 수도 있다.

입에서는 고통을 참지 못하고 계속 신음성이 흘러나오고 있었다. 누군가가 도와주지 않는다면 끝장이었다.

'아아, 제발…….'

간절히 구원을 바라며 그녀의 의식은 점차 옅어져 갔다. 마침내 고통으로 인해 의식이 소멸되어 가는 찰나, 왠지 모르게 몸이 시원해지고 있다는 느낌이 들었다. 마치 벌거벗은 듯한 느낌이 들었다.

'죽은 것일까, 구원받은 것일까?'

그 생각을 하는 순간, 하복부에 생전 겪어보지 못했던 무시무시한 고통이 닥쳐 들었다. 그녀의 의식이 번쩍 깨어나며 입이 열렸다.

"아아악!"

번쩍 깨어났던 의식은 고통 속에 아득히 멀어져 갔고, 그녀는 그대로 혼절했다.

이제 기억하는 마지막 의식까지 머리 속에서 정리되자, 그녀는 그대

로 눈을 떴다. 낯익은 천장, 낯익은 사물, 낯익은 공기… 바로 그녀의
방 안이었다.

"아가씨, 깨어나셨군요!"

역시 낯익은 목소리, 은소예(恩小禮)는 몸을 천천히 일으켰다.

"아가씨, 좀 더 누워 계셔요!"

"괜찮아, 정 파파. 그냥 앉아 있을래."

시비가 방문을 나섰다. 아마 아버지를 불러오려는 것이리라.

"정 파파, 나 배고픈데."

"예, 예. 곧 대령합죠."

정 파파라고 불린 백발노파는 괴장을 꼬나 쥐고 즉시 문을 나섰다.
그러다가 은소예의 비명 소리에 다시 방으로 들어서야 했다.

"아야야야!"

은소예는 눈물을 찔끔했다. 다리를 움직였더니 하복부 쪽에 강한 통
증을 느낀 것이다.

'그래, 혼절하기 직전의 그 통증…….'

정신을 아득하게 만들었던 그 통증, 생각해 보니 그 격렬한 통증으
로 인해 신경이 그쪽으로 확 몰리면서 하단전 근처에서 엉키고 있던
기혈들이 순간적으로 제자리를 찾은 것 같았다.

그 뒤의 상황은 알 길이 없었지만 아마도 그 통증이 치료의 시발점
이었으리라. 그렇지 않았다면 때가 늦어 지금 자신이 이렇게 멀쩡할
리가 없었다.

고개를 돌려 옆을 보니 정 파파가 눈물을 찔끔거리고 있는 것이 보
였다.

"정 파파, 울지 마. 나 지금 멀쩡해. 내상은 없어."

"크흐흐흑, 불쌍한 아가씨. 험한 꼴 당하셨어요. 그래도 불행 중 다행이지 뭐예요. 맹 소협이 마침 그 자리를 지나가고 있었으니……."

'맹 소협? 그게 누구지? 나를 구한 사람인가?'

"정 파파, 맹 소협이 누구야?"

정 파파가 대답하려고 입을 열기도 전에 방문이 벌컥 열리며 위엄있는 외모와는 어울리지 않게 다급하기 그지없는 표정의 중년인이 뛰쳐들어왔다.

"오오, 소예야! 몸은 좀 어떠냐? 괜찮아? 내상은 어떻더냐?"

은소예는 중년인의 호들갑이 진정되길 기다렸다가 대답했다.

"이젠 괜찮아요. 진정 좀 하세요."

가쁜 숨을 몰아쉬던 중년인은 그제야 정신을 차린 듯 안도하다가 갑자기 화를 벌컥 냈다.

"네 이년! 그토록 주의를 줬건만 감시를 따돌리고 가출을 하다니… 너를 찾으러 보의 무사들이 산서 전역으로 나가서 사흘 밤낮을 헤매고 다녔다. 내 그들을 볼 낯이 없다! 그토록 천방지축으로 놀아대더니 꼴 좋구나. 이쯤에서 그친 것도 천운이다. 만일 맹 소협이 아니고 그 음적에게 당했다면 너도 너지만 가문에 그토록 망신스러운 일이 어디 있겠느냐?"

"어? 그놈이 음적인 줄 어떻게 아셨어요? 쓰러지기 전에 깔끔하게 처리한 것 같은데?"

중년인은 잠시 그녀의 대꾸에 어리둥절해하다가 다시 화를 버럭 냈다.

"그럼 음적인 줄 알고도 덤벼들었단 말이냐? 네가 오냐오냐 하고 놔뒀더니 정말 큰 사고 칠 애로구나. 오늘부터 혼례일 잡힐 때까지 방 안에서 나갈 생각 말아!"

평소 너그럽기 그지없는 부친이 과도하게 화를 내자 은소예는 그녀의 성격을 드러내기 시작했다.

"싫어욧! 이래라저래라 하시니 더 반발심이 생겨서 그러는 거 아니에요!"

"이년이!"

중년인은 길길이 날뛰었지만 환자를 보호하고자 하는 정 파파와 뒤따라온 측근들의 만류로 결국 방 안에서 내쫓겨 나갔다. 사실 그들이 말리는 것은 은소예를 보호하려는 것보다는 중년인의 체면치레를 위해서였다. 말다툼이 이어져 봤자 결국은 중년인이 은소예에게 밀려 사정조로 나갈 것이 뻔하기 때문이다.

신기에 다다른 검술과 함께 냉철하고 침착한 성정으로도 유명한 창천보주, 창천신검(蒼天神劍) 은휘(恩揮)가 금지옥엽 외동딸 은소예에게 꼼짝 못하고 쥐여산다는 것은 아직까지 창천장 바깥으로는 퍼져 나가지 않고 있는 공공연한 비밀이었다.

은소예는 떠들썩한 아버지의 퇴장을 바라보며 곰곰이 생각에 잠겼다. 분명 이 통증의 원인은 '맹 소협' 이란 자일 것이다. 아마도 그 사람이 치료를 해준 모양이다. 나중에 한 번 찾아가든지, 그가 창천보로 찾아오든지. 보상이나 바라고 찾아오는 사람이 아니면 좋으련만.

"그런데 혼례일 얘기는 왜 나온 거지? 누구 혼사라도 잡혔나?"

아직까지도 순진하기 그지없는 그녀의 중얼거림이었다.

✳

"이것으로 세 개째군요."

함학이 말했다. 회의실로 보이는 방 안에 모인 중인은 침중한 표정으로 탁자 위에 놓인 세 개의 도를 바라보고 있었다. 막 천신도를 들고 들어와서 보고를 마친 최운이 다시 입을 열었다.

"귀환하면서 조사한 바로는 어느 정도 혈사는 진정되는 추세로 보입니다. 소문이 여전히 횡행하고 있기는 하나 모두 뜬소문일 뿐이고, 산서에 모여든 무림인들의 대부분이 이제 본 맹에서 천신도를 회수한 것이라 인식하고 있습니다."

"무림인들이 그렇게 생각하고 있다는 것이 한편으로는 좋기도 하고, 한편으로는 나쁘기도 합니다."

최운의 말을 받은 것은 주작당주 예지헌(芮志憲)이었다.

모여 있던 중인은 고개를 끄덕였다. 좋은 점은 역시 천신도가 무림맹에 들어왔으니 혈사가 더 이상 진행되지 않을 거라는 것이고, 나쁜 점은 후에 맹에서 천신도의 공정한 처리를 해야 한다는 점이었다.

함학이 말했다.

"있지도 않은 천신도를 맹에서 어떻게 처리할지 공포를 해야 할 텐데 걱정이 태산이로군요."

이건 또 무슨 소리인가?

좌호법 법현 상인이 말했다.

"이 세 자루의 보도 외에 더 이상 진품이고 가짜고 간에 돌아다니는 천신도는 없다고 봐도 되겠소?"

예지헌이 대답했다.

"그렇습니다. 최 향주가 분하변에서 가져온 것이 가장 신빙성있는 것이라고 생각했습니다만, 역시 진품은 아니었습니다. 가장 소문이 크고 무림인들의 움직임이 많았던 세 군데의 천신도는 모두 회수한 셈이고, 나머지 소문들은 역시 암중 세력이 이목을 흐트러뜨리기 위해 퍼뜨린 것이 확실합니다. 거기에 대한 조사는 거의 완료되었습니다."

"애당초에 소소인의 동굴부터가 헛소문일 가능성은 없습니까?"

최운의 물음에 예지헌은 고개를 저었다.

"소소인의 시체는 그의 가족들에게 옮겨졌네. 물론 진짜 소소인인 것이 확인되었지. 결국 이 시점에서 가정할 수 있는 것은 하나야. 가짜를 퍼뜨린 자―물론 세 자루의 가짜 보도가 전부 한 세력에서 나온 것인지는 확실하지 않네―가 진품과 가짜를 바꿔치기 하는 데 성공했다는 것이지. 그리고는 쥐도 새도 모르게 진품 천신도를 가지고 도주했을 거라는 것."

예지헌은 말을 끝맺었다가 갑자기 생각난 듯 법현 대사에게 말했다.

"아, 그러고 보니 남쪽 지역을 조사할 때 독비마도(獨臂魔盜) 옥승의 시체를 발견했었습니다. 그걸 보면 중원의 대도들도 심심찮게 이번 혈사에 뛰어들었다는 것을 짐작할 수 있습니다."

"독비마도라면 탐미랑객과 짝을 이뤄 다니던 놈이 아니오? 만만찮은 무공을 지닌 놈이었는데 죽고 말았군."

함학이 지나가는 투로 말했다. 산 도둑이면 몰라도 죽은 도둑을 본 것은 그다지 중요한 사안이 아니었다.

"어쨌든 혈사야 끝났지만 이제부터가 골치로군요. 있지도 않은 천신도를 찾아서 어찌어찌 쓰겠다고 공포해야 하는 참이니, 지금 와서 수거한 천신도가 전부 가짜라고 해도 저들이 믿어줄 것 같지 않습니다만.”

“으음…….”

법현 대사는 깊게 침음했다. 실상 여론 조작을 해야 하는 상황인지라 불제자인 입장에서 볼 때 사건이 끝났어도 뒤처리가 더욱 곤혹스러운 작금이었다.

＊　　　　＊　　　　＊

“어, 그러고 보니 맹 대협, 못 보던 칼을 차고 계시네요?”

덕현의 말에 맹정우가 대답했다.

“응, 이거? 아까 은 소저를 구해낼 때 소저와 음적이 쓰러진 중간 정도에 떨어져 있더라고. 혹시 소저의 것이 아닌가 해서 주워서 차고 있었는데 물어보는 것을 깜빡했군.”

“은 소저의 것은 아닐 것입니다. 창천보는 검의 명가로 유명하고, 은 소저가 삼봉에 끼는 것도 그녀의 검술 실력 때문이니까요.”

“그래? 그럼 그 음적 놈의 것인가 보군. 그런 놈이 차고 다니기에는 보통 좋은 칼이 아니던데.”

맹정우는 칼을 뽑았다. ‘스르릉’ 하는 경쾌한 발도음과 함께 묵빛의 광택이 흐르는 도신이 모습을 드러냈다.

“아아, 정말 멋진 칼이군요. 그런데 칼집이 좀 아니네요.”

덕현의 말처럼 칼에 비해 칼집은 다 헤진 가죽으로 되어 있어서 칼과는 품격이 맞지 않아 보였다.

"음, 나도 그렇게 생각해. 이왕 공짜로 얻은 김에 멋진 칼집 하나 바꿔 넣어야겠어."

"강이 보입니다요."

덕호의 말에 모두 고개를 들어 전방을 바라보았다. 황하가 저녁노을 아래 붉게 물들어 아름다운 자태를 뽐내고 있었다.

"좋아, 좋아. 고향이 점점 가까워 오는군. 얼른 배를 잡자고."

세 사람은 가벼워진 발걸음으로 강변으로 향했다.

제6장

영웅은 찾아오는 위기를 극복해야 한다

영웅은 찾아오는 위기를 극복해야 한다

“이것 참, 곤란하군.”

맹정우는 입맛을 다셨다. 섬서로 들어가는 배가 한 척도 없었던 것
이다.

초저녁이기에 한 척 정도는 얻어 탈 수 있으리라 생각했었는데 운이
없는 모양이다. 강변에서 하룻밤을 보내야 할 상황이다.

가까운 촌락도 십 리는 더 가야 했다.

“노숙을 할 수는 없으니 일단 촌락으로 가자구. 객잔이 없으면 민박
이라도 해야지.”

세 사람은 강변을 따라 올라가기 시작했다. 한참을 걷다가 덕호가
전방에 뭔가를 발견한 듯 말했다.

“맹 대협, 저거 배 아닙니까?”

“음, 저건 수송선일세. 크기가 엄청 크지 않나? 잠시 대기하고 있는

것 같군."

일행이 가까이 다가서자 배의 선원들이 강변에 모여 앉아 떠들썩하게 떠들며 술판을 벌이고 있는 것이 보였다.

"맹 대협, 아마 저녁이라도 거나하게 먹으려고 배에서 내려 술판을 벌이는 모양입니다. 식사를 끝마치고 나면 출발할 듯한데 한번 물어나 볼까요? 운이 좋으면 섬서까지 얻어 타고 갈 수도 있지 않겠습니까?"

덕현의 말에 맹정우도 수긍했다. 세 명 다 고된 여행에 질린 판국이라 한시라도 빨리 고향에 돌아가고 싶어했다.

가까이 다가가니 돼지 고기 굽는 냄새가 코를 찔렀다. 일행은 배가 고팠지만 배에 올라타는 것이 먼저였다.

"실례합니다."

"무슨 일이오?"

일행과 가장 가까이 있던 털북숭이 장한이 술잔을 든 채 고개만 일행 쪽으로 돌리고 말했다.

"저희는 섬서성으로 가는 나그네들입니다. 혹시 귀 선박이 그쪽으로 가는 길이면 저희가 합승을 좀 해도 될는지요? 길은 다급한데 지금 배가 없어서 그럽니다."

"딴 데 가서 알아보슈. 우린 여객업은 안 하니까."

장한은 퉁명스레 대꾸하고 얼른 고개를 돌려 옆 사람들과 주거니 받거니 하는 데 열중하기 시작했다.

머쓱해진 일행이 자리를 뜰 찰나, 중앙 쪽에 앉아 있던 누군가가 벌떡 일어섰다.

"세 분 잠깐 걸음을 멈추시오."

일행은 고개를 돌려 부른 사람을 쳐다보았다. 붉은 경장을 단정하게 차려입은 것이 뱃사람 같지 않아 보이는 사내였다.

"잠깐 이쪽 불가로 좀 와보시겠소?"

일행은 어리둥절해하며 사람들이 모여 있는 모닥불 쪽으로 다가갔다.

"흐음……."

적의(赤衣)의 사내는 세 사람을 꼼꼼히 살펴보는 듯했다. 그러더니 다시 입을 열었다.

"이거, 우리 형제가 실례를 좀 했구려. 본래 뱃사람들이 말은 거칠어도 속은 그렇지 않으니 크게 신경 쓰시지 말길 바라오. 여객과 수송이 엄연히 다른 업종인지라 되도록 서로 영역을 침범하지 않으려 하기 때문에 거절한 것이외다. 그러나 형장들의 사정이 급해 보이고 행색 또한 피곤해 보이니 동정심이 생기는구려. 사해가 동도라 하지 않소이까? 배가 있으면 모르되 여객선이 없는 상황이라 하니 형장들의 부탁을 들어준다 해서 여객업을 하는 친구들과의 의를 해치는 행위까지는 되지 않으리라 믿소이다. 우리와 함께 갑시다."

꽤나 장황하게 얘기하는 사내의 결론은 어쨌거나 합승을 허락한다는 말이었다.

일행은 안도하며 감사를 표했다. 그러자 갑자기 둘러앉아 있던 사람들의 분위기가 일변하며 다들 환영한다는 식으로 저녁 식사에 참석을 권했다.

일행은 고기 냄새를 맡기 시작한 때부터 배가 미칠 듯이 고팠으므로 염치 불구하고 식사에 끼어들었다.

맹정우는 옆에서 권하는 술까지 냉큼 받아먹었으나 화산의 두 제자는 비록 정식 도사가 되지는 않았을지언정 청정을 유지해야 하는 입장이라 극구 사양했다. 그러나 일단 술기운이 오른 선원들의 권주는 아무나 물리칠 수 있는 것이 아니었다.

처음에 퉁명스럽게 굴었던 털북숭이가 취기가 올라 잔뜩 붉어진 얼굴로 술병을 부여잡고 비치적비치적 두 사람 앞으로 다가왔다.

"자, 한 잔씩들 받아!"

덕현과 덕호는 손사래를 쳤다.

"죄송합니다. 저희는 도가에 몸을 담고 있기 때문에……."

"이런 젠장! 지금 도사야? 도사 됐어?"

"…그건 아닌데요."

"그럼 마셔도 되잖냐 말이다. 글구 내가 아는 말코도사 중에 곡차 한 잔도 안 마시는 놈 한 번도 못 봤다 이거지. 자네들은 아직 어려서 모르겠지만 도사라면 주도(酒道)에도 통달해야 하는 거야. 자, 자, 빨리 받아. 이거 안 마시면 배에 안 태워?"

혀는 꼬부라지고 눈은 풀린 채로 냅다 술잔을 들이미는 것을 물리칠 재주가 없었다. 결국 두 제자도 울며 겨자 먹기로 술을 받았다.

"큽!"

"크윽!"

처음 받아 마신 술은 너무도 시큼하고 속에서 뭔가 불덩이 같은 것이 확 일어났다. 혀를 잔뜩 빼고 헉헉대는 두 사람을 바라보며 사람들은 폭소를 터뜨렸다. 적의사내가 웃으며 말했다.

"우리 어린 도사님들에게 너무 강권하지 말게들. 벌써 주도를 통달하면 색도까지 젊은 나이에 넘보게 될까 두렵네. 주색잡기의 도는 나이 들어 진인 소리를 듣게 될 때부터 시작해야 우리 같은 범인(凡人)들의 몫이 남아날 게 아닌가?"

왁자지껄한 분위기의 강변에서의 술잔치가 끝난 뒤, 맹정우 일행을 비롯한 모든 사람이 승선하여 섬서로 출발했다. 일행은 아담한 선실로 안내되었다.

"많이 피곤들 하실 텐데 푹 쉬시기 바라오. 목적지가 다가오면 깨워 줄 테니."

"정말 감사합니다."

세 사람은 거듭 감사를 표했다. 안내한 선원이 나간 후, 맹정우는 피곤하다며 바로 곯아떨어졌다. 성실한 두 제자는 운기라도 하려고 각자의 침상에 가부좌를 틀었으나 곧 꾸벅꾸벅 졸기 시작했다.

일각쯤 지난 후, 일행을 안내했던 선원이 갑판으로 올라왔다.

"모두 곯아떨어졌습니다."

적의사내는 흡족한 미소를 지었다.

"어수룩한 강호 초행자의 말로를 또 한 번 보게 되는군. 슬슬 돌려!"

적의사내의 말이 떨어지자 갑판 위의 선원들이 부산하게 움직이기 시작했다.

맹정우는 머리가 깨질 듯한 통증을 느끼며 의식을 회복했다. 그러나 여전히 눈에 보이는 것은 캄캄한 어둠뿐이었고, 손이 뒤로 묶여져 있는 것이 느껴졌다.

"뭐야, 어떻게 된 거야? 이봐, 덕현, 덕호?"

맹정우는 말을 하는 와중에도 숨죽인 흐느낌 소리가 들리는 듯했다. 잠시 후, 귀에 익은 대답 소리가 들려왔다.

"맹 대협! 정신을 차리셨군요."

"덕현, 대체 무슨 일인가? 여긴 또 어디고?"

"맹 대협, 큰일 났습니다. 그놈들이 해적이었던 모양입니다. 우린 속아서 납치되었습니다!"

"뭣이?"

맹정우는 당황하여 주위를 두리번거렸다.

정신을 차리고 어두움이 눈에 익숙해지자 주변 사물이 흐릿하게나마 보이기 시작했다. 창고로 보이는 커다란 방에 갇혀 있었고, 바닥이 출렁거리는 것으로 보아 여전히 배 안인 모양이었다.

덕현으로 보이는 이가 자신의 옆에 있었고, 주변에 대여섯 사람이 자신과 같이 결박된 자세로 앉아 있었다. 흐느낌 소리는 그들에게서 나오고 있었다.

'여인?'

맹정우는 의아함을 참지 못하고 덕현에게 물었다.

"이 여인들은 누군가? 덕호는 어딜 갔고?"

"덕호는 아까 전에 끌려 나갔습니다. 대협께서 우리 중에 가장 늦게 깨어나신 것을 보니 아무래도 술에 미혼약을 탔던 모양입니다. 여인들과 얘기를 나눠봤습니다만 모두 양민입니다. 다들 납치되거나 거래에 의해 끌려가고 있는 중이라 합니다. 얼핏 들은 바로는 왜구에게 팔아넘길 작정인 것 같습니다."

"왜구? 섬서성에 가는 배가 어떻게 왜구를 만날 수 있나?"

"이 배는 지금 산동반도 쪽으로 가고 있습니다. 우리가 곯아떨어진 직후 바로 방향을 선회한 것 같습니다."

맹정우는 안색을 딱딱하게 굳혔다. 가파른 상승 곡선을 그리던 운이 드디어 급락을 하기 시작한 것이다.

간신히 한밑천 잡았는데 이대로 노예로 팔려 나갈 수는 없다. 그는 자신의 비기 중에 하나를 선보이기로 결심했다.

"맹 대협, 뭐 하십니까?"

맹정우가 갑자기 꼼지락거리기 시작하자 덕현이 호기심 어린 표정으로 말했다.

"쉿!"

맹정우는 덕현의 입을 다물리고 바닥을 꼼지락거리며 뒹굴었다. 그러기를 반 각여, 맹정우의 양 손목에 묶인 밧줄이 약간 헐거워졌고, 등 뒤로 묶여 있던 두 손목은 엉덩이에 끼워졌다. 다시 한참을 낑낑대자 마침내 결박된 손목은 엉덩이를 지나 허벅지에 다다랐고, 양다리를 들어 손쉽게 팔목을 앞으로 빼내었다.

"우와! 대단해요, 맹 대협!"

덕현의 탄성에 맹정우는 득의만만한 표정을 지었다. 이것이 바로 맹정우의 긴 팔과 유연한 몸을 이용한 '뒤로 묶인 손목 앞으로 빼내기'라는 비기였다. 그는 한때 이 기술을 밑천 삼아 차력사로 나가볼까를 신중히 고려하기까지 했었다.

맹정우는 막바로 품속을 뒤졌다.

"빌어먹을!"

역시 전표는 사라졌다. 옆에 차고 있던 팔성검과 묵도도 사라져 버렸다.

불행 중 다행히도 바지 속 비밀 주머니에 숨겨놓았던 두 보석과 대환단은 그대로 있었다. 그러나 묵도는 그렇다 쳐도 팔성검과 전표는 절대 잊어버려서는 안 되는 물건이었다.

"이봐, 자네 뭐 날카로운 물건 없나?"

"칼이고 뭐고 다 뺏겼습니다."

"제길, 혹시 누구라도 날카로운 물건 있는 사람 있소?"

이쪽의 부산함에 울음을 멈추고 쳐다보던 여인들도 고개를 흔들었다. 해적들에게 붙잡혀 포박까지 당한 여인들에게서 탈출에 도움될 만한 물건을 찾기는 어려웠다.

맹정우는 일어서서 창고 전체를 기웃거리기 시작했다. 그러다가 곧 원하는 물건을 찾을 수 있었다. 바로 그가 가져온 묵도가 구석에 처박혀 있었던 것이다.

'아직 운이 다 달아난 것은 아닌 모양이구나. 놈들이 팔성검에 정신이 팔려 이 칼은 보지도 않고 내버린 모양이군.'

맹정우는 주저앉아서 묶인 손으로는 칼 손잡이를 붙잡고 허름한 칼집을 양발로 붙잡아 천천히 칼을 잡아 뺐다. 그리고 다시 일어서서 덕현에게로 다가갔다.

"덕현, 양 팔목을 최대한 벌려보게."

덕현은 뒤로 묶여 있는 손목을 최대한 벌렸다.

툭.

맹정우는 깜짝 놀랐다. 톱질을 여러 번 해야 줄이 끊길 것으로 생각하고 칼을 대던 참이었는데 너무도 수월하게 끈이 잘려 나간 것이다. 하마터면 덕현의 손이 베일 뻔했다.

'이거 봐라? 팔성검 못지않은 보도가 아닌가?'

양팔이 자유로워진 덕현이 맹정우와 여인들의 포박까지 차례차례 풀어버렸다.

"자, 이제 맹 대협의 화려한 신위를 보는 것만 남았군요!"

맹정우는 잔뜩 들떠서 당장에라도 창고 문을 박차고 튀어 나갈 듯한 덕현을 걱정스럽게 바라보았다.

이 꼬마 친구는 자신이 개산붕벽(開山崩壁)하고 등평도수(登萍渡水)하는 절정고수라 철썩같이 믿고 있으니 그럴 만도 했다. 그러나 불행히도 현실의 자신은 개산은커녕 등산도 힘겹고 도수하려면 풀잎이 아니라 돈 내고 배 위에 올라타야 하니 이 일을 어찌할 것인가.

"이보게, 덕현. 보다시피 우리는 수가 적고 저들은 많네. 게다가 이곳에 있는 소저들까지 안전을 보장해야 하는 이 시점에서 경거망동했다가는 돌이킬 수 없는 우를 범할 수 있네. 그러니 최대한 신중하게 작전을 짜서 이 자리를 벗어나야 함이 옳지 않겠나?"

"오오, 과연 그렇지요. 제가 참으로 생각이 짧고 어리석었습니다."

과연 덕현에게 맹정우의 말은 제 사부의 명보다 곱절은 효과가 있었다.

둘은 어두운 창고에서 머리를 굴리기 시작했다.

"돛을 올려라!"

바람의 방향이 바뀌면서 돛을 비스듬히 놓았던 것을 조정하여 정면으로 움직이고 반쯤 접혀 있던 돛을 활짝 폈다. 순풍이 돛의 주름살을 팽팽히 펴주면서 힘차게 배를 밀기 시작했다.

적의사내의 입에 만족의 미소가 걸렸다. 그는 기분 좋은 목소리로 옆의 수하에게 말했다.

"보통 놈이 아닌걸. 교육만 잘 시키면 꽤 쓸모가 있겠어."

"그러게 말입니다. 보통 이 정도의 바람에 돛을 피려면 대여섯은 달려들어야 하는데, 보조해 주는 놈하고 단둘이서 저 돛을 펴고 있으니, 항우장사가 따로 없군요."

그들의 시선이 향하고 있는 곳에는 막 돛을 편 덕호가 돛줄을 정리하고 있었고, 그 옆에서는 칼을 든 아까의 털북숭이가 뭐가 못마땅한지 계속 으르렁거리며 덕호를 을러대고 있었다.

덕호는 잔뜩 겁을 먹은 채 털북숭이의 한마디 한마디에 '예, 예.' 하고 대답하며 연신 허리를 구부렸다.

"그런데 채주, 저놈은 막일꾼으로 쓴다 치고, 나머지 두 놈은 왜 데려오신 겁니까?"

적의사내는 혀를 찼다.

"이렇게 눈이 없어서야. 척 보면 모르겠느냐? 나는 본시 저놈은 신경 쓰지 않고 그 두 놈 때문에 승선을 허락했던 것이다."

적의사내는 부하의 여전히 아리송한 얼굴을 바라보며 답답하다는 듯 말을 이었다.

"두 놈 다 아주 잘생겼더구만. 한 놈은 여인깨나 홀리게 생겼고, 또 한 놈은 키도 작고 아주 귀엽게 생겨서 무척 어려 보이는 것이 누군가가 몹시 좋아하게 생겨먹지 않았나?"

듣고 있던 수하는 그제야 무슨 소리인지 알아들었다는 표정으로 대답했다.

"아하! 사 노야에게 바치려고 하시는 거군요?"

"사 노야의 입이 찢어질 걸세. 계집들 채가는 와중에도 동남(童男) 좀 덤으로 한두 명 구해달라고 나한테 어찌나 졸라대던지 말이야. 이번 두 놈 정도면 몇 달간은 아무 소리 안 하겠지."

그들의 얼굴에는 고기 잡는 선원들이 만선을 한 듯한 만족스러운 표정이 떠올랐고, 순풍은 그들의 포만감에 부응하듯 힘차게 배를 전진시키고 있었다.

✳

"정말 잘 드는 칼이군요!"

두어 번 칼질에 딱딱한 배의 외벽이 간단히 뚫리는 것을 보고 덕현이 탄성을 내질렀다.

맹정우는 바깥 상황을 살폈다. 창고는 배의 하단 쪽에 위치하고 있었기 때문에 뚫어낸 구멍 바깥으로 넘실거리는 강물이 보였다. 구멍은 수면에서 대략 반 장 정도 위에 위치하고 있었다.

"좋아, 이제 구멍을 사람이 드나들 정도로 다시 뚫겠어. 그리고 나서 한 명씩 강물로 뛰어드는 거야. 다행히 한밤중이고 구멍이 수면에서 그리 높지 않으니 들키지 않고 배에서 이탈할 수 있을 거야."

두 사람은 여섯 명의 여인이 자맥질을 할 수 있는지부터 조사했다. 다행히 두 명은 꽤 능숙하다고 대답했고, 아예 물에 들어가 본 적도 없다는 여인이 두 명이었다.

맹정우와 덕현은 여인들에게 물에 들어가면 어떻게 행동해야 될지부터 가르쳤다.

"절대 당황하면 안 됩니다. 인간의 몸은 힘을 빼고 가만히 있으면 반드시 물 위로 떠오릅니다. 이때 발장구를 천천히 치면서—바둥거리면 안 됩니다—헤엄칠 줄 아는 동료에게 몸을 맡기고 그에 보조를 맞추며 나아가기만 하면 이 근처의 물살이 그리 세지 않으니 충분히 기슭까지 이동할 수 있습니다."

한참 주의 사항을 떠들어댄 다음 여인들이 어느 정도 숙지를 했다는 판단이 들자 드디어 탈출에 들어갔다.

"우선 자맥질에 능숙한 소저가 제일 먼저, 그 다음 어느 정도 헤엄칠 줄 아는 소저, 그 다음에는 전혀 헤엄 못 치는 소저, 그 다음 덕현, 그 다음은 처음과 똑같은 순서로 일곱 명이 빠져나간다. 최대한 신속하게 물에 뛰어들어 뒤에 따라나오는 사람을 보조해 준다. 모두 알았죠?"

맹정우의 말에 모두 고개를 끄덕였다. 덕현이 괴로운 표정으로 말했다.

"저도 여기 남는 게 낫지 않을까요? 어찌 덕호를 남겨두고 혼자 도망갈 수가 있겠습니까?"

"바보 같은 소리! 자네가 남아봐야 내가 움직일 수 있는 행동반경만 좁아지게 돼. 어줍잖은 책임감은 오히려 사태를 악화시킬 수 있다는 것을 알아야 한다구. 자네가 할 일은 소저들을 무사히 인근 관아에 넘기고 화산이나 무림맹에 왜구와 거래하는 세력이 있다는 것을 알리는 거야. 최대한 빨리 움직여야 우리 두 사람의 목숨을 구할 수가 있다는 것을 명심하게."

"알겠습니다, 대협. 옥체 보중하시고 꼭 덕호를 구해주십시오."

덕현은 눈물까지 글썽여 가며 맹정우의 손을 잡았다.

배가 구부러진 수로를 지날 무렵, 바깥쪽 기슭이 비교적 시야에 가깝게 들어왔다. 탈출할 순간이 온 것이다.

첫 여인이 사람이 드나들 정도로 커진 구멍으로 몸을 던졌다. 구멍을 넓힐 때 밑으로 더 파내려 가서 구멍의 밑 부분은 수면에서 석 자 정도밖에 떨어져 있지 않았다. 그 덕택에 물소리를 크게 내지 않으면서 일곱 명이 차례로 배를 빠져나갈 수 있었다.

일곱 명은 서로를 보조해 주면서 강기슭으로 향했다. 기슭까지는 십

장이 채 안 되는 거리이고 원체 교육을 잘 시킨 덕분인지 맹정우의 시야에서 벗어날 무렵에는 모두 기슭 근처까지 다다르고 있었다.

맹정우는 그것을 바라보며 입맛이 씁쓸했다.

실상은 그도 저들처럼 배 밖으로 뛰어내려 헤엄쳐 탈출하고 싶은 마음이 굴뚝같았다. 자기가 무슨 용·빼는 재주가 있다고 해적이 득실득실한 배에서 인명을 구한답시고 남아서 깝죽거리겠나? 그가 이처럼 영웅 행세를 하는 이유는 오로지 그의 재산 목록 일호 팔성검과 이호 천 냥짜리 전표 때문이었다.

"영웅객잔을 위해서라도 결코 포기할 수 없다!"

벌써 객잔 이름까지 지어놓은 터라 여기서 물러설 수는 없었다. 그는 결의에 찬 얼굴로 행동을 개시했다.

이른 아침, 서서히 수평선에서 솟아오르는 햇살이 동쪽으로 나아가는 배를 맞이할 무렵, 갑판 위로 새하얗게 질린 얼굴의 선원이 뛰어올라 왔다.

"크… 큰일 났습니다! 놈들이 탈출했습니다!"

"뭣이?"

"무슨 소리냐? 침착하게 말해 보거라."

적의사내의 말에 정신을 가다듬은 수하가 다시 말했다.

"창고 외벽에 커다란 구멍이 뚫려 있었습니다. 거기로 모두 빠져나가 강을 헤엄쳐 달아난 것 같습니다."

적의사내는 옆의 수하에게 고갯짓을 했다.

"내려가서 조사해 봐."

"예!"

수하는 졸개들을 데리고 선 내로 내려갔다. 갑판 위에는 생각에 잠겨 있는 적의사내와 배를 조종하고 있는 대여섯 명의 부하, 그리고 허드렛일을 하고 있는 덕호가 있을 뿐이었다.

그때, 배의 고물 쪽에서 검은 그림자가 조용히 움직이고 있었다. 그림자는 살금살금 적의사내의 뒤쪽으로 다가와 눈빛을 빛냈다.

묵도를 손에 쥔 채 적의사내를 노리고 있는 그림자는 바로 맹정우였다. 그는 한밤중에 구멍으로 기어나와서 묵도를 배의 외벽에 박아넣으며 조금씩 위로 이동하여 갑판까지 올라온 것이다. 그리고는 날이 밝아 갑판 위의 인원들이 덕현 일행의 탈출을 발견하고 사고 처리를 하려 내려갈 때를 기다렸다.

다행히 그의 예상대로 우두머리인 적의사내는 남아 있었다. 팔성검과 전표는 십중팔구 그가 가지고 있을 것이고, 설령 아니어도 인질 삼아 교환할 수 있다. 운이 좋으면 덕호까지 풀어낼 수도 있을 것이다.

맹정우는 묵도를 꽉 부여잡았다.

비록 정식으로 무공을 배운 적은 없지만 제 한 몸 지킬 가락은 있는 맹정우였다. 적의사내는 무공을 익힌 낌새가 보여 조금 불안했지만 방심한 상태에서의 기습이라면 해볼 만하다는 판단이었다. 더구나 지금 수중에는 묵도가 있다.

맹정우는 팔성검을 어려서부터 만져 온지라 보검, 보도를 쓰는 데는 일가견이 있었다. 이 정도로 잘 드는 칼은 싸움에 대단한 이점을 갖게 해준다. 더군다나 적의사내는 이게 보도인 것도 모르고 있으니 더욱 유리했다.

‘일단 소리를 죽이고 달려들어 죽지는 않을 정도로 찌르고 본다. 최초의 일격이 먹혀든다면 승산은 충분하다!’

마음을 가다듬은 맹정우는 지체없이 행동에 들어갔다.

잰걸음으로 사뿐사뿐 다가갔다. 삼 장, 이 장, 일 장. 거리가 좁혀들자 점점 적의사내의 등이 눈앞에 확대되었다. 다 왔다 싶은 순간 발을 구르며 그대로 옆구리를 찔러 나갔다.

"어라?"

붉디붉은 적의에서 흘러나오는 선홍색의 피를 기대했건만 묵도는 허무하게 공중을 가르고 있었다. 급히 자세를 다잡으니 어느새 옆으로 이동해 있는 적의사내의 얼굴에 어린 조소를 볼 수 있었다.

"타앗!"

재빨리 발을 교차시키며 사내에게 뛰어들었다. 도가 여지없이 허리로 파고들었지만 또다시 강바람만을 가르고 말았다.

맹정우는 계속 공세를 취했으나 사내는 기름칠한 미꾸라지처럼 요리조리 그의 칼을 피해 나갔다.

맹정우는 정신이 혼란해지기 시작했다. 생각 이상으로 실력 차가 컸다. 무공을 제대로 익힌 자의 움직임은 저런 것이었나?

"허허, 다 도망간 줄 알았는데 쥐새끼 한 마리가 남아 있었군. 그런데 쥐새끼가 달아날 생각은 하지 않고 고양이를 물려 하다니."

적의사내는 혀를 찼다. 맹정우의 묵도가 연이어 허공을 가르며 닥쳐들었으나 그는 조소를 흘리며 가볍게 피할 따름이었다.

맹정우는 몇 번 재공격을 시도하다 결국 움직임을 멈췄다. 주변에 있던 선원들은 적의사내를 돕기는커녕 재미있는 구경거리를 보는 듯한 표정으로 쳐다보고 있을 따름이었다.

"이봐, 칼싸움은 자신이 없나? 언제까지 그렇게 도망만 갈 셈이지?"

맹정우는 호흡을 고르며 마지막으로 격장지계를 시도했다. 적은 자

신을 얕보고 있으니 계책에 넘어오기만 한다면 아직 비장의 한 수가
남아 있었다.

적의사내는 여전히 웃음기 어린 얼굴로 대꾸했다.

"호오, 그 파리가 앉을 정도로 느리게 휘두르는 칼에 무슨 특별한 효
용성이라도 있나 보지? 어디 한번 구경이나 해보세나."

그는 자신의 칼을 빼냈다. 맹정우의 눈에 회심의 빛이 어렸다.

'기회!'

그는 재빨리 앞으로 전진하며 상단에서 그대로 내리찍었다.

수비를 도외시한 위험한 움직임이었지만 적의사내의 여유만만한 태
도로 보아 빈틈을 노려 찌르기보다는 일단 칼을 한 번 받아낼 것 같았
다.

어차피 지금같이 실력 차가 나는 상황에서의 노림수는 단 한 가지였
다. 묵도의 예기를 이용하여 적의사내의 칼을 두 동강 내면서 일격을
가하는 것!

철컥!

과연 적의사내는 맹정우의 예측대로 움직였다. 그러나 그 다음 상황
은 맹정우의 예측을 크게 벗어났다.

묵도가 받아치는 칼을 파고들어 가긴 했다. 그러나 완전히 자르지는
못하고 칼 중간에서 멈추고 말았다.

맹정우가 칼을 놓쳤기 때문이다.

"우욱!"

맹정우는 제자리에서 반쯤 주저앉은 채 각혈을 했다. 내장이 몽땅
뒤집어진 것 같았다.

사내의 칼과 그의 보도가 맞닥뜨리는 순간, 사내의 내력이 도신을

타고 흘러들어 그의 체내에 타격을 입힌 것이다.

적의사내는 놀란 눈으로 자신의 칼에 박혀 있는 묵도를 보고 있었다. 그는 묵도를 뽑아내어 찬찬히 살펴보며 입을 열었다.

"이것 참, 놀랍군. 자네, 칼 장사하나? 어제 뺐었던 그 보석 달린 검도 인세에 보기 드문 보검이던데. 혹시……."

그는 말을 마저 끝마치지 못했다. 맹정우가 쓰러지는 듯이 몸을 구부렸다가 그대로 퉁겨 오르며 공중으로 날아올라 덤벼들었기 때문이다. 무공을 수련하지 않은 사람치고는 엄청난 도약력을 선보인 맹정우의 오른발이 그대로 사내의 안면을 차버리는 듯했으나 사내의 몸은 뒤로 직각으로 꺾어지며 맹정우의 공세를 피해냈다. 그리고 스쳐 지나가는 맹정우의 등에 어느새 따라붙은 사내의 좌장이 틀어박혔다.

"어억!"

맹정우는 갑판 난간까지 대굴대굴 굴러가서 처박혔다.

"맹 대협!"

덕호가 비명을 지르며 맹정우에게 뛰어갔다. 쓰러진 그의 몸을 부축하니 입에서 피가 꾸역꾸역 흘러나오고 있는 것이 생사지간에 이르는 듯하였다.

"내공도 없는 놈이 도약력 하나는 쓸 만하구나."

적의사내가 감탄한 듯 중얼거렸다.

"네 이놈!"

덕호가 벌떡 일어나 분노에 찬 일갈을 내뿜으며 사내에게 달려들었다. 타고난 신력에다가 탄탄한 기초의 내공이 실린 덕호의 주먹이 생애 최초로 살의까지 담은 채 사내에게 날아왔다.

강호의 어지간한 무인도 막아내기 힘든 위력의 공격이었지만 애석하게도 사내는 '어지간한' 무사가 아니었다. 적의사내는 날아오는 덕호의 주먹을 손목에서부터 잡아채어 그대로 꺾어버렸다.

뿌직!

덕호는 목구멍까지 차 오르는 비명을 집어삼키며 몸을 날려 몸통박치기를 시도했다. 거구의 몸이 물 찬 제비처럼 적의사내를 향해 날아들었지만 사내는 어느새 있던 자리에서 사라져 있었다. 오직 사내의 오른발만이 남아서 비틀거리는 덕호의 한쪽 발을 걸어 자빠뜨릴 따름이었다.

사내는 쓰러진 덕호의 옆구리를 몇 번 더 걸어찼다. 쓰러지고도 끈덕지게 반항을 시도하던 덕호의 꿈틀거림이 잦아들을 무렵, 내려갔던 수하들이 다시 올라왔다. 그들은 갑판 위의 상황에 모두 어리둥절해했다.

"채주, 이놈들이 어떻게……?"

그러나 적의사내는 그들과는 다른 것을 궁금해했다.

"아래쪽은 어떻게 되었느냐? 남아 있는 놈들이 있더냐?"

"개미 새끼 한 마리 없습니다. 무슨 재주로 뚫었는지 몰라도 사람 하나는 충분히 드나들 정도의 구멍이 뚫려 있고, 전부 그곳으로 탈출한 듯싶습니다."

적의사내는 맹정우의 묵도를 들어 올리며 말했다.

"그 재주는 네놈들이 반쯤은 만들어준 것이다. 어제 이놈들 소지품 압수했던 놈 누구야?"

그는 명품을 알아보지 못하고 창고에 처박아둔 눈 어두운 수하를 가볍게 매로 다스린 후, 고민하기 시작했다.

"아하, 간신히 여섯 명 나꿔채서 계집 수를 맞춰놨는데, 또 모자라게 생겼구나! 그나마 이쁜 사내놈들만 남아 있었어도 사 노야한테 꾸지람은 듣지 않을 텐데…….”

“저기 쓰러진 한 놈은 남아 있지 않습니까?”

“쟤? 쟤는 이제 쓸모없어! 내 철사장에 맞아가지고 내장이 다 뒤집어졌을걸. 아마 반 시진 안에 죽을 거야. 야, 아예 강으로 던져 버려라.”

수하들은 적의사내의 명을 받들어 맹정우를 강으로 던져 버렸다.

맹정우의 피에 젖은 몸뚱이는 누런빛이 감도는 황하의 깊은 물속으로 서서히 잠겨 들어갔다.

✻

첨벙!

함토리(咸土理)는 아쉬운 표정으로 건져 올렸던 낚시대를 강을 항해 다시 드리웠다. 한껏 기대를 하고 들어 올렸었건만 여지없이 허탕이었다.

강태공을 자처하는 그인지라 강변 소로를 따라 걷고 있자니 참새가 방앗간을 못 지나치듯 낚싯대를 드리우지 않고는 못 배기겠기에 가던 걸음을 멈추고 두 시진째 이러고 있었다. 하나 이때껏 건져 올린 것이 피라미 두어 마리뿐인지라 짜릿한 손맛 한 번 보지 못하고 있었다.

“이거 오늘 일진이 영 좋지가 않군. 천하의 함토리가 낚시를 드리웠는데 황하수룡이 헤엄쳐 와서 넙죽 미끼를 물어도 모자랄 판에 잔챙이

두어 마리가 대체 뭐란 말이냐. 분명 이 근처 풍수지리가 낚시하기에 지극히 부적합한 게 틀림없다."

고기가 안 낚이는 것을 본인의 형편없는 낚시 실력보다는 풍수지리의 탓으로 돌리고 있던 함토리의 눈이 갑자기 번쩍 뜨였다. 찌가 수면에서 춤을 추고 있었다.

"이크! 걸렸구나!"

번쩍 들려진 낚싯대는 활처럼 구부러졌다. 질기고 튼튼한 실죽(失竹)으로 만든 낚싯대가 부러질 듯이 휘청거렸다.

"이거, 정말 용이라도 걸렸나?"

낑낑거리면서 낚싯대를 쉼없이 당기자 마침내 낚여진 것이 모습을 드러냈다.

"오잉?"

기대했던 비늘과 지느러미는 보이질 않고 공중으로 끌어 올려진 낚싯바늘에 걸린 무명옷이 보였다. 그리고 반쯤 잠긴 머리가 보이기 시작했다.

전설 속의 반어인(半魚人)이 옷을 입고 산다는 얘기는 못 들었으니 틀림없이 저것은 물에 빠진 인간일 것이다.

"이런 괴사가 있나."

함토리는 놀라면서도 즉시 줄을 끌어당겨서 강변까지 다가온 사람을 건져 올렸다.

옛날 서역의 한 현인이 자신을 따라오는 자는 고기가 아닌 사람 낚는 어부가 되게 해주겠다고 했다던 얘기를 들은 기억이 있는데 졸지에 그 자신이 그 말씀을 실천하게 된 것이다.

"이렇게 되면 나도 그 현인이 말씀하셨다는 구원을 얻으려나?"

계속 중얼거리면서도 함토리는 뭍으로 끌어 올려진 청년을 간호하기 시작했다. 강호에 오랫동안 몸담아 온 그인지라 이 정도의 응급 처치는 일도 아니었다.

다행히 청년은 그다지 물을 많이 먹지 않은 듯 기도가 막히지 않은 상태였다. 빠진 지 얼마 안 된 모양이었다.

함토리는 호흡하는 것을 확인한 후, 내부에 이상이 없나 확인하기 위해 맥을 짚었다.

"어라? 이게 뭐지?"

그는 깜짝 놀라 눈을 크게 떴다. 청년의 신체 내에서 엄청난 기운이 돌고 있었던 것이다.

"으음, 이것은……."

그는 다시 침착하게 맥을 쥐고서 들끓고 있는 기운을 조사했다.

'커다란 기운이 체내를 휘젓고 다니고 있구나. 내상이 있었는데 치료되어 가고 있는 상태로군. 거의 다 치료되었어. 그렇다면 무슨 영약을 복용한 모양인데, 내상을 치료한 것도 모자라 이 정도의 기운이 남아돌다니, 이런 엄청난 영약이 있으리라고는 상상도 못했는데. 여의주라도 삼켰나?'

지금의 상태는 청년의 생명이나 건강에는 큰 문제가 없는 상황이었다. 그러나 체내의 기운을 이대로 그냥 놔뒀다가는 자리를 찾지 못하고 계속 돌아다니다가 종내 호흡을 통해 체외로 전부 빠져나가 버릴 것이다.

같은 무림인 입장에서 볼 때 그것은 너무도 안타까운 일이었다.

"에라! 이왕 도와주는 김에 확실하게 밀어주자. 아까 그 현인이 누가 너에게 겉옷을 달라 하면 속고쟁이까지 벗어주라 하지 않았던가!"

함토리는 청년을 바로 눕힌 후, 추궁과혈(推宮過穴)을 시작했다. 전신의 혈도를 두드려 가며 기운이 소통될 수 있도록 열어주자, 체내를 불규칙하게 맴돌던 기운이 서서히 제 길을 찾아가며 하단전으로 모여들기 시작했다. 얼추 반 시진쯤 지나자 들끓던 기운이 완연히 안정되어 가는 것이 느껴졌다.

"휴우! 이 정도면 된 것 같군. 성현의 말씀을 실천하는 길은 역시 험난하구나."

그는 잠시 자세를 고쳐 앉아서 운기조식을 하며 소모된 진기를 다스렸다. 그러고 나자 옆의 청년도 의식이 깨어나는 듯 몸을 움직이기 시작했다.

"으음……."

청년은 신음 소리를 내면서 눈을 떴다.

"이봐, 정신이 좀 드나?"

청년은 함토리의 물음에 아무런 대답도 하지 않고 눈동자를 이리저리 굴려 함토리와 주변을 살피더니 몸을 벌떡 일으켰다.

"여기가 어딥니까?"

"하하! 걱정 말게. 저승은 아니니까."

"아니, 그런 뜻이 아니고, 이 지역이 어디냐는 말입니다."

함토리는 다소 겸연쩍어하며 대답했다.

"여기는 하남성 끝단에 위치한 탁현(倬縣)이란 곳일세."

"혹시 배를 빌릴 만한 곳이 있습니까?"

"배라… 만약 산동 쪽으로 갈 생각이라면 오늘은 육로로 가는 것이 나을 걸세. 항주(杭州)에서 경사(京師)로 가는 특별 관선이 지나간다고 미시(오후 1시~3시)까지는 동서로 가는 선박의 통행을 금지시킨다고 하더군. 모르긴 몰라도 그 관선이라는 것에 황실의 인물들이 타고 있을 게야. 그러니 그렇게 요란하게 수선을 피우는 것이겠지.”

청년은 고개를 들어 하늘을 보았다. 해는 하늘 중앙 가까이에 있었다. 그렇다면 지금은 대략 오시(11시~오후 1시)일 것이다. 여기가 하남성 끝단이라면 배의 통행을 막고 있을 운하와 황하의 교차 지점까지 채 오십 리가 안 될 것이다.

“두 시진이라… 충분하다!”

청년은 갑자기 벌떡 일어나서 달려가기 시작했다. 그런데 몇 걸음 뛰어가다가 중심을 못 잡고 넘어졌다. 얼른 다시 일어나서 고개를 갸웃거리더니 다시 뛰기 시작했다. 그런데 처음보다 대단히 발걸음이 빨라졌다. 그래서 어느새 함토리의 시야에서 멀어지고 있었다.

멍하니 그 광경을 처다보던 함토리가 뇌까렸다.

“몸의 기력이 자기도 모르게 갑자기 증가해서 힘을 주체 못하는가 보군!”

그는 다시 낚싯대를 드리울까 하다가 그냥 접어버렸다.

도저히 낚시를 할 기분이 아니었다.

아무리 생각해도 너무 억울했다. 하다못해 고맙다는 말 한 마디라도 하고 가는 게 예의 아닌가?

익사할 뻔한 걸 건져 주고 게다가 그냥 사라질 진기까지 갈무리하게 도와줬다. 추궁과혈하느라 내공까지 소모해 가면서. 그런데 인사조차 없이 사라지다니?

한때는 늘 유쾌하게 산다 하여 가가협객(呵呵俠客)이라는 별호가 붙은 적도 있던 그였지만 무골호인은 아니었다.

“이런 제기! 내가 무슨 일을 해줬는지도 몰라서 그랬을 수도 있겠군!

그냥 눈 떴을 때 우연히 마주친 사람으로 알았을 수도 있지. 안 되겠다!"

그는 벌떡 일어나서 바리바리 낚싯대 및 짐을 챙긴 후, 청년이 사라진 길을 따라서 바람처럼 신법을 전개했다.

"이보게, 소협!"

신나게 달려가던 맹정우는 흘끔 옆을 쳐다보았다. 아까 길을 물었던 사람이 자신과 같은 속도로 따라붙고 있었다. 그는 속도를 죽이지 않고 달려가면서 입을 열었다.

"무슨 일이십니까?"

함토리는 맹정우에게 바짝 따라붙으며 대답했다.

"자네, 뭔가 예전과 달라진 느낌 안 드나?"

맹정우는 신기하다는 듯이 함토리를 바라보더니 말했다.

"예, 듭니다."

"왜 그렇게 되었는지 궁금 안 하나?"

"안 궁금한데요."

맹정우는 말을 마치고 속도를 가일층 더하여 전진하기 시작했다. 함토리는 허무한 청년의 대답에 의한 충격으로 잠시 멈칫했다가 다시 따라붙었다.

"안 궁금하다면, 그 원인을 알고 있단 말인가?"

"물론 알지요."

"그렇다면 나에게 뭐 할 말 없나?"

"없는데요."

함토리가 또다시 멈칫했다가 다시 따라붙었다. 약이 바짝 오른 얼굴로.

"이보게, 자네 허우대가 멀쩡한 얼굴로 그렇게 심한 말을 어찌할 수가 있나? 생색내려고 하는 말은 아니네만 자네 목숨을 구하고, 그냥 허공으로 사라질 그 심후한 내공을 갈무리하도록 도와준 게 나인데. 아니, 그깟 내공이야 둘째 치고 구명지은(救命之恩)만 생각한다 해도 고맙다는 말 한 마디 정도 하는 것이 그렇게 어렵나?"

맹정우는 기이한 눈초리로 함토리를 쳐다보았다. 이 작자가 갑자기 어디서 나타나서 무슨 꿍꿍이로 이런 말을 하는 것일까?

그가 기억하고 있는 상황은 명확했다.

배에서 신나게 두들겨 맞고 뻗었을 때, 적의사내의 목소리가 들려왔다. 철사장에 맞아 내상이 심해서 가망없으니 배에서 던져 버리라는.

선원들이 다가왔고, 강으로 떨어져 내렸다. 그 와중에 그는 바지 쪽의 비밀 주머니에 고이 간직했던 대환단을 꺼내어 재빨리 입에 넣었다. 지금 먹지 않고 아껴뒀다가는 저승에서나 맛을 봐야 할 테니.

그것은 지극히 현명한 판단이었다. 대환단이 목구멍 안쪽으로 넘어가자 향긋한 향기가 코를 채우고 뱃속이 따뜻해지면서 이탈됐던 내장들이 차츰 자리를 찾아가는 것이 느껴졌다. 과연 소문대로 그 효험이 경이적인 영약이었다.

상처로 인해 물속에서 운신하기가 어려웠지만 대환단의 효험으로 차츰차츰 몸이 회복되어 갔고, 몸을 조금씩 가누며 서서히 뭍을 향해 전진할 수 있었다.

차츰차츰 강변으로 다가가서는 마침내 바닥에 발이 닿을 정도가 되었다. 이제 곧 뭍으로 올라갈 수 있다는 기대감에 찬 순간, 뭔가 자신의 목 부분 옷깃을 잡아당기는 것이 느껴졌다. 슬쩍 고개를 쳐드니 머리 위로 낚싯줄이 보였다. 아마도 누군가가 드려놓은 낚시에 걸린 모양이었다.

그는 힘겹게 발을 앞으로 내디디며 수면 밖으로 나왔고, 누군가의 손이 그의 팔을 움켜잡았을 때 기력이 다해 기절하고 말았다.

얼마간의 시간이 흘러간 것을 느끼며 눈을 떴을 때는 내상이 다 나았고, 기력이 충만함이 느껴졌다. 대환단의 효능임을 직감하고 몹시 뿌듯했지만 그 기분을 만끽할 때가 아니었다. 한시라도 빨리 배를 다시 따라잡아야 했다. 다행히 옆에 있던 중늙은이가 배들이 운하 쪽에서 정지한다는 정보를 알려주어 냅다 뛰기 시작했다. 몸이 충만한 기력에 적응하기 시작하자 예전과는 확연히 다른 속도로 달릴 수 있었고, 지치지도 않았다. 이게 바로 내공이라는 것이구나 하고 흐뭇해하며 가일층 속도를 내고 있을 때 아까의 중늙은이가 와서 구명지은이 어쩌니, 내공을 갈무리하게 해줬느니 하면서 헛소리를 하고 있는 것이다.

그 얘기를 듣고 보니 아마도 낚싯줄을 목덜미에 건 것이 이 늙은이였나 보다. 설마 그 정도 가지고 구명지은 운운한다면 맹정우의 판단으로는 완전 도둑놈이었다. 낚싯줄에 걸리지 않았어도 충분히 혼자서 기슭까지 올라갈 수 있었고—물론 누군가의 손이 자신의 몸을 붙잡았을 때 너무 안심한 나머지 정신을 잃긴 했었지만—내공은 대환단의 효험으로 증가한 것이 틀림없는데 대체 뭘 도와줬다고 이 난리란 말인가?

겨우 기슭에 올라올 수 있게 약간 거든 거 하나 가지고서 고맙다는 소리 듣겠다고 여기까지 쫓아온 거라면, 참 한심한 인간이라는 생각이 아니 들 수 없었다.

그러나 여하간에 도와준 것은 도와준 것이다.

"죄송합니다. 제가 경황이 없는 관계로 아까 인사를 제대로 못 드렸군요. 기슭에 올라올 수 있게 거들어주신 것 감사드립니다. 그럼 전 이만."

맹정우는 가급적 깍듯이 인사치레를 하고 재빨리 달리는 속도를 올렸다. 더 이상 귀찮은 상황에 묶여 있을 경황이 없었다.

함토리는 또다시 멈칫했다가 맹렬하게 맹정우의 뒤를 쫓았다. 왠지 분함이 가라앉지 않았던 것이다.

"이보게, 청년!"

"또 왜요?"

맹정우의 대답에는 슬슬 짜증이 묻어 나오기 시작했다.

함토리도 약이 바짝 올랐다.

'또 왜요라니? 살다살다 이렇게 뻔뻔한 놈은 보길 처음 보겠구나. 구명지은을 상륙 협조로 격하를 시키는 것도 모자라서 생명에다가 내공까지 지켜준 은인에게 저 따위 면상을 들이대다니……'

맹정우의 얼굴에는 귀찮다는 기색이 역력하게 묻어 나오고 있었다. 함토리는 그 뻔뻔스런 골통을 한 대 후려치고 싶은 것을 꾹 참았다. 선배 체면이 있지 버르장머리없다고 주먹부터 나갈 수는 없는 일 아닌가.

함토리는 개탄했다. 강호의 도의가 이렇게까지 추락했을 줄이야! 강호의 후기지수들이 화려한 무공 초식에나 집착하며 마음 공부를 등한시한다는 얘기를 들었지만 이 정도일 줄은 몰랐다. 강호의 앞날을 위해서도 이 버르장머리없는 후학의 정신 상태를 개조해야 한다는 사명감이 슬슬 일어나기 시작했다.

'음, 먼저 어떤 멍청한 사부가 제자를 이렇게 키웠는지 사문부터 알아내야겠구나.'

본격적으로 따져 볼 요량으로 맹정우의 경신법을 알아내고자 발의 품새를 관찰하기 시작했다. 그런데 보법이 대단히 특이하다는 것을 알수 있었다. 엄밀히 말하자면 특이점을 전혀 찾아볼 수가 없다는 점이특이했다. 일견하기에는 별다른 형식 없이 그냥 내달리고 있는 것처럼보였다.

'거참, 신기하군. 무공을 배우지 않은 일반 양민처럼 뛰는 것으로 보이는데 속도가 상당히 빠르니……'

"이보게, 혹시 자네 사문을 가르쳐 줄 수 없나?"

가급적 나긋나긋한 목소리로 질문했으나 돌아오는 대답은 냉랭했다.

"우리가 그런 얘기를 주고받을 만한 사이였습니까?"

'그런 것은 아니지.'

함토리도 요번 대답에는 내심 동의할 수밖에 없었다. 아직 통성명도안 한 사이가 아닌가?

"허허, 그 사람, 사해가 동도라 하지 않나? 이렇게 만나서 동행하는것도 인연인데 관심을 가지는 것에 대해 그렇게 부담 가질 필요 있겠어?"

맹정우는 방금 중늙은이가 한 말이 귀에 익다는 생각이 들었다.

'사해가 동도라?'

곰곰이 생각해 보니 바로 그 적의사내 놈이 처음 만났을 때 했던 말이 아닌가? 물론 일상적으로 외지인을 만났을 때 인사치레로 하는 말이긴 했으나 갑자기 친절한 척하면서 그 말을 꺼내는 태도가 그 당시의 적의사내와 무척 비슷했던 것이다.

'조심해야겠는걸. 무슨 꿍꿍인지 일단 알아봐야 하겠어.'

맹정우는 상대방의 저의를 떠보기로 결심하고 입을 열었다.

"동행이라 하셨습니까? 어르신은 지금 어디 가시는 길입니까?"

함토리는 갑자기 대답이 궁해졌다. '네놈의 버르장머리를 고쳐 주러 쫓아가고 있는 것이다!' 라고 말하기는 아직 이르다.

"아, 나는 자네가 좀 불안해서 쫓아온 걸세. 익사할 뻔했다가 간신히 정신을 차리고서는 잠시 쉴 틈도 없이 이리 전력으로 질주를 하고 있으니 혹시나 탈이나 나지 않을까 해서 말이야."

맹정우는 속으로 코웃음을 쳤다.

'오지랖도 더럽게 넓구나. 분명 다른 꿍꿍이속이 있어.'

"저는 괜찮습니다. 어르신 볼일 보러 가시죠."

"아닐세. 물에서 건져 낸 이상 몸 성하다는 것을 확인할 때까지는 모른 척할 수가 없는 일 아닌가?"

맹정우는 더 이상 대꾸하지 않고 묵묵히 전진을 계속했다.

함토리는 맹정우의 한 발짝 뒤에서 따라가며 신법을 유심히 관찰했다.

나름대로는 강호에 대한 안목이라면 누구에게도 뒤지지 않는다고 자부했건만 도대체 종잡을 수가 없었다. 전혀 특징이라고는 찾아볼 수 없는, 그저 달리는 거였다. 보폭이 유달리 일정하지도 않았고, 상체는 너무 많이 흔들렸다. 도저히 신법을 발휘하고 있다고는 봐줄 수 없는 자세였다.

도통 이해가 가지 않는 일이었다. 호흡과 발의 움직임을 맞추지 않고 무턱대고 달리면서 저런 속도를 내려면 진기의 낭비는 둘째 치고 이렇게 오랜 시간을 달릴 수도 없다.

'있을 수가 없는 얘기야. 벌써 이각이 넘도록 저 속도로 달리고 있는데, 만약 신법을 쓰지 않고 자신의 내공을 발판 삼아 저렇게 빠른 속

력으로 장시간을 그저 달리고 있는 거라면… 그야말로 엄청난 내공의
소유자다. 아까 몸속에 돌던 영약의 효과도 있겠지만 그것만으로
는…….'

함토리가 고민하고 있는 와중에도 맹정우의 속도는 점점 빨라지고
있었다. 함토리 자신의 오행보(五行步)를 팔성 수준으로 끌어올려야만
간신히 따라붙을 정도였다.

한 반 시진쯤 달렸을까? 마침내 맹정우가 서서히 속도를 줄이기 시
작했다. 맹정우의 입가에는 만족스러운 웃음이 걸렸다. 그 이유는 첫
째로 저 멀리 드디어 강과 운하의 교차점이 보이기 시작했기 때문이요,
둘째는 자신의 몸의 놀라운 변화 때문이었다.

대환단이 절세의 영약이긴 한가 보다. 자신이 생각하기에도 믿을 수
없는 속도로 반 시진을 달렸지만 숨도 차지 않았을뿐더러 몸 전체에
충만한 기력은 주먹 한 방 내지르면 태산도 무너뜨릴 것 같은 자신감
을 북돋워 주고 있었다.

'이 좋은 것을 진작 먹었어야 하는 건데… 아무튼 좋아! 이렇게 되
면 그 새빨간 놈을 두들겨 주고 검을 되찾는 것도 충분히 가능하다!'

맹정우는 솟구치는 흥분을 애써 가라앉히며 수많은 선박이 줄줄이
대기하고 있는 황하와 대운하의 교차 지점으로 다가가기 시작했다. 대
기하고 있는 수많은 선박 중에서 놈들의 배를 찾는 것이 최우선적으로
할 일이다.

꼼꼼히 사위를 살피던 그의 얼굴이 구겨졌다. 아까의 중늙은이가 여
적 따라오고 있는 것을 발견한 때문이다.

"어르신, 제 몸은 이제 말짱합니다. 대관절 무슨 목적으로 쫓아오시
는 것인지 의도를 알 수는 없습니다만 이제……."

맹정우는 미처 말을 끝맺지 못했다. 갑자기 정박하고 있던 선박들이 움직이기 시작했기 때문이었다.

"무슨 일이지?"

앞쪽을 쳐다보니 통행을 막고 있던 관선들이 움직이고 있었다. 출입 통제를 해제하는 모양이었다.

맹정우는 다급하게 하늘을 쳐다보았다. 해의 위치로 보아 이제 미시 초(오후 1시경)인데 벌써 통제가 풀린 것이다. 그는 함토리에게 외쳤다.

"어떻게 된 겁니까? 미시가 지나서야 통행이 가능하다고 하셨잖아요?"

함토리는 약간 당황하며 대답했다.

"으응, 그게 아마 미시 초에 풀린다는 얘기였나 본데?"

"이런 제기!"

맹정우는 다시 달리기 시작했다.

워낙 정박해 있던 선박이 많았던 탓에 찾고자 하는 배를 쉽사리 발견하기가 어려웠다. 설사 지금 발견한다 해도 기슭이 아니라 강 중간에서 대기하고 있다면 당장 잠입하기도 힘들다.

"저기다!"

다행스럽게도 찾고 있는 배는 대형 수송선이었고, 비슷한 크기와 모양의 배가 꽤 있었지만 찾기가 어렵지 않았다. 맹정우가 측면에 뚫었던 구멍 때문에 쉽게 눈에 띄었던 것이다.

찾고 있던 배는 앞쪽으로 오십 장 정도 떨어진 기슭에서 막 출발하려 하고 있었다.

맹정우는 쏜살같이 달려가서 막 출발하는 배의 옆구리에 나 있는 구멍에 붙어 달렸다. 측면에 나 있는 구멍은 임시로 보수를 한 듯 안쪽에서 널빤지로 덧대어놓은 상태였다. 제대로 수선한 상태가 아니었기 때문에 맹정우가 주먹으로 한 대 치자 널빤지가 그대로 날아가 버렸다. 수많은 선박이 동시에 출발하느라 주변이 어수선하기 그지없어 소음 때문에 들킬 걱정은 하지 않아도 됐다.

재빨리 구멍 안쪽으로 들어가고 나자 배가 곧 출발했다. 창고 안에는 다행히 아무도 없었다. 구멍을 통해 햇빛이 들어오고 있어서 사물을 식별하지 못할 정도는 아니었다.

"자, 이제부터가 문제인데……."

"여긴 왜 들어왔나?"

바로 옆에서 갑자기 들린 말소리에 맹정우는 너무 놀라 심장이 멎을 뻔했다.

"아니, 여긴 어떻게 들어온 겁니까?"

함토리가 태평스레 대꾸했다.

"자네 따라 들어온 거지 뭐."

맹정우는 어이가 없어 헛웃음을 몇 번 날린 뒤, 함토리에게 말했다.

"좋습니다. 제대로 된 대화를 한번 해보자구요. 대체 저에게 뭘 바라는 겁니까? 아까 물에서 나올 때 거들어주신 거 고맙다고 말씀드렸으니 어르신과 저 사이에 있었던 일은 마무리되었다고 봅니다만, 혹시 그걸로 보상금을 원하시는 거라면……."

"뭐라? 자네 지금 그걸 말이라고 하는 겐가?"

맹정우의 행동거지를 좀 더 관찰하면서 사문부터 알아낸 뒤 준엄하게 꾸짖으려는 것이 함토리의 계획이었으나 보상금 얘기까지 나오자 꼭지가 돌아버렸다.

"강호의 도의가 바닥도 모자라 지하 세계로 추락한 모양이군! 자네 같은 젊은이가 후기지수랍시고 행세하고 다닐 걸 생각하니 눈앞이 다 캄캄해지네! 여보게, 훌륭한 무공에 앞서서 무인이 먼저 갖추어야 할 것은 협도와 예의일세. 내가 물론 고맙다는 말을 듣고자 자네의… 그래, 자네 말대로 물에서 나오는 것을 도와주고 반 시진을 추궁과혈을 해준 것은 아니네만, 이건 너무 심하지 않나? 인사는 고사하고 보상금이라니? 누가 돈 달라고 했나? 자네는 남의 성의를 금전으로 보상해 주라고 배웠나? 대체 어떤 문파에서 이 따위로 제자 교육을 시켰는지 몹시 궁금하구만. 당장 자네의 사문을 밝히게! 내 자네 사부부터 만나서 따져 볼 것이야!"

'추궁과혈이 뭐였더라?'

예전에 구병이에게 들은 기억이 있는 단어였다. 그러나 가물가물해서 잘 생각이 나질 않았다.

"자네 사문을 밝히라니까 뭐 하고 있나?"

"저, 목소리를 좀 낮추시죠. 주변이 아무리 소란스러워도 그렇게 계속 목소리를 높이시면 이 배의 무리에게 들킬 염려가 있습니다. 그리고 저희 사부님은 은거고인이라 함부로 외인에게 밝힐 수가 없습니다."

'정체를 밝힐 수 없다, 이건가?'

함토리는 문득 눈앞의 청년이 수상해지기 시작했다.

아까 추궁과혈할 때 느낀 바로는 정심한 내공인지라 명문정파의 제자라고 생각했고, 사마외도 쪽으로는 상상하지도 않았었다. 그러나 곰곰이 생각해 보면 나이에 비해 내공이 너무 높았다. 장장 반 시진을 신법을 쓰지 않고 그저 달리기로 그 엄청난 속도를 유지했다면 거의 일 갑자의 내공을 갖추고 있을 거라는 가정을 할 수 있다. 불과 약관에 이

른 나이에 일 갑자의 내공을 갖추었다면 방문좌도의 수법이 아닌 정파
의 수련법으로는 어림도 없는 얘기였다. 거기다가 정파의 제자라면 수
상쩍게 이런 수송선에 잠입할 이유가 뭐란 말인가?

'이거, 쓸데없는 짓거리 한 거 아냐?'

함토리는 식은땀이 나기 시작했다.

살아오면서 나름대로 협의를 지키고 정의를 구현하려 애써왔는데
엉뚱하게 사마외도의 기재를 도와주는 역할을 했다면, 자신의 명예를
크게 실추시키고 무림정의에 큰 해악을 끼칠 수도 있는 중차대한 실수
인 것이다.

이렇게 된 이상 확실하게 조사를 하여 차후 대책을 강구해야 한다.
자칫 사마외도의 사람을 도와준 꼴이 된다면 정도의 길로 오도록 회심
을 시키던가, 그렇게 못하면 무공을 빼앗던가 끝까지 책임을 져야 할
상황이다.

"자네, 내 한 가지만 확인하겠네. 이 배에 올라온 이유가 무엇인가?"

맹정우는 귀찮기 짝이 없었지만 용담호혈에서 엉뚱한 사람과 아웅
다웅할 틈이 없었다. 얼른 달래서 보내든가, 아니면 자신을 돕게 하든
가 하는 것이 좋을 듯했다.

보아하니 남 참견하기 좋아하는 영감 같은데 잘만 구슬리면 오히려
득이 될 듯도 하였다.

"이 배에는 저의 동료인 화산파 제자가 갇혀 있습니다. 저는 그를
구하러 온 것입니다."

"화산파?"

함토리가 깜짝 놀란 목소리로 반문했다.

"쉿! 목소리 좀 낮추시라니깐요?"

"화산파 누구를 말하는 겐가?"

"그걸 알아서 뭐 하시게요? 도와주시기라도 하려구요?"

"으음, 그럴 수도 있지."

함토리의 대답에 맹정우는 회심의 미소를 지었다. 오지랖 넓은 영감이 덫에 걸린 것이다.

"제 동료는 화산파 삼대제자 덕호입니다."

"가만… 덕호, 덕호라……."

함토리는 잠시 생각에 잠겼다가 문득 뭔가 알아차린 듯 다급하게 물었다.

"덕호라면 선학자의 제자 덕호 말인가?"

"잘 아시는군요."

"알다마다. 내 의형제의 제자를 모를 수가 있나."

함토리는 덕호가 걱정되면서도 속으로는 안도의 한숨을 내쉬었다. 청년이 일단 덕호와 동료라면 사마외도와는 당연히 거리가 멀 터이니.

"좋아, 덕호를 모른 척할 수야 없지 않겠나. 구조 작업에 나도 동참하세. 우선 지금까지의 정황을 좀 설명해 보게."

"알겠습니다. 그런데 일단 통성명부터 하는 게 좋지 않겠습니까? 저는 일검탈명 맹정우라고 합니다."

'섬서영웅' 이라는 칭호의 위력은 황하 한복판에서도 아직 유효했다.

"일검탈명 맹정우라면, 자네가 섬서영웅이란 말인가?"

맹정우는 비어져 나오는 오만한 웃음을 억지로 삼키며 겸손한 미소로 탈바꿈시킨 채 대답했다.

"부끄럽습니다. 동료를 구하지도 못하고 강물에 내던져졌던 자가 어찌 영웅 소리를 듣겠습니까?"

"허허, 겸손하기는. 내가 장님이나 다름이 없었군. 영웅도 몰라보고 엉뚱한 의심이나 하고 있었으니 말일세."

"그런데 어르신의 성함이?"

"아차, 내 정신 좀 보게. 난 함토리라고 하네. 이래 뵈도 강호에서 발이 넓기로는 다섯 손가락 안에 꼽히는 사람일세. 예전에는 유쾌하게 산다 하여 가가협객이라는 별호로 불렸지만, 사실은 성격이 좀 못된 면이 있어서 권세있는 자가 으스대는 꼴을 못 본다네. 이런 성격 때문에 강호에서 꽤 높은 지위에 있는 사람에게도 입바른 소리를 몇 번 했더니 별호가 바뀌게 되었지. 가(呵)라는 글자가 소리 내어 웃는다는 뜻도 있지만 꾸짖는다는 뜻도 있지 않나? 그래서 반은 웃고, 반은 꾸짖는다 하여 반가반가(半呵半呵)라는 별호가 붙게 되었다네."

맹정우는 그 말에 고개를 끄덕였다. 의형제의 제자가 붙잡혀 있는 와중에도 자기 소개를 저리도 장황하게 늘어놓는 것을 보면 확실히 입바른 소리는 참 잘할 것 같았다.

"반가반가 함토리라, 멋진 이름이군요."

"고맙네, 이제 설명을 좀 들어보세."

✳

고래로 수많은 왕조의 수도로서 중원의 심장 역할을 해왔던 고도 개봉의 북쪽에는 거대한 장원이 하나 서 있었다.

　경사로서의 역할은 다했지만 지리적인 이점으로 인해 동서남북에서 오는 수많은 물자 유통의 중심지로서 흥하고 있기에 대부호들의 커다란 장원이 즐비한 개봉이었지만 이곳 장원의 분위기는 부와 재화의 과시로써의 상징적 존재인 다른 일반 장원들과는 차이가 있었다.

　정문을 지키는 위사에서부터 장원 요소요소를 지키며 경계를 서고 있는 무사들은 물론 건물과 건물 사이를 바삐 움직이고 있는 모든 인물에게서 무인 특유의 강하고 단단한 기풍이 풍겨 나왔고, 무엇보다도 변방이 아닌 중심에 위치한 인물이 가지고 있는 자신만만함이 충만해 있었다. 그 자신감은 장원에 처음 들어서는 사람의 눈에 가장 먼저 들어오는 정문 현판에 웅혼한 필치로 새겨져 있는 '정도무림맹(正道武林盟)'이라는 글자에서부터 뿜어져 나오고 있었다.

　어디서 오는 누구이든 간에 장원의 정문에 들어설 무렵이면 이러한 장원의 분위기에, 그 이름의 무게에, 또한 그 안에 있는 인물들의 권위에 기세가 한풀 꺾인 채로 입장하기 마련이었지만 여기도 사람 사는 곳인지라 가끔은 예외가 있었다.

　정문 위사 임무를 팔 년째 수행 중인 노삼은 워낙 오랫동안 이 일을 한지라 이곳을 방문하는 외지인이 저 멀리서 얼굴을 비치기만 해도 그 모습을 보고 무슨 목적으로 방문하는 것인가를 짐작할 정도였다.

　"이보게, 문수."

　맞은편의 위사가 대답했다.

　"예, 노선배."

　"저기 걸어오는 꼬마가 뭐 하러 이곳에 오는지 한번 알아맞혀 보게."

　문수가 앞을 바라보니 자그마한 키의 젊은 사내 한 명이 더운 날씨에도 불구하고 부지런히 정문을 향해 똑바로 걸어오고 있는 것이 보였다.

차림새를 보아하니 일반 양민들이 흔히 입는 면포(綿布)를 입고 있었고, 무기류도 소지하지 않은 것 같았다.

"차림새나 기세로 보아 무인은 아닌 듯한데요? 주방 쪽에 볼일이 있거나 허드렛일 하러 오는 친구가 아닐까요?"

"쯧쯧, 자넨 아직 멀었네! 하기사 여기 근무한 지 두 달이 채 안 되었으니 안목을 키우기에는 짧은 시간이겠네만. 허드렛일 하러 오는 사람이라면 이쪽이 아닌 쪽문으로 갔을 것이고, 처음 오는지라 쪽문을 찾지 못해 물어보러 오는 것이라면 저리도 당당한 걸음걸이로 정문을 향해 똑바로 올 턱이 없지. 하다못해 쪽문을 찾으려는 시늉이라도 한 후에야 이곳으로 와서 물어볼 엄두가 날 터이니. 무인은 아닌 것 같고, 잡무 쪽에도 볼일이 없는 평민이 저리 보무도 당당하게 걸어오는 이유는 한 가지! 뭔가 여기서 보상받을 일이 있기 때문일 걸세."

"보상받을 일이라면?"

"아마도 요새 맹에서 관심을 쏟고 있는 굵직굵직한 사건들에 관련해서 우연히 뭔가 목격했거나, 혹은 증거품을 습득했다던가 그런 것이겠지. 내 말이 확실할 테니 두고 보라구. 오자마자 비영각(秘影閣)이 어디냐고 물어볼 거야."

비영각은 무림맹을 구성하는 사당 이각 일원에서 이각 중에 하나로, 첩보 업무를 맡고 있었다.

문수는 노삼의 말이 그럴듯하게 들렸다.

최근 워낙 커다란 사건이 동시 다발적으로 발생해서 맹 전체가 쉴 새없이 바쁘게 돌아가고 있었다.

오늘만 해도 산서혈사를 간신히 매듭지은 청룡당과 주작당이 귀환했고, 이들 중 청룡당은 산동성에서 기승을 부리고 있는 왜구의 준동을 막으러 간 백호당과 현무당을 지원하러 저녁때 다시 출발한다고 한다. 주작당은 최근 섬서 쪽의 불안한 정황에 대비하여 비상 대기를 명받은 상태였다.

상황이 이 정도로 숨 돌릴 틈 없이 돌아가다 보니 경비 업무만을 전담하며 그저 그 움직임을 쳐다보기만 하고 있는 자신조차 숨찰 지경이었다. 이런 혼란기에 정보 담당인 비영각도 다른 부서 이상으로 바삐 움직여야 할 터이니 저런 뜨내기가 가져오는 정보라도 반가이 맞이해야 할 상황일 것이다.

키 작은 청년은 마침내 문수의 코앞까지 다가왔다. 가까이서 보니 옷차림이나 체격도 그렇지만 얼굴까지 정말 별 볼일 없었다. 살짝 얽어 있는 데다가 눈은 작고 코도 약간 삐뚤어져 추괴하기 그지없었다. 이런 자가 저리도 위세 당당히 걸어온 것을 보면 노삼의 말이 맞는 모양이었다.

문수는 청년이 입도 벙긋하기 전에 먼저 말했다.

"비영각은 들어가면 바로 보이는 큰 건물에서 오른쪽으로 세 번째 건물이네. 아, 기본적인 신분 확인은 해야 하니 고향과 이름, 이곳을 소개한 소개자 성명을 빨리 읊고서 들어가게."

"지금 무슨 소리를 하는 거요?"

청년이 어리둥절해하며 반문하자, 문수의 얼굴이 해쓱해졌고 노삼은 크게 웃어 젖혔다.

"하하하……."

"노선배, 어떻게 된 겁니까?"

"이거 미안하이. 내 예상은 십중팔구는 들어맞는데, 요번 경우는 그 나머지 한둘에 속하는 경우였나 보군."

노삼은 웃으며 청년에게 말했다.

"자네, 주방 보조로 오게 된 친구인가?"

"아니오."

"아차차, 그럼 정원 관리 쪽으로 들어왔나?"

듣다 못한 청년이 불호령을 내질렀다.

"대체 무슨 소릴 하는 거요! 어서 무림맹 좌호법에게로 안내하시오!"

"뭐라?"

노삼은 잠시 혼란스러웠다. 팔 년간 경비 근무를 하면서 난다긴다 하는 무림인들을 수도 없이 보아온 그였지만 맹의 서열에서 우호법 섬전검 이세천(閃電劍 李世擅)과 더불어 이 인자로 꼽히는 혼세성승(混世聖僧) 법현 상인에게 당장 안내하라고 무림맹 정문에서 저리도 큰 목소리로 외쳐 대는 인물을 접해본 경험이 없었다. 그나마도 이런 무례한 행동을 용인할 만한 기도나 위압감 같은 거라도 있다면 이해가 갈 텐데, 이건 뭐 봐줄 꼬라지라고는 터럭만큼도 없는 놈이 저리도 당당하게 외쳐 대고 있으니, 전혀 뜻하지 않은 상황에 당황한 것이다.

문수가 조심스레 입을 열었다.

"저… 좌호법과 만나시기로 약조를 하셨습니까?"

달라진 문수의 말투에 흡족한 미소를 지으며 청년이 대꾸했다.

"그런 것은 아니오."

"혹시 좌호법의 일가친척이십니까?"

"전혀 관계가 없소."

"그렇다면 신분과 용건을 명확히 말해 주시면 저희가 안으로 기별을 넣어 허락을 구하겠습니다."

노삼이 혼란스러워하고 있는 사이 워낙 자신만만한 청년의 태도에 주눅이 든 문수가 정석적인 절차를 밟기 시작했다.

청년은 잔뜩 헛기침을 하더니, 짐짓 점잔을 빼며 말하기 시작했다.

"흠, 본좌의 이름을 말할 테니 귀를 후비고 똑똑히 들으시오. 본좌의 이름은 방구병(方九秉), 저 섬서무림의 위기를 구한 섬서영웅 일검탈명 맹정우와 동문수학했으며, 아니, 엄밀히 말하자면 거의 젖동냥해서 그 놈을 키웠다고 해도 과언이 아닌 사이이지. 무림맹의 향주이자 신진사룡의 수좌인 옥면신룡 최운과도 친밀한 교분을 나누었던 옛 벗이고. 이쯤 했으면 감이 팍 오질 않소이까? 일검탈명이 여기까지 무림맹 좌호법인 혼세성승 법현 상인을 호위해 왔다고 들었소. 본좌가 이곳까지 친히 행차한 까닭은 그의 안전을 확인함과 함께 좌호법을 만나뵙고 향후 무림의 안위에 대한 밀도있는 담론을 펼쳐 보고자 함이니 냉큼 안에 기별을 넣도록 하시오."

옆에서 이 일장연설을 가만히 듣고 있던 노삼은 왠지 미심쩍다는 느낌을 거둘 수 없었다. 그는 문수에게 귓속말로 말했다.

"이보게, 문수. 일검탈명이 누구야? 자네 혹시 들어봤나?"

문수도 청년이 안 들리게 얼굴을 바싹 들이대고 대답했다.

"글쎄요, 저도 잘 모르겠습니다만, 말하는 걸로 보아 섬서 영웅대회에서 좌호법을 도와준 청년 고수가 있다는데 그를 지칭하는 것 같습니다."

"아무래도 감이 이상해. 가끔 가다가 높은 자리에 있는 사람과 친분이 있다고 찾아드는 어중이떠중이가 있거든. 실상 대면해 보면 정말 아무것도 아닌 사이이거나 아예 엉뚱한 사람하고 착각해서 오는 놈들도 있지. 이런 놈들까지 안에 기별을 넣고 자시고 할 필요는 없는데 말이야. 방금 한 말처럼 된다면 우리만 욕먹기 십상이거든."

"그래도 저리도 위세가 당당한 걸 보면 뭔가 건덕지가 있기 때문이 아니겠습니까?"

"누가 아나? 낮술이라도 처먹고 와서 주정을 하고 있는 것인지."

"에이, 설마요."

두 위사가 쑥덕거리고 있는 것이 못마땅했는지 청년이 다시 불호령을 떨어냈다.

"뭣들 하고 있는 거요! 당장 안에 기별을 넣지 않고!"

이쯤 되면 수상해도 일단 안에 연락하는 수밖에 없었다. 노삼은 문수를 세워두고 자신이 직접 안으로 들어갔다.

그는 커다란 마당을 가로질러 정면의 가장 큰 본관 건물로 향했다.

"정문 위사 노삼입니다. 좌호법님께 기별을 넣을 것이 있습니다만."

"지금 긴급 회의 중이시네. 맹주님이 주관하시는 회의이니 큰일이 아니라면 곤란하네. 중요한 일인가?"

"아니, 그런 것은 아닙니다. 언제 끝나는지요?"

"글쎄, 시작한 지 얼마 안 되었으니 최소 한 시진은 더 걸리지 않겠나? 요즘 때가 때인지라 사안이 복잡할 테니 그보다 오래 걸릴 수도 있겠고."

노삼은 입맛을 다시며 본관에서 나왔다. 저 천둥벌거숭이를 천상 들여놓고 기다리게 해야 할 판인데, 아무래도 예감이 뭔가 꺼림칙했다.

고민하며 본관 건물을 나서던 노삼은 그를 지나치며 본관으로 들어가는 상관에게 목례를 했다. 그러다가 고민하고 있는 대상과 지금 지나친 상관이 무관한 관계가 아니라는 것이 생각났다.

"최 향주님!"

"응, 노삼 아닌가. 왜 그러나?"

"바쁘지 않으시면, 잠시 여쭙겠습니다. 혹시 방구병이란 자를 아시는지요?"

최운은 고개를 갸웃거렸다. 기억을 더듬어보았지만 방구병이란 이름은 낯설었다.

"모르는 사람일세."

"향주님과 친밀한 교분이 있다고 하던데요?"

"다른 사람이랑 착각했나 보지. 난 그런 사람 모르네."

"아, 그리고 섬서영웅이라는 청년 고수가 좌호법님을 여기까지 호위했었습니까? 맹에 아직 계신지요?"

"아닐세. 그와는 산서 쪽에서 헤어졌지. 그도 몹시 바쁜 사람이니."

"잘 알겠습니다."

노삼은 정문 쪽으로 뛰듯이 걸어가며 이를 갈았다.

"내 그럴 줄 알았다!"

그는 정문 쪽으로 다가갈수록 걸음이 빨라지며 팔까지 걷어붙인 채로 뛰기 시작했다.

한편, 자신의 집무실을 향해 가던 최운은 뭔가 미덥지 못하다는 느낌이 머리를 맴돌았다. 노삼과의 대화가 떠올랐다.

'방구병, 방구병이라… 방구병, 구병, 구병! 그래, 구병이! 어렸을 적에 정우와 같이 놀던 구병이가 있었군. 그런데 그놈 성이 방씨였나?

그러고 보니 방가 성이었던 것 같기도 하다. 정문 위사인 노삼이 본관까지 찾아와서 물었던 것을 보니 아마 그가 자신을 찾아온 모양이다.

"이런, 그냥 보냈을지도 모르겠구나. 빨리 나가봐야겠다!"

그는 부지런히 걸어서 정문으로 향했다. 그런데 정문에 가까이 다가갈수록 곡소리 같은 것이 들려오기 시작했다.

"아이고오… 네놈들이 감히 본좌를… 누가 술을 먹었다고 그러는 거야! 아악! 제발 때린 데 또 때리지만 마세요. 예예, 앞으로 죽을 때까지 본좌란 말 안 쓸게요. 하오체도 안 쓸게요. 엉엉엉……."

정문 밖으로 나오니 진풍경이 펼쳐지고 있었다. 두 위사가 한 청년을 보리타작하듯 쥐어 패고 있었는데, 청년은 한 대 맞을 때마다 오만 가지 비명을 다 질러가며 바닥을 뒹굴면서 눈물콧물을 질질 쏟아내고 있었다.

"임마, 니가 섬서영웅이랑 죽마고우면 나는 철혈방주 위지관천이랑 동기동창이겠다. 이게 어디서 낮술 처먹고 와서 술주정이야? 이 더운데 내가 잔뜩 긴장해서 본관까지 그 긴 거리를 왔다리 갔다리 한 걸 생각하면… 에라, 맞아라!"

"아이고 형님! 삼촌! 당숙! 제발 때린 데 또 때리지 마시라니깐요! 엉엉!"

무공이 갖추고 있는 위사들이 일반인을 때릴 때는 통증은 좀 있으되 피륙도 상하지 않게 신경을 쓰면서 때릴 텐데 청년의 엄살이 상상을 초월하는 것이어서 몸에 주먹이나 발이 적중할 때마다 좌우로 삼 장씩 굴러다니며 비명을 내지르고 있었다. 위사들은 그 과민한 반응에 약이 올라서 굴러다니고 있는 청년을 쫓아다니면서 오히려 더 때리고 있었다.

최운이 안력을 돋워 굴러다니고 있는 청년의 얼굴을 보니 먼지투성이인 가운데서도 얽은 자국이 뚜렷이 보였다. 틀림없이 구병이였다.

"이보게들! 그만 하게!"

최운의 목소리를 들은 위사 두 명이 매타작을 멈추었고, 상황 파악을 못한 채 그로부터도 한참 동안 바닥을 홀로 굴러다니며 울부짖던 청년은 누군가 자신의 이름을 부르는 걸 듣고서야 비로소 구르던 몸을 멈췄다.

"구병아, 구병이 아니니?"

바닥에 엎드린 채 고개만 반짝 들어 최운을 바라보던 청년의 얼굴에 격동의 빛이 차 올랐다.

"운아!"

청년은 피맺힌 울부짖음을 토해내며 벌떡 일어나 최운에게 달려들었다. 그는 최운을 으스러져라 부둥켜안으며 다시 한 번 목놓아 울었다.

"엉엉엉! 운아, 이게 얼마 만이냐!"

최운은 쓴웃음을 지으며 청년, 방구병을 다독였다.

"그래, 그래. 정말 오랜만이다, 구병아. 이렇게 오랜만에 정우도 보고 너까지 보게 되니 정말 기쁘구나. 자, 여기서 이러지 말고 들어가서 회포를 풀자."

최운은 고목나무의 매미처럼 찰싹 달라붙어 있는 방구병을 간신히 떼어내며 머쓱해하고 있는 위사들을 향해 말했다.

"자네들 둘은 향후 문책이 있을 테니 각오들 하게. 무슨 오해가 있었는지 모르겠으나 손이 좀 과하군."

그제야 상황이 반전된 것을 눈치 챈 방구병은 펄쩍펄쩍 뛰기 시작했다.

"나중에 할 것 없어! 이런 놈들은 당장 주리를 틀어야 하지! 야, 이

놈들아! 내가 그렇게 귀에 못이 박히도록 말했지! 우리 최 향주와 절친한 사이고, 일검탈명과 동문이라고! 감히 이런 나를 생명이 위독할 정도로 때려? 운아! 이런 놈들은 문책할 것도 없어! 당장 지하 뇌옥에 가둬 버려야 해! 너도 그렇게 생각하지? 응?"

방구병은 아직 매에 대한 두려움이 가시지 않은 듯 최운의 뒤에 찰싹 붙어 달린 채 소리만 고래고래 질러댔다.

최운은 고소를 지으며 그를 달랬다.

"구병아, 진정해라. 본 맹에는 지하 뇌옥이 없단다. 다소 오해가 있었던 모양인데 나중에 정황을 파악하여 문책을 할 것은 확실히 할 테니 나를 믿고 좀 참아다오. 지금은 근무 시간이니 일단 들어가서 얘기하자구나."

최운은 펄펄 뛰는 방구병을 질질 끌다시피 하여 자신의 집무실로 데려왔다.

"네가 조금만 늦게 이곳에 왔어도 나를 못 만날 뻔했구나. 산서에서 아침에 와서 저녁에 다시 산동 쪽으로 나가봐야 할 판인데."

"어, 그럼 곧 가봐야겠네?"

방구병이 말했다.

"한데 정우란 놈은 어디 있나?"

"그는 산서까지 동행했다가 헤어졌어. 지금쯤 서안에 도착하지 않았나 싶은데 너와는 길이 엇갈렸나 보구나. 어쨌거나 요번에 본 맹이나 섬서무림이 정우에게 큰 은혜를 입었으니 정말 고마운 일이다."

최운이 맹정우를 칭찬하자 방구병은 눈을 번득이며 나직한 목소리로 말했다.

"내가 듣고 싶은 얘기가 바로 그건데 말이지, 나도 소문으로 섬서 영웅대회 얘긴 다 들었거든? 너도 알겠지만 강호의 소문이라는 것이 한 입씩 건너갈 때마다 소문의 과장됨도 곱절씩 늘어나지 않냐. 내가 그 때의 상황을 자세히 알고 싶어서 그러는데 네가 설명을 좀 해다오. 너 야 그 현장에서 두 눈으로 목격한 일이니 정확한 사실만을 말해 줄 거 라고 생각해서 말이야."

최운은 방구병이 뭘 알고 싶어서 이곳까지 온 것인지 궁금해졌다. 그는 우선 방구병의 부탁부터 들어주었다.

"흐음, 그랬었군. 그러니까 양팔이 잘린 두목만 정우 놈이 죽여 버리 고, 나머지는 법현 상인께서 다 처리했다, 그 말이렷다?"

방구병은 최운의 설명을 다 듣고는 기대했던 답이 나온 듯 흡족한 미소를 띠었다.

"그리고 그 다음에는 우리의 요구로 화산파까지 화산문인들을 호위 해 주고, 산서까지 우리 일행을 호위해 주었지."

최운의 말에 방구병이 재차 물었다.

"그렇다면 호위하는 동안 뭐가 습격 같은 게 있었냐?"

"다행히도 그런 일은 없었다."

방구병은 전부 알아들었다는 듯 손뼉을 딱 소리나게 쳤다.

"알았다! 이제 모든 수수께끼가 풀렸어!"

최운은 옛친구의 기이한 행동이 궁금해졌다.

"구병아, 네가 이곳에 온 목적이 그 얘길 들으러 온 것이냐?"

"뭐, 그렇다고 할 수 있지."

"그거라면 정우가 서안으로 돌아갈 때까지 기다렸다가 직접 만나서 듣는 게 낫지 않았겠어?"

“하이고, 그 구라마왕한테 말이냐?”

“구라마왕?”

그때, 집무실의 문을 누군가가 두드렸다.

“누구십니까?”

“비영각 소속 제칠조장 염구칠입니다.”

“들어오게.”

정보 업무를 맡고 있는 비영각에서 왔다면 빠르게 처리해야 할 정보를 가져왔을 가능성이 높다.

“무슨 일인가?”

“분타에서 급전이 왔습니다. 화산파 삼대제자가 보낸 전갈입니다.”

“화산파?”

쪽지를 받아보니 개봉에서 가까운 위치의 분타에서 보낸 전갈이었다. 송신인은 화산에서 산서까지 동행했던 화산파의 덕현이란 제자였다. 쪽지의 내용은 놀라운 것이었다.

“염 조장, 지금 당장 정무각에 가서 현재 맹에 남아 있는 쾌속선을 전부 출발 대기시키라고 명하게. 나도 당장 당주님께 보고부터 올려야겠군. 구병아, 너도 같이 가자.”

“응? 나도?”

최운은 얼떨떨해하는 방구병을 데리고 회의실로 이동했다. 그리고 안에 기별을 넣어 청룡당주 함학을 불러냈다.

“무슨 일인가? 맹주님이 주관하시는 회의에서 불러낼 정도로 급한 일이 있는 게야?”

“당주님, 지금 당장 청룡당 전부를 출동시켜야 할 듯합니다.”

“전쟁이라도 터졌나? 산동성의 왜구 난입 사건 지원차 두 시진 후에 출동 계획이 있는 것을 자네도 알 텐데."

"바로 그겁니다. 두 시진을 기다릴 필요가 없게 됐습니다. 사건의 실체의 꼬리를 잡은 것 같습니다. 이 전갈을 보십시오."

함학 역시 쪽지를 건네받고는 두 눈이 휘둥그레졌다.

"자네 말이 맞군. 당장 출동해야겠네. 전부 준비시키고, 정무각에 가서 쾌속선 대기시키라고 이르게. 난 맹주님께 보고하고 바로 따라갈 테니."

"벌써 그렇게 해놨습니다."

이각 후, 최운과 방구병은 싯누런 황하의 물결을 가파르게 헤치며 질주하고 있는 쾌속선 위에 올라타고 있었다.

쾌속선 위에 오를 때까지 청룡당 향주인 최운이 워낙 분주하게 움직여야 했던 탓에 말 한마디 못 붙여보았던 방구병이 간신히 최운과 대화할 수 있는 기회를 잡았다.

"운아, 대체 지금 어딜 가는 거냐?"

"너한테 제대로 설명을 못해줬었구나."

최운이 미안한 표정을 지으며 말했다.

"본래 우리 청룡당은 산동, 강소 지방에 심각한 피해를 입히고 있는 왜구를 막으러 간 맹의 단체들을 지원하려는 계획이었지. 그런데 아까 받아보았던 쪽지에 대단히 중요한 정보가 들어 있던 탓에 전격적으로 진로를 수정하게 되었단다. 그 쪽지는 정우와 동행했던 화산 제자가 보낸 것인데, 그들이 그만 해적에게 납치되었다는구나."

"정우가?"

"그래, 게다가 그 해적들은 왜구와 거래하고 있다는 중요한 정보가 끼어 있었어. 요번 왜구의 난동은 그 피해 규모는 아주 큰 데 비해서 놈들을 검거한 실적이 아주 미미하다는 게 특징이야. 관에서는 골머리를 앓다가 왜구 중에 중원 무술을 쓰는 놈이 있다는 것을 발견하게 되면서 혹시 무림 단체와 연관이 있는 것이 아닌가 의심하게 됐지. 무술도 무술이지만 단순히 무턱대고 해적질만 하는 놈들이라고 생각하기에는 습격하는 지역의 지리나 수송선과 관선의 이동 경로를 너무도 잘 파악하고 있었어. 그렇기에 틀림없이 중원 쪽에서 내통하는 자가 있을 거라는 것이 관의 생각이지. 그래서 본 맹에 협조를 구하게 된 것이고. 그러던 차에 들어온 이 정보는 내통 세력의 꼬리를 잡는 중요한 단서가 될 거야. 지금 정우가 납치된 그 선박을 붙잡을 수만 있다면 말이지."

"그 배를 따라잡을 수 있겠나? 어디까지 내뺐지도 모를 텐데."

"모르긴 몰라도 따라잡기 어렵지 않을 거야. 오늘 사시에서 미시까지 산동성 쪽으로 가는 선박을 통제한다는 얘길 들었거든. 그래서 청룡당의 출발도 좀 늦춰진 거였고. 해적선이 사시 전에 통제 지역을 넘어서지 않았다면 틀림없이 따라잡을 수 있을 거야."

"정우란 놈 그전에 뒈지지나 않았으면 좋겠구나."

"그럴 리야 있겠니. 정우 실력 정도면 제 한 몸 건사하는 거야 일도 아닐 테지. 편지에는 다른 사람들을 구할 기회를 엿보느라 빠져나오지 못한 거라 써 있더구나."

방구병은 그 말을 듣고 기도 안 찬다는 듯 코웃음을 쳤다.

"그놈이 그렇게 말했다면 틀림없이 그 구하려는 다른 사람이 기가 막힌 미녀이거나, 돈에 연관된 무언가가 있기 때문일 거다. 그렇지 않고서야 뒷골목 싸움 실력으로 감히 해적한테 덤벼들 이유가 없는 놈이지."

듣고 있던 최운의 눈이 약간 커졌다.

"뒷골목 싸움 실력이라니? 그게 무슨 뜻이지?"

방구병은 잠시 난처한 표정을 짓다가 작심하고 말을 내뱉었다.

"잘 들어라, 운아. 사실 그놈하고 나는 무림인이 아니다. 물론 나야 아니라는 것을 벌써 짐작했겠지만… 아무튼 우리는 너와 헤어진 뒤에 은거고인을 만난 것이 아니라, 포목 사업을 시작했어. 장사는 꽤 잘되어 나갔지만, 아주 어릴 적부터 시작한 사업이기에 고생도 꽤 했지. 그놈 싸움 실력이라고는 고생하면서 터득한 몸부림 몇 가지로 하오문 졸개나 두들겨 팰 정도지, 결코 무공을 갖춘 강호인과 자웅을 겨룰 만한 수준이 아니야. 해적선과 맞닥뜨릴 때 네가 좀 신경 써서 그놈 병신이나 안 되게 지켜다오."

최운은 방구병이 무슨 소리를 하고 있는 것인지 이해할 수가 없었다.

"네 말이 무슨 뜻인지 알아듣기가 어렵구나. 혈랑대 부대주인 섭평은 강호에서 인정하는 절정고수다. 그런 자의 양팔을 저항 한번 받지 않고 일도양단할 수 있는 고수는 중원천지를 놓고 봐도 흔치 않아. 그런 일을 무공도 모르는 범부가 할 수 있다고 생각되지 않는데. 더구나 화산의 많은 제자가 그가 이형환위를 시전하는 것도 보았다고 하고, 또한 호위 기간 내내 보여준 행동에서 충분히 무림 고수다운 풍모를 느낄 수 있었는데 그게 모두 거짓이라는 것은 있을 수 없는 일이야."

"네가 그놈을 잘 몰라서 하는 소리다."

방구병은 물러서지 않았다.

"놈은 세명로에서 세 가지 절기로 유명하지. 여자 꼬시기, 구라치기, 돈 빼돌리기. 놈이 구라를 치겠다고 마음 먹어서 나 외에 속여 넘기지

못한 사람이 없었다. 내 한 가지 물어보자. 섭평의 팔을 자른 거 외에
다른 무공을 시전하는 것을 네 눈으로 목격한 적이 있느냐?"

최운은 곰곰이 생각해 보았지만 그런 적이 없었다.

"아니."

"좋아, 아까 네 설명을 들으면서 나 나름대로 그 상황에 대해 충분히
가능성있는 추측을 해봤는데, 들어봐라. 그놈의 재산 목록 일호를 우
선 알아야 해. 너, 그놈이 차고 있는 검 봤냐?"

"그 보석이 달린 검?"

"그래, 그 으리번쩍한 검 말이다. 유치하기 그지없는 팔성검이란 이
름이 붙은 검. 이게 보기보다도 더욱 끝내주는 검이란 말이지. 검집에
달린 보석만 해도 보통 귀한 돌들이 아니지만 그 안의 검의 날카로움
이란 이루 말할 수 없어서 금석을 두부처럼 잘라낸다구. 아까 네 얘기
로는 법현 상인에게 당한 상처를 되갚아주겠다며 섭평이 목을 조르고
있었다고 했지?"

"그래."

"그렇다면 절정고수인 섭평이라 해도 그보다 더한 고수인 법현 상인
을 공격 중이니 잔뜩 신경이 쏠려 있었을 테고, 더군다나 자신의 원수
였으니 감정적으로도 격앙되어 주변에 신경 쓸 여력이 없었을 거야.
또한 주변의 모든 인물이 산공독에 중독되어 있는 상태이니 설마 자신
에게 누군가가 공격을 가해오리라고는 꿈에도 생각 못했겠지. 그 덕택
에 갑자기 검이 쓱 날아오는 것을 인지하지 못했을 수도 있어. 그리고
보통의 검이라면 팔에 닿아서 힘줄에라도 걸린 순간 즉시 반격할 수
있었겠지만, 그 검은 설명했다시피 상상을 초월할 정도로 예리한 검이
라서 미처 알아차리기도 전에 팔이 잘라져 버렸을 수도 있는 거야. 만

약 그렇게 되었다면 그 뒤는 아주 손쉬운 일이지. 아무리 고수라 해도 전혀 생각도 안 하고 있는데 눈앞에서 두 팔이 잘려져 나가 버리는 것을 보면 정신을 차릴 수 있겠어? 그런 상대의 심장에 검을 틀어박는 것은 어린애라도 할 수 있을 거다.”

최운은 머리가 몹시 혼란스러워지기 시작했다.

“그렇다면, 이형환위는?”

“그건 네 눈으로 본 게 아니잖아? 막말로 놈이 화산제자 몇 명을 매수해서 그럴듯하게 둘러댔던가, 아니면 밤에 자다가 일어나서 단체로 헛것이라도 본 건지 어떻게 알아?”

방구병은 확신에 찬 목소리로 말을 이었다.

“이러니저러니 해도, 내가 귀한 밥 먹고 뭐 하러 여기까지 와서 너에게 헛소리하겠냐? 다 그놈 하나 어떻게 구제해서 사람 만들려고 이러는 거지. 그러니 너도 옛정을 생각해서 그놈 구라친 거 용서해 줘라. 물론 하룻강아지 범 무서운 줄 모르고 우연히 한 짓이겠지만 그놈이 그래도 기특하게 무림맹 좌호법의 목숨까지 구해낸 것 아니냐? 호위비 명목으로 천 냥이나 삥땅친 것은 괘씸한 일이겠지만……. 아무튼 요번에는 요행이 안 통할 것이니 이따가 해적들하고 싸울 때 그놈 신경 좀 써다오. 나를 봐서라도 말이지. 응?”

최운은 방구병의 말을 대체 어디까지 진실로 받아들여야 할지 알 수가 없었다. 있을 수 없는 일이라 생각하지만 구병의 말을 듣고 보니 그것도 또 그럴듯했기 때문에 도무지 뭐가 뭔지 알 수가 없게 되고 말았다.

방구병은 난감해하는 최운의 얼굴을 쳐다보며 득의 어린 미소를 띠었다.

'크크크, 맹정우! 네놈이 감히 무림광인 나를 제끼고 기연(?)을 얻어 영웅 행세를 하려 해? 어림도 없는 일이지. 이렇게 된 이상 네놈의 비리를 남김없이 파헤쳐 놓고 말겠다!'

자신도 곁다리 껴서 영웅 행세 좀 해보려다 무림맹 정문에서 위사들에게 복날 개 맞듯 두들겨 맞는 바람에 체면 다 구긴 방구병의 동귀어진 수법이 맹정우에게로 시시각각 다가가고 있었다.

*

"이런 배 안에서 소수의 인원이 다수를 상대하는 방법은 지극히 간단해."

"어떻게 해야 하는데요?"

"우리 같은 경우는 우선 인질을 구해야 돼. 아니, 상황을 들어보니 인질이라기보다는 포로에 가깝군. 어쨌든 얻어터지고 팔목까지 부러졌다 하니 일을 시키지는 않을 테고, 분명 이런 창고 비슷한 곳에 감금되어 있을 거야. 몰래몰래 움직여서 인질을 찾아내서 구한 다음, 배에 구멍을 내는 거지."

"배에요?"

"물론 수리를 못할 정도로 큰 구멍을 뚫어야 하지. 그리고 구멍을 내기 전에 우리는 뭍으로 올라갈 만반의 준비를 해야 하고. 어쨌든 배에 구멍을 내놓으면, 결국 시간이 흘러 배가 가라앉지 않겠나? 그러면 배 안의 놈들은 당연히 헤엄쳐서 뭍으로 올라와야 하고. 그러면 이미 뭍에 올라와 있던 우리가 놈들이 강변에 닿는 족족 공격을 해서 해치우는 거지. 제아무리 수공에 능통한 놈이라도 땅 위에서 운신이 자유로운 우리의 공격을 몸이 물에 잠긴 채 막아내긴 어려울 거야. 적어도 멀리 도망가는 몇몇 놈을 제외한 대부분은 해치울 수 있을 걸세. 아주 간단하고도 확실한 작전이지."

맹정우는 모처럼 함토리가 다시 보이기 시작했다. 설명을 듣고 보니 확실히 그럴듯한 방법이었다.

두 사람은 창고를 나섰다. 맨 아래층의 구조는 간단했다. 복도와 계단이 있고 맞은편에 하나의 문이 더 있었다. 두 사람은 살금살금 다가가 맞은편 문에 귀를 대었다.

"인기척이 없는 것 같은데… 아니, 잠깐. 뭔가 신음 소리 같은 것이 들려……."

"덕호인 듯한데요?"

맹정우도 내공이 엄청나게 증가한지라 함토리가 듣는 소리를 같이 들을 수 있었다.

문은 안에서 잠겨 있었다.

"부수고 들어갈까? 안에 다른 사람은 없는 것 같으니."

"소리가 안 나게 하려면 부수지 말고 열어야지요."

맹정우는 자신들이 나온 창고로 다시 들어가서 꼬챙이를 하나 들고 나왔다. 세명로에서 십여 년 굴러먹은 가락으로 이 정도의 자물쇠 따는 것은 일도 아니었다.

딸깍!

잠시 후 문이 열렸고, 감탄하는 함토리의 시선을 받으며 맹정우는 안으로 들어섰다. 안은 맞은편과 대동소이한 창고였다.

창고 구석에 커다란 덩치가 누워 있는 것이 보였다.

"덕호!"

맹정우가 얼른 다가갔다.

"으음, 맹 대협? 구하러 오셨군요!"

"그래, 그래. 몸은 좀 어때?"

"속이 다 뒤집어진 것 같습니다요. 정말 고맙습니다, 맹 대협. 저 같은 보잘것없는 놈을 구하려고 여기까지 오시다니……."

덕호는 눈물까지 흘릴 기세였다.

그것을 위로하는 맹정우는 속으로 좀 찔렸다. 엄밀히 말하자면 검과 돈이 먼저였고, 덕호는 제삼 순위였기에.

함토리가 다가와서 덕호의 맥을 짚었다. 과연 내상이 꽤 있었다.

"우선 팔목부터 접골해야겠군. 조금만 늦게 왔어도 큰일 날 뻔했어."

함토리는 덕호의 오른 손목을 잡았다.

"소리 지르면 안 되네. 알겠나?"

덕호는 고개를 끄덕였다.

뚜둑!

팔목이 맞춰졌고, 덕호는 고통으로 인해 몸을 움찔거렸으나 아무 소리도 내지 않았다.

"잘했네."

함토리는 칭찬하며 덕호의 혈도를 몇 군데 짚었다.

"업고 가야 할까요?"

맹정우의 질문에 함토리가 답했다.

"그래야 할 걸세. 대충 치료가 되었지만 내상이 좀 있기 때문에 무리하면 안 되지."

"이 정도면 충분합니다요."

덕호는 끙차 하면서 그대로 일어섰다. 타고난 신력과 체력의 소유자인 그에게 이 정도의 상처는 문제가 아니었다.

"대단하군. 자네에 대한 선학의 말이 꽤나 과장되었다고 생각했었는데. 헤엄도 칠 수 있겠나?"

함토리의 말을 들은 덕호가 반문했다.

"저희 사부님을 아십니까요?"

"알다마다. 내가 자네 사부의 의형이라네."

"아이고, 가가협객이시군요!"

맹정우와 함토리는 절부터 하려는 덕호를 말리며 창고를 나섰다.

"좋아, 이제 배에 구멍을 내는 일만 남았군."

함토리의 말에 맹정우가 곤란한 표정을 지으며 토를 달았다.

"저… 저는 찾아야 할 물건이 있습니다."

"뭔지는 몰라도 무척 위험한 상황이라는 거 알지 않나? 목숨을 걸 정도인가?"

"그렇습니다. 제 선친의 유품인 검을 찾아야 합니다."

'그리고 천 냥짜리 전표하고!'

뒤에 것은 차마 입으로 말할 수 없었지만 하여간에 맹정우는 절대 두 물건을 놔둔 채로 배를 떠날 수 없었다.

그때, 갑자기 발자국 소리와 함께 두런두런하는 말소리가 들려왔다. 세 사람은 즉시 나왔던 창고로 다시 들어갔다.

"어라, 이 문, 안 잠겼었나?"

"이 사람, 정신머리 하고는. 놈이 채주한테 두들겨 맞지 않고 뻗대지 않았었다면 벌써 문 열고 도망쳤겠군 그래.”

대화 소리와 함께 문이 벌컥 열렸고, 들어온 두 사람은 구석에 뻗어 있는 덕호를 흘끔 보고서는 중앙에 여러 가지 물건이 쌓여 있는 탁자에 앉았다. 그리고는 여섯 개의 보석이 달린 검을 그 위에 올려놓았다.

“저 정도면 충분히 들어가겠군.”

한 사람이 물건이 잔뜩 쌓여 있는 곳으로 가더니 길쭉한 나무갑 하나를 들고 왔다.

“보도가 들어 있던 갑이니 검이 들어가기도 알맞을 거야.”

다른 사람이 갑을 받아 열고 검을 비단에 잘 싸서 그 안에 집어넣었다.

“채주도 좀 미안했나 본데. 꽤 멋진 검인데 사 노야한테 넘기겠다는 걸 보면.”

“거래할 서른 명 중에 여섯 명이나 모자란 셈인데 어지간한 채주라도 그냥 넘기기에는 꺼림칙했겠지. 탐나는 칼이긴 해도 두 개나 들어왔으니 하나쯤은 넘길 만도 할 거야?”

두 사람의 대화는 더 이상 이어지지 않았다. 바닥에 여기저기 널려져 있던 포대 중에 두 개가 그들의 머리통 위에 덧씌워졌고, 연이어 날아온 두 개의 주먹이 사이좋게 그들의 뒤통수에 작렬하면서 침묵을 강요했기 때문이다.

“일이 이렇게 잘 풀릴 수가 없군! 이제 나가는 일만 남았어!”

함토리의 말을 들으면서 맹정우는 쓰라린 가슴을 어루만져야만 했다. 팔성검을 찾은 것만 해도 기쁘기 한량없는 일이지만, 천 냥짜리 전표를 포기해야 하는 사태가 벌어진 것이다.

게다가 까맣게 잊고 있었는데 두 해적의 대화를 듣고 있다가 생각이

났다. 그러고 보니 묵도도 엄청난 보물이었다. 그러나 아까 그렇게 말해 놓고 이제 와서 가만 생각해 보니 유품이 몇 개 더 있었다고 할 수도 없는 노릇이다.

그는 이를 박박 갈면서 대답했다.

"글쎄 말입니다. 일이 이렇게 풀릴 수도 없는 노릇이지요."

"좋아, 당장 구멍을 뚫어버리자구!"

그들은 덕호를 데리고 구멍이 나 있는 창고로 건너갔다.

맹정우가 팔성검으로 바닥에 지름이 일 장 정도 되는 커다란 구멍을 내자 배의 밑바닥이 보이는 공간이 나왔다.

"정말 좋은 검이로군. 이제 밑바닥에 이와 같은 크기의 구멍을 뚫되 원의 중간 중간을 끊어놓아 완전히 뚫리지 않게 하게. 자네가 덕호와 일단 헤엄쳐 나가고, 그 다음에 내가 완전히 구멍을 뚫은 다음 따라나서지."

맹정우는 시키는 대로 했다. 그런 후 덕호를 도와가며 아까 들어왔던 옆으로 뚫린 구멍으로 나섰다.

함토리는 둘이 기슭으로 헤엄쳐 가는 것을 보다가 구멍으로 다가섰다. 맨 밑바닥의 구멍에서는 칼자국이 난 곳을 따라 강물이 새어 들어오고 있었다. 그는 심호흡을 한 번 한 후, 쌍장을 들어 바닥을 내려쳤다.

펑!

원의 중간 부분도 칼자국을 내놨었기에 함토리의 장력에 맞은 밑바닥의 원은 산산조각이 났고, 강물이 쏟아져 들어오기 시작했다. 배가 서서히 가라앉는 가운데 함토리는 옆 구멍으로 물이 들어오기 전에 재빨리 강으로 몸을 던졌다.

세 사람이 강기슭에 도달해서 상륙한 후 배를 보니 벌써 반쯤 가라 앉고 있었다. 커다란 구멍이 두 개나 나 있는 상황이니 해적들도 어떻게 손쓸 겨를이 없는 것 같았다.

결국 갑판 위로 전부 올라온 해적들이 차례로 강물로 몸을 던지기 시작했다.

함토리가 득의만만한 웃음을 흘리며 말했다.

"좋아! 이제 물에 빠진 강아지 사냥만 남았군! 자네는 아까 달리는 것을 보건대 경신법에 그다지 조예가 있어 보이지 않으니 후방을 맡게. 나는 나름대로 경공에는 자신이 있으니 여기저기에서 올라오려는 놈들을 빠르게 이동하며 처리하지. 자네는 내 그물에서 빠져나오는 고기만 족치면 되네!"

"좋습니다!"

맹정우도 희망에 불타오르며 힘차게 대답했다.

전표와 묵도는 두목 놈이 몸에 지니고 있을지도 모른다. 그렇다면 오는 족족 때려잡으면 되찾을 가능성도 충분히 있었다. 그는 팔성검을 빼 들고 전투 태세로 들어갔다.

그러나 현실은 그리 녹록치 않았다.

약간의 시간이 흐른 후, 멀리 피신해 있던 덕호가 다가와서 딱딱하게 표정을 굳히고 있는 두 사람에게 말했다.

"저기… 반대편 강가로 헤엄쳐 가는 모양인뎁쇼?"

맹정우가 차갑게 대답했다.

"나도 눈으로 보고 있네."

함토리가 겸연쩍은 목소리로 중얼거렸다.

"이상하군. 이쪽이 조금 가까워 보였는데."

맹정우가 퉁명스럽게 되받았다.

"글쎄요. 일단 한 놈이 저쪽으로 방향을 잡아 헤엄쳐 가니 전부 따라가는군요. 그리고 제 눈에는 저쪽이 좀 더 가까워 보이기도 합니다만."

'제기, 돈이 강 건너로 날아가 버리는구나.'

비통하기 그지없는 상황이었지만, 어떻게 손써볼 도리가 없었다.

함토리의 계획은 간결하고 명쾌했으나 반대편 강가로 도망치는 것에 대한 대책은 전혀 존재하지 않았다.

그런데 갑자기 또 한 번 상황이 반전되었다.

"어라? 저건 무림맹 소속의 쾌속선이 아닌가?"

함토리의 말을 듣고 서쪽을 쳐다보니 늘씬하게 생긴 다섯 척의 배가 이쪽으로 빠르게 다가오고 있는 것이 보였다.

빠르게 다가오던 선박들이 거의 침몰하는 선박에 근접했을 때, 맹정우는 선두의 쾌속선에 청의무복의 최운이 타고 있는 것을 육안으로 확인했다.

휘익!

내공이 실린 맹정우의 휘파람이 강을 가로질러 쾌속선까지 들려왔다.

소리나는 쪽을 바라본 최운이 말했다.

"저건 정우 아냐?"

강변에서 맹정우가 마구 손짓하는 것이 보였다. 역시 수상쩍어 보이던 침몰 함선은 해적선이었나 보다. 그렇다면 반대편 기슭으로 헤엄쳐 가고 있는 놈들은 해적들일 것이다.

"선수를 우측으로 틀어라! 헤엄치고 있는 놈들을 전부 포획한다!"

쾌속선이 일제히 우측으로 이동하며 근접하자 헤엄치던 해적들도 무림맹 소속의 배라는 것을 눈치 챈 듯 방향을 바꾸기 시작했다.

그들은 일제히 맹정우가 있는 쪽으로 헤엄쳐 오기 시작했다.

"다시 오는군. 이제야 제대로 된 사냥을 할 수 있겠어."

함토리가 입맛을 다셨다. 그러나 반 수 이상의 해적은 다가온 쾌속선들에 가로막혀 오도 가도 못하고 있었다. 빠르게 헤엄치는 십여 명만이 기슭까지 올 수 있었다.

맨 처음의 해적이 마침내 기슭 위로 몸을 끌어 올리는 순간, 숨어 있다 번개같이 튀어 나온 함토리에게 그대로 일 장을 격중당했고, 해적은 하늘 위로 반 장쯤 붕 떴다 떨어졌다.

쾌속선에 잡힐까 두려워 전속력으로 오십여 장을 헤엄쳐 와 기진맥진해진 해적들이 함토리의 공격을 당해낼 재간이 없었다. 올라오는 족족 얻어맞고 사지를 쭉 뻗은 채로 강변 모래사장에 누워 오후의 따사로운 햇살에 몸을 말려야 했다.

열 명 정도 강가의 말린 명태가 되어버리자 해적들도 고수가 강변에 대기하고 있다는 것을 눈치 챘고, 남은 대여섯 명은 분산 상륙을 시도했다.

해적들이 여기저기로 흩어져서 올라오기 시작하자, 경공에 일가견이 있는 함토리도 손이 어지러워졌다.

마침내 한 놈이 함토리의 공격을 피해 뭍으로 올라오는 데 성공했

다. 그는 꽁지가 빠져라 달아나기 시작했으나 몇 걸음 못 가서 누군가
에게 발목을 걸어차여 바닥을 나뒹굴어야 했다.

"이게 누구야! 털보 아냐?"

넘어진 털북숭이가 고개를 쳐드니 자신의 발목을 챈 것은 아까 두목
한테 흠씬 얻어맞고 강으로 던져진 기생오라비였다.

"건방진 놈! 네놈이 죽지 못해 환장을 했구나!"

기가 죽었던 털북숭이가 벌떡 일어나 덤벼들었다. 이놈은 분명 내상
이 심해 버려진 놈이니 기력을 되찾을 시간이 없었을 것이다. 털북숭
이의 판단으로는 지친 몸임에도 불구하고 가볍게 처리할 수 있는 상대
였다.

맹정우는 기세 등등하게 덤벼드는 상대를 바라보고 있었다. 희한하
게도 무척 느리게 움직인다는 느낌이 들었다.

놈이 칼을 빼고 달려들었다.

사선으로 베어 들어왔지만 가볍게 피했다. 비틀거리는 놈의 허리를
걸어채기만 하면 그대로 자빠질 것 같았다.

잠시 생각하는 사이에 두 번째 공격이 들어왔다.

역시 간단하게 피할 수 있었다. 또다시 헛방을 치고 비틀대는 놈을
보고 있자니 마치 어릴 적에 했던 느리게 움직이는 놀이를 하는 것 같
았다.

털보가 또다시 덤벼들었다. 맹정우는 그가 휘두르는 칼과 그 칼을
잡고 있는 손의 움직임이 똑똑히 보였다.

달려드는 털북숭이를 향해 맹정우도 같이 덤벼들었다.

털북숭이가 칼을 내지르려고 머리 위로 치켜 올리는 순간, 뭔가가
팔목을 나꿔챘다. 바로 맹정우의 오른손이었다. 털북숭이가 인지할 틈

도 없이 둘 사이의 공간이 갑자기 좁혀진 것이다.

맹정우의 왼손까지 털북숭이의 팔목을 잡았고, 교차로 갈려 잡혀진 털북숭이의 두 팔목이 한꺼번에 잡아당겨지며 몸이 앞으로 끌려 나왔다. 끌려 나온 명치에 맹정우의 왼 무릎이 작렬했다.

외마디 비명을 지르며 나가떨어져 뒹굴고 있는 털보를 바라보며 맹정우는 스스로의 몸놀림에 경탄하고 있었다. 순식간에 첫 번째 보석의 금나수법 삼식까지 시전한 것이다.

금나수법 제일식 단지보(斷地步)는 진신내공을 바탕으로 찰나적으로 거리를 좁히는 보법 형식이었다. 그것이 성공했고, 적의 상단 공격을 막아내고 역습까지 시도하는 이식 풍약세류(風掠細柳)와 삼식 추후독립(抽後獨立)의 연계동작이 먹혀들어 간 것이다.

"말도 안 돼!"

방구병은 머리를 감싸 쥐었다.

왼쪽 강변으로 다가가고 있는 쾌속선에서도 맹정우 측의 전투는 똑똑히 보였다. 처음에 함토리가 전면으로 나서서 혼자 해적들을 해치우자 자신의 말이 맞지 않냐며 방방 뜨고 있는 중이었는데, 맹정우가 달아나고 있는 한 놈을 멋들어진 솜씨로 때려잡은 것이다.

"구병아, 어떻게 된 거야. 정우가 가볍게 한 놈 해치우고 있지 않느냐. 방금 전의 움직임은 결코 무공이 없는 자가 보일 수 있는 움직임이 아닌데?"

옆에서 약간 힐난조가 섞인 최운의 음성이 들려왔다. 방구병은 머리 속이 어지러워지기 시작했다.

'말도 안 돼. 그럼 설마 놈이 진짜로 기연이라도 얻었단 말인가? 그럴 순 없어! 다섯 살 때부터 무림 고수를 꿈꿔오며 근처 야산이란 야산,

동굴이란 동굴은 이 잡듯이 뒤져 가며 영약, 영물, 은거기인을 찾아다
닌 나를 제껴두고, 돈하고 여자밖에 모르는 저까짓 놈이 기연을 얻다
니, 그건 너무 불공평하잖아!'

혼자서 오두방정을 떨던 방구병은 옆에서 계속 의아한 눈초리를 보
내고 있는 최운의 옷자락을 부여잡고 말했다.

"운아, 분명 저 해적은 물을 많이 먹어 거의 익사 직전에 뭍으로 간
신히 올라갈 수 있었던 놈일 거야. 정우란 놈이 그래도 하오문 똘마니
정도는 처리할 정도의 실력은 있거든. 그래서 운 좋게 격퇴한 게 틀림
없어. 분명해! 아니, 분명해야 해!"

때마침 그들의 의문을 풀어줄 만한 사건이 벌어졌다. 이제 몇 놈 남
지 않는 해적들을 가볍게 처리하고 있던 함토리에게 위기가 찾아온 것
이다.

강가로 다가온 두 놈이 십 장쯤 떨어진 거리에서 동시에 상륙을 시
도했고, 함토리가 한 놈을 처리하는 순간 다른 놈이 재빨리 올라서서
자리를 잡았다. 함토리가 달려들자 자리를 잡고 있던 놈이 암기를 흩
뿌렸다. 물에 젖은 암기가 큰 위력이나 위험성은 없었지만 그래도 맞
으면 좋을 일은 없었기에 함토리는 슬쩍 몸을 움직여 피했다.

그가 피하는 동작으로 인해 잠시 주춤하는 찰나, 강에서 두 명이 동
시에 튀어 나왔다.

옷차림으로 보아 비교적 윗대가리로 보이는 두 놈은 과연 무공도 날
카로웠다. 날카로운 예기가 함토리의 측면으로 파고들었고, 암기를 흩
뿌린 놈까지 달려들어 세 방향에서 동시에 칼이 날아들었다.

수비하기가 골치 아픈 협공이었지만 함토리는 침착했다. 우선 먼저
들어오는 강에서 날아온 두 개를 향해 그의 독문검법인 선인검법(仙人

劍法)의 호접착화(胡蝶着花)를 시전했다.

한 마리의 나비가 그려지며 한 쌍의 날개에 의해 날아오던 두 개의 칼이 저지되었고, 뒤이어 들어오는 암기를 뿌린 놈의 칼은 촌로발봉(村老拔棒)이란 초식을 써서 맞받아 쳐 두 동강을 내버렸다.

그 순간, 붉은 그림자가 수면에서 튀어 나와 달려들었다. 두 개의 초식을 연달아 시전하여 세 명을 격퇴한 순간의 허점을 노린 공격이라면 매우 시기 적절했다.

붉은 그림자에서 뿜어져 나온 검은 빛이 함토리의 상체로 날아들었다. 위기일발의 순간, 함토리의 몸이 뒤로 직각으로 꺾여졌고, 검은 빛은 그 위로 그대로 통과가 되었다. 함토리는 곧이어 뉘어졌던 몸을 일으키며 반격을 가했지만 붉은 그림자는 벌써 삼 장 밖에 있었다.

붉은 그림자의 공격 의도는 함토리를 해치우는 것보다는 물러서게 하려는 것이었다.

"놈을 잡아!"

함토리의 고함이 들려왔지만 이미 그전에 맹정우는 붉은 그림자를 가로막고 있었다. 다른 놈들을 다 놓치는 한이 있어도 반드시 잡아야 할 놈과 결국 맞닥뜨린 것이다.

"네놈을 기다렸다. 어서 묵도와 전표를 내놔라. 그럼 목숨 정도는 고려해 줄 수 있다."

적의사내는 맹정우의 말에 대꾸할 겨를이 없었다. 무림맹의 쾌속선이 이쪽 기슭까지 거의 다다른 상황이었고, 뒤의 고수도 호락호락한 놈이 아니었기에 시간이 없었다. 그는 가타부타 말없이 그대로 달려들었다.

챙!

검과 도가 얽히면서 불꽃이 튀고, 굉음이 울렸다.

적의사내의 눈에 경악의 빛이 서렸다. 상대가 내공 한 점 없는 놈이란 것을 알기에 일 초에 검과 함께 일도양단해 버리고 도망치려 했는데 자신의 내공이 실린 묵도를 가볍게 받아낸 것이다. 부딪치는 순간 느낀 반탄력도 만만치 않았다.

맹정우가 득달같이 달려들었다. 다시 이 초를 주고받고 나자 적의사내는 알 수 있었다. 지닌 내공은 만만치 않았지만 검법은 기초도 되어 있지 않은 놈이었다. 가볍게 처리할 수 있을 것 같았다.

“쯧쯧, 살아난 김에 그대로 도망갔으면 좋았을 것을. 여기까지 쫓아와 화를 자초하는구나.”

다소 여유가 살아난 적의사내는 중얼거리며 선제공격을 했다.

쾌도가 맹정우의 명치께로 파고들었다. 육안으로 식별하기 어려울 정도의 쾌도였으나 내공의 증가로 육체적 능력이 크게 발달한 맹정우는 어렵사리 막아낼 수 있었다.

퉁겨져 나간 묵도는 곧바로 방향을 바꾸어 머리로 찔러들어 왔고, 맹정우가 방어하려고 다급하게 칼을 들어 올렸으나 아무것도 걸리는 게 없었다.

‘허초로구나!’

아주 기본적인 허초식이었지만 검술에 조예가 없는 맹정우가 피해가기는 어려운 속임수였다. 맹정우가 눈을 돌리는 순간 좌측으로 베어들어오는 묵도가 보였다. 우수로 잡고 상단 방어 자세를 취하고 있는 검을 이동시켜 막기에는 이미 늦었다.

그대로 두 동강이 날 찰나 맹정우는 그대로 몸을 뉘어 자빠졌다. 무공의 상식에서는 있을 수 없는 움직임이었으나 거리의 싸움에 단련된 맹정우로서는 몇 번 해본 동작으로, 적의 공격을 피함과 동시에 반격도 시도할 수 있었다. 땅에 몸이 닿음과 동시에 누운 채로 칼을 휘둘러 적의 발목을 노렸다.

적의사내는 자신의 발목을 향해 파고드는 검을 발견하고 공중으로 뛰어올라야 했다. 공중으로 뛰어올랐다가 착지하는 순간, 착지 지점으로 굴러 들어오는 맹정우가 보였다.

적의사내는 떨어지면서 몸을 반 바퀴 돌리며 기다리는 맹정우를 향해 수직으로 내리찍었고, 맹정우도 몸을 일으키며 위에서 떨어져 내리는 사내를 향해 수평으로 올려쳤다.

깡!

검과 도가 다시 한 번 충돌하고 뒤이어 두 사람의 몸이 맞부딪치는 순간, 맹정우는 검을 놔버리며 양손으로 사내의 팔목을 잡아채어 갔다.

맹정우 입장에서는 이 방법이 최후의 선택이었다. 어차피 칼로 대결하는 것은 승산이 없었기에 그나마 유일하게 알고 있는 무공인 금나수법 쪽을 선택한 것이다.

어쨌거나 두 사람의 몸이 바싹 붙어 있는 지금의 상황에서 맹정우의 선택은 시기 적절했다. 바로 코앞에 있는 맹정우의 양손이 예상치 못하게 자신의 팔목 쪽으로 접근하자 도를 휘두를 공간이 없는 적의사내도 별수 없이 칼을 던져 버리고 권법으로 대응하는 수밖에 없었다.

그는 좌수로 맹정우의 손목 안쪽의 내관혈(內關穴)을 노렸다. 맹정우의 우측 손목에 적의사내의 좌수가 적중하는 듯싶었으나 맹정우의 우수가 대단히 빠른 속도로 둥글게 회전하면서 오히려 적의사내의 좌수를 팔목에서 잡아챘다. 잡아채자마자 뒤이어 따라오는 적의사내의 우수를 좌수로 막으며 잡힌 손을 자신의 몸 쪽으로 확 끌었다. 아까 전의 털보와 같이 사내의 몸이 확 딸려들어 왔고, 그의 가슴에 다시 오른 무릎이 작렬했다.

그러나 이번 상대는 만만치 않았다. 무릎이 명치에 닿을 찰나, 적의 사내는 두 발을 굴러 공중으로 몸을 띄웠다. 잡힌 손까지 뿌리친 적의 사내의 몸이 뒤집어지며 맹정우의 머리 위에서 공중제비를 한 바퀴 도는 순간, 꺾인 채 올라오던 맹정우의 무릎이 확 펴지면서 쭉 뻗어진 오른발이 사내를 따라 공중으로 솟구쳤다.

이것도 제삼식의 변형식이었다. 일단 상대가 자신의 몸에 한 자 이내로 붙기만 하면 어떤 방향으로 움직이건 공격이 가능했다.

퍽!

공중으로 차올린 오른발이 보기 좋게 적의사내의 엉덩이에 적중했지만 불행히도 맹정우는 아직 내부의 공력을 자유자재로 움직일 수 있을 정도의 실력이 아니었다. 그래서 내공이 제대로 실리지 않아 엉덩이는 좀 아파도 운신에는 지장이 없을 정도의 타격만을 주고 말았다.

공중에 뜬 뒤 엉덩이를 걷어채이는 바람에 오히려 더 멀리 날아간 적의사내는 땅에 착지한 후 뒤도 돌아보지 않고 내뺐다.

"야, 이 새꺄! 내 돈 내놓고 가!"

맹정우가 쫓아가려 했지만 사내의 경공술은 보통 뛰어난 것이 아니어서 눈 깜짝할 사이에 그의 시야에서 사라졌다. 쫓아가고 싶은 마음이 굴뚝같았으나 일단 습득한 물건부터 챙겨야 했다.

그는 몇 걸음 되돌아와서 적의사내가 떨어뜨리고 간 묵도를 집어 들었다.

"놈의 정체를 알 것 같군. 요즘 황하의 신흥 세력으로 부상하고 있는 교룡수채(蛟龍水寨)의 젊은 채주 적룡왕(赤龍王) 제정구(齊廷究)인 모양인데. 교룡수채 놈들이 설마 왜구와 내통할 줄이야."

잠시 후, 함토리가 다가와서 하는 말이었다. 둘러보니 제정구를 제외한 나머지 해적들은 쾌속선을 타고 온 무림맹 무사들에게 모두 잡힌 것 같았다.

"정우야!"

부르는 소리에 맹정우가 고개를 돌려보니 최운이 반가운 얼굴로 뛰어오고 있었다. 그런데 그 뒤를 보니 이 자리에 있을 수 없는 놈이 쫄래쫄래 쫓아오고 있는 것이 보였다.

"어라? 저 자식이 여긴 어쩐 일이지?"

가까이 다가온 최운이 맹정우의 손을 붙잡고 반가운 목소리로 말했다.

"정우야, 이렇게 무사하니 정말 다행이구나. 어디 다친 데는 없냐?"

"응, 나야 뭐. 덕현의 전갈을 받고 온 거냐?"

"그래, 받자마자 급히 출발했는데 크게 늦지는 않은 것 같아 다행이구나. 가만, 함 협사님 아니십니까?"

"최 향주, 오랜만이로군."

"함 협사께서 도와주신 모양이군요."

"나야 뭐, 잔챙이들만 상대했고, 우리 맹 소협이 큰일을 해냈지. 도망친 건 적룡왕 하나뿐인 것 같군."

최운이 함토리의 말에 깜짝 놀란 목소리로 대꾸했다.

"적룡왕이라면, 이놈들이 교룡수채의 수적들이란 말씀입니까?"

"그렇다네. 잡힌 놈들을 심문해 보면 틀림없을 게야. 산동 쪽에 왜구가 소란스럽게 논다는 얘기를 들었네만, 결국 간자의 꼬리가 잡히게 된 것 같네."

"그렇습니다. 이번 사건의 실마리를 잡은 것 같기도 합니다."

최운은 다시 맹정우에게로 시선을 돌렸다.

"정우야, 정말 대단하구나. 아까 적룡왕과 싸우는 것도 배에서 보았다. 그자는 최근 가장 두각을 나타내고 있는 신진고수로, 나도 승리를 장담할 수 없는 고수인데 너는 정말 가볍게 처리해 버리더구나."

"응? 하하핫, 그깟 놈 정도야 뭐……."

너털웃음을 터뜨리며 겸양을 가장한 자랑을 일장 늘어놓으려던 맹정우는 자신을 노려보고 있는 기분 나쁜 눈초리를 눈치 채고는 입을 다물었다. 최운 뒤쪽의 약간 떨어진 곳에서 삐딱한 자세로 노려보고 있는 방구병과 눈이 마주쳤던 것이다.

약간 찔리는 바가 있는 맹정우가 최운에게 얼굴을 갖다 대고 귀엣말로 물었다.

"저놈은 대체 여긴 어떤 일로 오게 된 거야?"

"으응, 구병이가 내 소식을 들었는지 오랜만에 찾아왔더라고. 아마 너도 돌아오지 않으니까 걱정이 된 모양이야. 나와 만나던 차에 네 소식을 접하게 되어서 여기까지 따라온 것이지."

"저놈이 내 걱정을?"

맹정우는 저 소심쟁이 질투덩어리가 이렇게 갑자기 하늘 위로 떠오른 자신을 걱정할 리가 만무하다는 생각이 들었다.

"야, 저놈이 나에 대해 무슨 소리 안 하든?"

최운이 곤란한 표정으로 머뭇거렸다.

그는 방구병의 말로 인해 잠시 의구심을 가졌으나 적의사내와의 결전을 보고서는 맹정우에 대한 의심을 완전히 털어버렸다. 그렇기에 방구병과 맹정우의 사이에 낀 지금 상황이 무척 난감했다.

"으응, 별거없었어."

'별게 있었나 보군.'

맹정우는 최운을 놔두고 여전히 뻐딱하게 서 있는 방구병에게로 다가갔다.

"아니, 구병아, 여긴 어인 일이냐?"

맹정우 딴에는 모처럼 반갑게 인사했으나 되돌아오는 반응은 싸늘했다.

"맹정우, 이실직고해라."

"뭘 이실직고해?"

"불과 두 달 전만 해도 세명로에서 내가 하는 포목 일이나 거들어주던 건달 놈이 섬서영웅입네 뭐네 하면서 강호를 주유한다는 것이 말이 되는 얘기라고 생각하느냐?"

"새꺄, 목소리를 낮춰!"

맹정우는 단지보를 시전하여 구병과의 거리를 순식간에 좁히며 입을 틀어막았다. 그리고는 그의 귀에 대고 읊조렸다.

"이봐, 친구가 인생 좀 다시 살아보겠다는데 네놈이 보태주지는 못할망정 재를 뿌려야겠어? 너야 무림광이니까 잘 알겠지. 여기는 일단 입 소문만 잘 나면 신세가 편해지는 동네더군. 나는 그깟 명예니 명성이니 하는 것은 관심없어. 이왕 기연을 얻어 무공까지 어느 정도 갖춘 상황이니 이름 덕분에 들어오는 보표나 해결사 노릇 몇 번 해주고 그걸로 객잔 몇 개 차릴 자금을 모아볼 생각이야. 그러니 너도 한몫 끼려면 입 단속 잘 하고 굿이나 보고 떡이나 먹어!"

원래는 천 냥짜리 전표와 팔성검에서 빼낸 보석 두 개로 객잔 하나

차리는 것이 목표였던 맹정우였지만 꿈이 좀 더 웅장해졌다. 자신의 몸속에 깃들은 내공이 대단하다는 것을 알아차린 후 잔뜩 부풀려진 이름과 연계하면 짭짤한 건수를 여럿 건져 올릴 수도 있겠다는 생각이 떠오른 것이다.

입이 막힌 채로 읍읍거리는 걸로 보아 방구병이 뭔가 할 말이 있는 모양이었다.

"좋아, 더 이상 쓸데없는 소리 나불거리지 않는다는 전제 하에 풀어 주겠어."

방구병은 고개를 끄덕였다. 맹정우의 손이 풀리자 다급한 질문이 튀어 나왔다.

"너 그게 정말이냐? 그냥 운이 좋아서 상황이 이렇게 된 게 아니고, 정말로 기연으로 무공을 얻었어?"

방구병의 절실한 표정의 얼굴을 바라보며 맹정우가 대답했다.

"응, 엄밀히 말하자면 운이 많이 따랐는데, 결국 어찌어찌하다 꽤나 쓸 만한 무공, 내공까지 얻게 되었지."

"안 돼!"

방구병은 머리를 다 쥐어뽑을 듯이 부여잡고 주저앉아 하늘을 향해 목놓아 부르짖었다.

"이건 너무 불공평하잖아! 무림에 관심도 없는 놈의 새끼는 가만히 앉아 있어도 기연이 착착 들어오는데, 천하 백대고수와 삼십대 세력까지 달달 외울 정도로 무림에 통달한 것도 모자라 열 살 때부터 갈 수 있는 산이란 산, 동굴이란 동굴, 절벽이란 절벽을 다 뒤지고 다닌 나는 기연은 고사하고 산삼 한 뿌리 건지지도 건지지 못했으니 어떻게 이런 일이 있을 수가 있단 말인가! 오, 하늘이시여, 어찌 나 방구병을 내시고 또 맹정우를 내셨습니까?"

제갈량을 시기하며 죽어가던 주유의 마지막 유언까지 흉내 내는 것을 보면 어지간히 충격을 먹은 듯했다. 주저앉아서 고래고래 고함을 질러대는 방구병을 주변의 청룡당 무사들이 쳐다보자 맹정우는 손가락을 머리에 대고 빙빙 돌렸다. 사람들은 맹정우의 손짓을 보고서 무슨 상황인지 안 듯 고개를 끄덕이고 제 할 일을 하기 시작했다. 그걸 보던 최운도 어릴 적 친구 하나가 정신병이 좀 있는 것 같다는 생각이 들기 시작했다.

제7장

영웅은 미인을 선호한다

영웅은 미인을 선호한다

"뭐야, 이 새끼야!"

맹정우가 목을 움켜쥐고 흔들었지만, 방구병은 모든 것을 체념한 듯 두 눈을 감은 채 흔들리는 몸을 내맡기고 있었다.

"야, 임마. 그게 어떤 돈인데 몽땅 강탈을 당해! 내 전 재산을 탕진시키고 네가 감히 나를 볼 생각을 했단 말이냐?"

"맘대로 해라, 맘대로 해. 죽이든 살리든 내 알 바 아니다. 나 역시 너무도 미안한 마음 금할 길 없었다만, 지금의 네놈 꼬라지를 보고 있자니 그 마음이 싹 달아나 버렸다. 지금의 너는 오히려 신세가 더 나아졌다고 할 수 있지 않느냐? 난 뭐냐. 이제 돈도 없고, 무공은 원래 없었고, 누구처럼 기연을 얻을 일도 없고."

"이게 지금 뭘 잘했다고 나불대는 거야!"

구병이를 한 대 후려치려던 맹정우는 동작을 멈추고 잠시 호흡을 가다듬었다. 지금은 놈을 두들겨 팬다고 해서 나아질 상황이 아니었다.

"빌어먹을……."

그는 객방의 침상에 다시 주저앉았다.

설마 하니 내실 있기로 소문난 북평표국의 표행이 털릴 줄은 꿈에도 상상하지 못했다.

요번에 다소 표행의 규모가 컸기에 표국주는 비록 참가하지 않았지만 난다 긴다 하는 표두 다섯 명에 초빙 인사까지 두어 명 따라붙었기에 든든한 경호를 믿고 웃돈을 주고 구병이를 표행에 참가시킨 것인데 소주에서 오는 길에 산적을 만나 쌀알 한 톨 남김없이 몽땅 털려 버린 것이다.

"그래, 그 산적들을 어디서 만났다고?"

"왜, 알려주면 기연으로 얻은 그 잘난 무공으로 퇴치해서 영웅 소리 한 번 더 듣게?"

잘한 것도 없는 놈이 끊임없이 비아냥대자 인내심이 한계 상황까지 이른 맹정우는 가만히 일어서서 방구석에 있는 의자 다리 한 개를 조용히 뽑았다.

의자 다리와 구병이 다리 중 어느 것이 안 부러지고 끝까지 견디는지를 막 시험해 보려고 하는 찰나, 최운이 방문을 열고 들어왔다.

"심문은 끝났나?"

"응, 이제야 자백하는 놈이 생겨나기 시작했다. 생각 외로 독한 놈들이더군. 놈들은 전부 관아로 넘겨질 것이고, 도망친 적룡왕을 잡으러 당주님 지휘 하에 놈들의 근거지로 쳐들어갈 작정이야."

청룡당은 검거한 수적들을 심문하려 객잔 하나를 빌렸다. 저녁이 되어서야 심문이 마무리된 모양이었다.

최운은 방구병이 앉아 있는 탁자로 가서 의자를 빼고 앉았다.

"그건 그렇고 정우야, 나에게 아까 그 묵도를 좀 보여주지 않으련?"

"이거?"

맹정우는 침상 밑에 놓았던 묵도를 집어 주었다. 칼집은 제정구가 가져간 관계로 묵도는 날카로운 예기를 뿜어내며 자신의 어두운 광채를 드러내고 있었다.

"흠……."

최운은 이리저리 살펴보다가 묵도를 들어 슬쩍 탁자 귀퉁이에 대었다. 그러자 귀퉁이가 소리도 없이 잘려 나가 바닥에 떨어졌다.

"엄청난 보도로구나!"

옆에서 보던 방구병이 감탄성을 질렀다.

최운은 칼을 자세히 들여다보다가 품 안에서 작은 비수를 꺼내어 검병 부분을 긁어내기 시작했다. 그러자 검병의 겉을 감싸고 있던 가죽이 떨어져 나가면서 검병에 새겨진 글자가 보이기 시작했다.

옆에서 넘겨보던 방구병이 소리를 내어 읽었다.

"…신(神)?"

"정우야."

최운은 맹정우를 뚫어지게 쳐다보며 말했다.

"이 칼이 바로 천신도로구나."

"뭐라! 천신도라면 요즘 산서혈사의 원인이며, 천하 칠대병기 중의 하나라는 바로 그 천신도 말이냐?"

방구병이 옆에서 강호에 대한 자신의 해박한 식견을 열심히 읊조리고 있었지만 나머지 두 사람은 별로 신경 쓰지 않았다.

최운은 여전히 맹정우를 쳐다보며 말했다.

“이 칼을 어디서 구했는지 알려다오.”

“그것참 신기한 일이로군.”

이곳은 청룡당이 전세를 내고 있는 객잔의 다른 객방이었다. 이 방은 다른 방에 비해서 훨씬 넓고 중앙에 커다란 탁자가 있어서 임시 회의실로 쓰고 있었고, 현재 함학과 함토리가 앉아서 묵도를 가지고 온 최운의 보고를 듣고 있었다.

“그러니까, 죽은 색한에게서 가지고 온 칼이라 이거지?”

“그렇습니다. 제 생각으로는 그 색한이 바로 탐미랑객이 아닌가 생각합니다만.”

최운의 말에 함토리가 대꾸했다.

“그러니까 자네 생각에는 죽은 독비마도와 연계한 탐미랑객이 천신도를 가지고 도망치다 당한 상태에서 맹 소협이 지나가다 그것을 발견했을 거라, 이거로군.”

“예, 독비마도 같은 대도가 그렇게 허무하게 죽은 것을 보면 분명 어떤 무리수를 시도했을 거라 생각합니다. 그 짝패인 탐미랑객의 흔적이 전혀 없다는 것이 이상했는데 그놈과 죽은 자와는 색한이라는 연결 고리가 있으니 충분히 가능한 가정이라고 생각합니다.”

“좋아! 그렇다면 그렇게 생각하면 되는 거지 뭐. 골 아팠던 산서혈사가 완전히 마무리됐다고 봐도 무방하겠군!”

함학이 무거운 짐을 털어낸 듯 개운한 표정으로 말했다.

“함 당주, 천신도의 처리에 대한 묘수를 찾은 것 같소만?”

함토리의 물음에 함학은 너털웃음을 터뜨렸다.

“핫핫, 정확한 지적이십니다. 사실 있지도 않은 천신도를 무림맹에서 차지했다고 사람들은 생각하고 있기 때문에 뒷말이 나오기 전에 그 놈의 칼을 찾아서 빨리 처리해야 한다는 부담감이 있었지요. 이제 그 칼과 임자가 될 사람이 한꺼번에 나타났으니 더 이상 골치 아플 필요가 없게 된 셈이 아닙니까?"

"임자가 될 사람이라, 맹 소협에게 그 칼을 떠넘길 생각인 게로군?"

"당연한 일이 아닙니까? 어차피 지금 칼 주인이니 떠넘기고 자시고 할 것도 없지요. 다만 맹에서 어떤 절차를 밟아서 공정하게 넘겨주는 식으로 일을 매듭 지어야 하는 문제가 있습니다."

함학은 자세를 고쳐 잡고 신중한 어조로 함토리에게 말했다.

"그것은 감찰(監察)께서 좀 도와주셔야겠습니다."

"허허, 나야 다른 사람이 정체를 몰라야 하는 맹의 감찰이 아닌가? 드러내 놓고 도와줄 수야 있겠나?"

"그렇게 큰일은 아니니 부담 갖지 않으셔도 됩니다. 맹 소협이야 혜성같이 나타난 중원무림의 신성이고, 섬서 영웅대회 사건과 소문이 아직 퍼지지 않았습니다만 요번 교룡수채 건으로 여론이 무척 좋은 청년 영웅이니 맹의 행사를 도와주었다는 티만 조금 내게 한 뒤 감사의 뜻으로 칼을 건네주면 뒷말이 나올 수가 없겠지요. 감찰께서는 맹의 행사를 돕는 일에 맹 소협이 나설 때 뒤에서 약간만 보조해 주시면 됩니다."

"그래, 그 정도면 도와줄 만도 하지. 나와도 인연이 약간 있으니 그 걸 빌미로 붙어달리면 보조해 주는 것도 어색하지 않을 테고. 그런데 일단 맹 소협한테 이 일을 설명해야 되지 않겠나?"

"대가를 달라?"

맹정우가 있는 객방에 다시 갔다 온 최운의 보고에 함학과 함토리는 깜짝 놀랐다.

"예, 맹이 자신에게 도움을 요청한 셈이 되니 청부를 수락하려면 어느 정도 대가가 있어야 한다는군요."

"허허, 내가 자네들 나이일 때만 해도 무림맹의 일에 동참한다는 것만으로도 무한한 영광으로 여겼었는데… 더군다나 맹에서 공적을 치하하여 보도를 수여한다고 공식 발표되는 것 하나만으로도 크나큰 명성을 얻는 것인데, 그것만으로는 모자라다 이건가? 금전이 명예보다 우선하다니, 비정한 세대로군."

함학이 혀를 차자 옆에서 함토리가 웃으며 끼어들었다.

"핫핫, 함 당주, 따지고 보자면 자기가 이미 갖고 있는 칼을 줬다가 다시 받는 연극이라고 할 수 있는 일이 뭐가 그리 명예롭겠나? 달리 생각해 보면 험난한 강호를 살아가기 적합한 실속있는 젊은이 아닌가?"

"딴은 그렇군요."

함학이 말했다.

"좋아, 얼마를 원하던가?"

최운이 다소 곤란한 표정으로 대답했다.

"저어, 그가 원하는 것은 돈이 아닙니다."

"네 이놈! 대체 무슨 꿍꿍이냐!"

맹정우는 최운이 방을 나가자마자 덤벼들어 자신의 멱살을 쥐어잡고 떽떽거리는 방구병을 가볍게 들어 침상으로 던져 버렸다.

"구병아, 나에게는 한 가지 소망이 있었다."

맹정우는 창밖을 바라보며 아련한 목소리로 읊조렸다.

"그것은 바로 진정한 진, 선, 미를 갖춘 여인을 품에 안아보는 것! 너한테 지겹게 듣던 무림야사 중에 유일하게 또렷이 기억하는 것은 문무에 능통하고 경국지색의 미모까지 갖춘 강호가인들의 얘기였다. 내 그동안은 오르지 못할 나무 쳐다보지도 말라는 격언에 충실하여 감히 상상조차 못해본 일이지만 이왕 이렇게 명성과 실력을 얻은 판국에 망설일 게 무어겠느냐!"

침상에 꼴사나운 자세로 처박혔던 방구병이 몸을 가누며 떨리는 목소리로 말했다.

"그… 그럼 무림삼봉과 강호사미(江湖四美)를 소개시켜 달라는 제안이 그들을 전부 품어보겠다는 의도로 한 말이라는 거냐?"

"그렇지! 잘나디잘난 여자들이니 그중에 한 명 정도는 내가 꿈꿔왔던 조건에 부합하지 않겠어?"

"닥쳐라, 이 자식! 네가 감히 강호 모든 청년의 꿈을 혼자 먹겠다 이 소리냐! 내가 그걸 놔둘 성싶어?"

방구병이 분기탱천하여 달려들었지만 또다시 같은 자세로 침상에 처박혔다.

"새끼, 얼어죽을 강호의 청년들은 왜 들먹거려. 지가 부러우니까 성질내는 거면서."

방구병은 그 뒤로도 몇 번을 달려들다 결국 침상에 꽁꽁 묶여 버리고 말았다.

잠시 후, 최운이 다시 들어왔다. 그는 침상에 꽁꽁 묶인 방구병을 바라보며 말했다.

"구병이는 왜 저러고 있는 거지?"

"으응, 정신병이 또 도진 모양이야. 불쌍한 놈이지. 너한테 자세히 얘기할 기회가 없었구나. 저놈이 어릴 적부터 무림에 대해 너무 광적인 관심을 가지다가 어디서 구해온 사이비(似而非) 호흡법을 잘못 익혀 주화입마에 빠진 이후로는 평상시에는 아무렇지도 않다가 가끔씩 홱가닥홱가닥 해. 오늘 너한테 가서도 이상한 얘기를 하지 않았니?"

최운은 맹정우의 말에 고개를 끄덕였다.

"음, 그리고 보니 정문 위사들에게는 자신을 너와 같은 사문의 뛰어난 무인이라고 소개했다던데 나한테 와서는 너와 자신은 무림과는 상관없는 포목 장수라고 하더구나."

"것 봐라. 놈의 집안이 원래 포목 장수였다는 것은 너도 기억하지? 저놈이 주화입마로 반병신 된 뒤로는 가업을 잇고 있다만 가끔 정신이 홱가닥 해버리면 자신이 무공 고수인 줄로 착각을 하기도 하거든. 그래서 그런 헛소리를 일삼았던 것이니 네가 이해해라."

"이해하고 말고 할 게 어디 있나, 친구끼리. 내공심법이란 것은 사마외도의 것을 함부로 취하다가는 큰 낭패를 보게 되는 법인데, 구병이가 그런 불운이 있었구나."

최운은 안쓰러운 눈초리로 침상에 묶인 채 재갈까지 물려져 있는 옛친구를 바라보았다.

"읍— 읍읍읍읍읍!"

졸지에 정신병자로 몰려 버린 방구병이 정말로 미친 듯이 몸부림을 쳤지만 단단히 묶여 있는 터라 꼼짝도 할 수가 없었다.

"고통스러워하는데, 풀어주는 게 낫지 않을까?"

"어허, 저놈을 십여 년간 보아온 내가 잘 알지. 저대로 오늘 밤을 보내게 해야 해."

"읍— 읍읍읍!"

맹정우는 계속 방구병을 안쓰럽게 바라보는 최운을 탁자로 잡아끌었다.

"자자, 저놈은 신경 쓰지 말고 여기 앉아서 대답이나 들어보자. 함 당주가 뭐라 하시든?"

"응, 다행히도 함 당주의 부인께서 남궁세가 분이신지라 철심낭자(鐵心娘子)를 소개하도록 주선해 주겠다고 하시는구나. 그리고 하북팽가의 팽보옥 소저는 곧 만나볼 수 있을 거야."

"겨우 두 명?"

고작 그것뿐이냐는 식의 맹정우의 반응을 최운은 이해할 수 없었다.

"이봐, 네가 혼례를 목적으로 만나보겠다는 것이면 일단 팽 소저부터 만나보고 가타부타를 정한 다음에 남궁재영 소저까지 만날 수 있도록 해주겠다는 것인데 그것도 모자란 것이냐? 설마 다섯 명을 다 소개받아 데리고 놀아보자는 생각은 아니겠지?"

최운의 날카로운 지적에 맹정우는 찔끔했다.

'이거 생각보다 꽉 막힌 놈인데. 여자 만나는 것을 혼례 이외의 목적으로는 용인할 수 없다는 거 아냐.'

그는 재빨리 표정을 바꾸며 대꾸했다.

"물론 그런 생각은 아니지. 다만 계속 마음이 맞지 않아 다섯 명을 다 만나보고 마지막에 결정해야 할 수도 있기 때문에… 가만, 왜 다섯 명이지? 무림삼봉에 강호사미면 일곱 명이잖아?"

"읍! 읍읍읍!"

강호 정세에 어두운 맹정우가 답답한 방구병이 뭔가 말하려고 했으나 입에 물려진 재갈에 의해 저지되었다. 그 대신 최운이 대답했다.

"나도 정확히 몰랐다만 무림삼봉은 지모를 겸비하고 무공 실력까지 뛰어난 여자 후기지수 세 명을 일컫는 별칭이고, 강호사미란 그야말로 강호에 몸담고 있는 여인 중에 가장 탁월한 미모의 네 소저를 꼽는 것이라고 하더구나. 그래서 그중에는 두 군데에 다 소속된 여성이 두 명 있거든. 그래서 총 다섯 명이지. 아, 그러고 보니 나도 한 명을 알고 있긴 하구나. 너를 소개시켜 줄 만큼 친밀한 사이는 아니다만……."

최운은 자신에게 모래를 끼얹고 도망친 연설연을 떠올렸다.

"그래, 아무튼 그 팽보옥이란 소저와 철심낭자는 두 군데 다 걸치는 소저들인가?"

"아니, 둘 다 따로따로야. 철심낭자는 삼봉 중에서 유일하게 사미에 속하지 않는 여인이고, 팽 소저는 삼봉에 속하지 않는 이미(二美) 중에 한 명이지."

"에이."

이왕이면 두 군데 다 속한 여인이 좋다고 생각했던 맹정우는 잠시 고민했다. 그러나 역시 무공 센 여자보다는 이쁜 여자가 나았다.

"좋아! 팽 소저부터 만나보고 싶군."

"안 그래도 그렇게 할 참이다. 일단 네가 천신도 수여 건으로 맹을 위해서 해줘야 할 일을 좀 설명해 주마."

"잠깐잠깐. 그거 안 들어줄까 봐 그래? 일단 소저 얼굴이나 한 번 보고 나서 하자구."

최운은 이를 드러내고 웃으며 대답했다.

"이 일을 하다 보면 자연스럽게 만나게 될 거야."

제8장

영웅은 삼처사첩(三妻四妾)의 복락을 누릴 수도 있다

영웅은 삼처사첩(三妻四妾)의 복락을 누릴 수도 있다

　"여기도 영웅대회를 하나? 대관절 거리에 칼 찬 놈들이 왜 이리 득실대는 거야?"
　하북팽가가 있다는 팽가장(彭家莊)이란 곳으로 가는 길목에는 맹정우의 말마따나 무림인으로 보이는 거친 사내들이 빈번하게 눈에 띄었다.
　"그러게 말일세. 혹여 산서처럼 기보라도 출몰했나?"
　옆에서 걷던 함토리가 맞장구치는 사이, 뒤쳐졌던 방구병이 헐레벌떡 뛰어왔다.
　"어디 갔다 왔냐?"
　"알았어! 왜 이렇게 무인들이 많이 돌아다니는지 알아냈다!"
　방구병은 숨을 헐떡거리면서 자신이 주워들은 정보를 말했다.
　"팽가의 그 아가씨가 신랑감을 모집한다고 하는데?"

"뭐야?"

"하북과 산서, 산동 쪽까지 방을 돌린 모양이야. 누구든지 팽가의 초빙무사인 뇌정검객(雷情劍客) 시진(柴眞)을 꺾을 수 있다면 하북제일미라는 팽보옥을 아내로 맞이할 수 있다고 하는군. 단 십 년간 데릴사위를 해야 한다는 조건으로."

"데릴사위?"

가만히 듣고 있던 함토리가 말했다.

"팽가가 급하긴 급했나 보군."

맹정우가 찜찜한 표정으로 말했다.

"이렇게 되면 한발 늦은 거 아닙니까? 우리가 해야 할 역할을 그 대회 선발자가 담당하게 하겠다는 생각인가 본데……."

"글쎄, 황룡문(黃龍門)과의 적대 관계가 데릴사위 하나 뽑아서 해결할 수 있는 사안이라고 생각하지는 않네. 그 사위가 제아무리 무공이 뛰어나다 해도 말이지."

"그럼 무슨 생각으로 저런 일을 벌이는 건가요? 설마 하니 사위 쟁탈전 중에 떨어진 후보자까지 끌어들여 세력화하려는 것은 아니지 않겠습니까?"

"무슨 필유곡절(必有曲折)이 있을 걸세. 일단 가보자구."

세 사람은 걸음을 빨리하며 저 멀리 보이기 시작하는 고색창연한 장원으로 향했다.

덜컹!

대청문이 열리면서 한 노인이 들어왔다. 희끗희끗한 머리와 수염에도 불구하고 붉은 얼굴에 단단한 체구로 인해 노익장 소리를 충분히 들을 듯한 노인은 성큼성큼 걸어서 대청 중앙에 서 있는 세 사람에게 다가갔다. 세 사람은 다가오는 노인을 보고는 일제히 허리를 굽혔다.

중앙에 서 있던 노인과 무척 닮은 얼굴과 체구를 가진 중년 사내가 말했다.

"아버지, 나오셨습니까? 대회 준비로 분주한데 들어가 계시지 않고요."

"네놈하고는 더 이상 할 말이 없다!"

노인의 냉랭한 대꾸에 중년인은 찔끔하며 물러섰다.

노인은 고개를 돌려 그 옆에 서 있는 눈부시게 아름다운 소녀를 쳐다보았다. 노인은 그녀를 바라보자 차갑기 그지없던 표정이 인자하고도 안타깝게 변했다.

노인이 말했다.

"보옥아, 이제라도 좋으니 이 대회를 취소하자구나. 내 비록 대대로 내려온 명가의 성세를 급전직하(急轉直下)시킨 죄인이다만 손녀딸을 팔아서 그것을 되돌리고 싶은 마음은 꿈도 꿔본 일이 없다. 아직 늦지 않았으니 다 집어치우자구나."

소녀, 팽보옥은 슬픈 표정으로 고개를 저었다.

"할아버지, 이미 결정된 일입니다. 그리고 저는 절대로 팔려가는 것이 아니에요. 오히려 식구 한 명을 여기로 들이는 일인데 왜 그런 생각을 하세요. 가문의 문제도 해결되고, 저도 훌륭한 배필을 만나는 경사라 받아들이고 있습니다. 할아버지도 너무 심려치 마세요."

노인은 할 말을 잃고 넋 나간 듯 팽보옥을 바라보았다. 그러다가 겸연쩍은 표정으로 고개를 숙이고 있는 중년 사내, 자신의 아들인 팽주현을 다시금 보니 울화가 치밀었다.

"네 이놈! 사윗감을 뽑으려면 네놈이 직접 나서서 대결을 하던가, 자신이 없으면 나보고 나서라고 하던가 할 것이지 애꿎은 시 협사는 왜 끌어들이는 게냐! 가뜩이나 망신스러운 판국에 가문의 사람도 아닌 시 협사까지 이 희극에 참가시켜야 직성이 풀리겠느냐!"

"팽 대협, 진정하십시오."

옆에서 보다 못한 30대 초중반으로 보이는 장년인이 나섰다.

"시 협사, 이거 정말 못난 꼴만 보여주는구려."

장년인, 시진은 손사래를 쳤다.

"자꾸 그리 말씀하시면 제가 섭섭합니다. 제가 팽가의 식객으로 있은 지도 벌써 햇수로 오 년째가 아닙니까? 팽 형님과의 의리나 그동안 가주 이하 모든 식솔이 저를 한 식구처럼 대해준 정리가 있는데 어찌 외인 취급하십니까? 이번 사위 선발대회만 해도 그렇습니다. 아무리 팽가의 성세가 예전만 못하다고 하나 어찌 가주이신 팽 대협이나 차기 가주이신 형님이 직접 칼을 들고 나서서 옥석을 가린답시고 어중이떠중이들과 겨루실 수 있겠습니까? 그것은 팽가의 위신상 당연히 있을 수 없는 일입니다. 그렇다면 두 분을 제외한 나머지 식솔들 중에서 누군가가 그들을 상대해야 하는데, 이번 사위 선발의 목표가 강한 무인을 뽑는 것 아니겠습니까. 그렇다면 두 분을 제외한 나머지 식솔 가운데 미력하나마 제 실력이 비교적 괜찮은 편이니 당연히 제가 나서야 하는 것이구요."

노인, 하북 팽가의 현 가주인 팽유병(彭流倂)은 더 더욱 미안한 표정으로 말했다.

"그리 생각해 주니 정말 고맙소. 시 협사가 우리 가문에 베푼 은혜를 어찌 갚아야 할지 모르겠소이다."

옆에서 듣고 있던 팽보옥까지 거들었다.

"시 숙부, 정말 감사드려요."

"허허, 팽 대협, 보옥이, 너까지! 한 식구라 생각하여 하는 일인데 자꾸 이러시면 어찌합니까!"

뒤에서 고개를 수그린 채 세 사람의 대화를 듣고만 있는 팽주현도 마음속으로 시진에게 깊이 감사하고 있었다.

사실 사위 선발대회에 시진이 나서야 하는 이유는 그의 말처럼 두 사람의 체면을 보아서 그러는 것이 아니었다. 현재 팽가에 있는 사람 중에 최고수가 시진이기 때문에 나서야 하는 것이다. 팽주현은 물론 팽유병까지도 진신의 실력이 시진에게 못 미쳤다. 이것은 어찌 보면 팽가의 현실을 가장 적절히 대변해 주는 상황이었다.

최근 신흥 세력이라 할 수 있는 칠패의 약진과 맞물려서 구파일방과 오대세가 등 전통있는 명가들이 기력이 쇠하는 모습을 보이고 있는 것이 현 강호 정세의 특징인데, 하북 팽가가 대표적인 경우였다.

하북의 패자로 급부상하고 있는 황룡문과의 각종 이권 다툼에서 계속 밀리는 바람에 최근에 이르러서 세가 크게 약화되었고, 근래 십 년 사이에 실력있는 초빙 무사들이 세가 약화된 팽가를 속속들이 떠나갔다.

팽가는 기본적으로 무림세가였기 때문에 가문의 후계자들이 튼튼히 받쳐 주기만 한다면 별 문제 될 게 없었겠지만 불행히도 두 세대 전부터 유달리 자식 농사가 박했다. 팽유병 역시 후사가 시원치 않아서 삼 대 독자인 팽주현이 유일한 자식인데, 팽주현은 무재가 그리 뛰어나지가 않았다.

그럼에도 불구하고 차기 가주였기에 팽주현은 가문을 다시 한 번 일으켜 보겠다는 사명감으로 여러 사업을 벌여보았지만 번번이 실패하여 오히려 쇠퇴를 부추겨 왔고, 결국 마지막으로 손을 댄 밀염(密鹽) 사업에서 큰 사고를 치고 말았다. 팽주현과 거래 중이던 밀염상들이 황룡문 측의 밀염상들과 충돌했던 것이다.

고래로 염업은 국가 사업으로 개인이 마음대로 사고팔 수가 없고, 그에 대한 단속도 아주 엄중하다. 그래서 밀염은 이문이 크게 남는 데 반해 들키면 목숨을 잃게 된다. 그러므로 밀염상들은 목숨을 내놓고 일을 하는 처지기 때문에 거칠기 짝이 없는 자들이 모여들기 마련이어서 일단 싸움이 붙으면 물불을 가리지 않는다.

팽주현과 황룡문의 밀염상들의 싸움 역시 처절했다. 양측이 엄청난 사상자를 냈고, 그 자리에 있던 팽가와 황룡문의 인물들까지도 여럿 목숨을 잃고 말았다. 결국 대량의 사상자가 발생했기 때문에 관에서 조사 착수를 하게 되었고, 두 세력 다 재빨리 발을 빼서 관의 그물에 걸리지는 않았으나 목 좋은 밀염지를 몽창 압수당하고 말았다.

막 밀염에 발을 들여놓았던 팽주현 쪽이야 금전적인 손해가 그리 크지 않았으나 터줏대감 격이던 황룡문 입장에서는 그야말로 마른하늘에 날벼락이었다. 가뜩이나 눈엣가시였던 팽가였던지라 너 잘 걸렸다며 시비를 걸기 시작했다.

황룡문은 밀염지에서의 혈전 때에 죽은 문인들에 대한 복수라는 명분으로 팽가 계열의 상점이나 주루 등을 무력으로 빼앗기 시작했다. 팽가는 강력하게 저항했으나 직접 부딪쳐 보니 생각보다 양측의 힘의 차이는 훨씬 컸다. 더군다나 밀염으로 인한 시시비비였기에 무림맹에 도움을 청할 수도 없었다.

　황룡문은 이것이 기회라고 생각하고 팽가를 아예 하북에서 내쫓기로 작정한 듯 온갖 방법으로 압박을 가해오고 있는 중이었고, 팽가에서는 특단의 대책을 세워야 할 시점이었다.

　"그래, 이 지경이 된 상황이니 되돌릴 수도 없겠지. 어떤 방식으로 사위를 뽑을 건가 얘기나 해보거라."

　분을 어느 정도 가라앉힌 팽유병의 질문에 팽주현이 기어들어 가는 목소리로 답했다.

　"지금까지 신청을 한 사람이 오십여 명쯤 됩니다. 오늘 유시까지 접수를 받은 뒤, 내일 몇 가지 시험을 거쳐서 다섯 명 정도로 추린 후에 시 아우와 한 명씩 비무를 해보려 합니다."

　"오십여 명이라⋯⋯."

　이런 식으로 사위를 뽑는 것에 크게 반발했던 팽유병이었지만 기대에 못 미치는 인원에 내심 씁쓸했다. 그 오십 명도 팽가의 후광보다는 보옥의 미모 때문에 신청한 자가 더 많으리라. 그만큼 최근 팽가의 세는 허약하기 그지없었다.

　"저는 이만 들어가 보겠습니다."

　시진은 팽유병과 팽주현에게 인사한 후, 후원으로 가는 문으로 나섰다. 자신의 숙소를 향해 뒤뜰을 걷고 있자 뒤에서 자그마한 발소리가 들렸다.

　"시 숙부, 같이 가요!"

　시진은 약간 어색한 표정으로 뒤를 돌아보았다. 누군지는 이미 짐작하고 있었다.

　"보옥이로구나."

"숙부도 참, 방금까지 같이 있어놓고 오랜만에 만나는 사람처럼 얘기하시네요."

팽보옥은 스스럼없이 다가와 시진의 팔짱을 꼈다.

"신부 수업은 잘되어가고 있느냐?"

시진은 농담으로 던진 말이었으나 팽보옥의 표정은 어두워졌다. 그녀는 잠시 아무 말도 없이 걷다가 문득 입을 열었다.

"숙부, 제가 어렸을 적에 숙부한테 시집가겠다고 한 말 기억하세요?"

"녀석, 지금은 안 어리냐?"

시진은 코웃음을 치며 걸었지만, 팽보옥은 그의 팔을 잡고 있던 손을 풀고 걸음을 멈추었다.

시진은 의아해하며 뒤로 돌아 그녀를 바라보았다.

팽보옥은 사슴처럼 커다란 눈망울로 시진을 응시하며 말했다.

"네, 숙부 말처럼 전 아직 어린가 봐요. 이제 내일이면 신랑 될 사람을 만나게 될 텐데, 그리고 곧 혼인을 할 텐데 전혀 실감이 나질 않아요. 제 상상 속의 혼인 잔치에서는 어릴 적부터 지금까지 신랑이 항상 정해져 있는 상태니 이를 어쩌죠?"

시진은 더 이상 마주 보고 있을 수 없었다. 그는 몸을 돌리고 다시 걷기 시작했다. 그러나 몇 발짝 못 가서 걸음을 멈춘 후, 어렵게 어렵게 입을 열었다.

"아마도… 네 신랑 될 사람이 내일 나를 꺾는 것을 보면… 그 상상도 바뀔 게다."

"시 숙부!"

"네가 스스로 자처하고 나선 일이다. 가문의 어른들과 나 역시 가문을 위해 희생하려는 네가 너무도 대견하고… 또한 안쓰럽다. 그렇기에 내가 할 수 있는 최선을 다하기 위해 형님이 나서시는 것을 만류하고 내일 직접 나서서 가문에 도움이 될 수 있는 사윗감을 고르려는 것이다. 더 이상 흔들리는 모습은 보이지 말아다오. 이제 시위를 떠난 화살이다. 우리가 지금 할 수 있는 것은 그 화살을 다시 되돌리는 것이 아니라 그것이 목표물에 정확히 적중하기를 기원하는 것뿐이다.”

그는 그 말을 마치고 성큼성큼 걸어갔다.

팽보옥은 소리없이 오열하며 그 자리에 주저앉았다.

그녀의 머리 속에는 열세 살 때 시진을 처음 만났던 일부터 시작해서 겨울마다 방문해서 몇 달씩 묵고 가던 그를 매년 간절히 기다리던 일, 팽가가 어려워지자 많은 식객이 떠나는 가운데 계속 머물면서 끝까지 의리를 지키는 그를 애틋하게 지켜보던 일 등 수많은 상념이 주마등처럼 스쳐 갔다.

'알아요. 저도 숙부의 말씀이 다 맞다는 것을 알아요. 제가 자처한 일이니까요. 그래도 한마디, 단 한 마디라도, 저를 붙잡을 수 있는 단 한 마디라도 들을 수 있다면 어려운 처지의 가문을 헌신짝처럼 버리는 못된 년이 될 수도 있을 텐데… 정녕 그리는 못하시겠지요. 당신은 사랑보다는 우정과 신념이 우선인 분이시니까… 그렇기에 제가 당신을 죽도록 사랑하는 것이니까요.'

✳

팽유병의 생각보다는 팽가의 후광이 아직 죽지 않은 것인지, 아니면 팽보옥의 미모가 워낙 출중한 탓인지는 몰라도 그 뒤로 지원자가 물밀 듯이 밀려들어 접수가 끝날 즈음에는 백이십여 명으로 늘어났다.

유시까지 백이십칠 명의 접수를 완료한 다음 뒷정리를 지시하고 있는 팽주현에게 팽가장의 하인이 세 명의 객을 데려왔다.

"접수는 이미 끝났소만."

팽주현이 객들의 신색을 살펴보니 꾀죄죄한 중늙은이와 번듯하게 생긴 청년, 키가 작고 볼품없게 생긴 청년인지라 아마도 신랑 입후보하러 온 중소문파의 사부와 제자들일 거라는 생각이 들었다.

중늙은이가 팽주현에게 다가와 나지막한 목소리로 말했다.

"팽 소가주, 우리는 맹에서 보낸 사람들이외다."

'맹에서?'

팽주현은 잠시 멈칫했다. 그동안 그의 머리 속에서는 중원에서 그저 맹이라고 부를 수 있는 단체는 단 하나뿐이라는 사실이 정리되었다.

"이리로 따라오시지요."

팽주현은 다급히 자리에서 일어나 대청 밖으로 일행을 이끌었다. 그들은 곧 팽주현의 집무실로 안내되었다.

"이거 실례했습니다. 본 가의 소가주로 있는 팽주현이라 합니다."

"함토리외다. 강호의 명가에 이렇게 방문하게 되니 흥복이외다."

"가가협객이시군요. 말씀은 많이 들었습니다. 나머지 두 분은?"

"섬서에서 온 맹정우라 합니다."

"동향의 방구병입니다."

"반갑소이다. 자리에 앉으시지요."

맹정우는 다소 아쉬운 표정으로 자리에 앉았다. 섬서영웅의 위명이 아직 하북까지는 도달하지 않은 모양이었다.

"함 대협께서는 특정한 단체에 속해 있지 않은 분으로 아는데, 어찌 맹의 행사에 참여하게 되셨는지요?"

팽주현의 물음에 함토리가 답했다.

"저와 이 청년들은 맹의 대리자라고 할 수 있습니다. 이 사안은 맹에서 직접적으로 나서는 것이 그다지 모양새가 좋지 않다고 할 수 있으니까요."

"사안이라니, 무슨 말씀인지 설명을 좀……."

팽주현은 말꼬리를 흐렸다.

함토리는 정색을 하고 대꾸했다.

"팽 소가주. 이쯤에서 탁 터놓고 대화합시다. 뜬금없는 데릴사위 선발대회가 대체 무슨 일이란 말이오?"

"무슨 말씀인지 알아듣기가 어렵군요. 저희는 지금 자손이 귀해진 터라 데릴사위가 필요하고, 무가이니 당연히 무재가 뛰어난 인물을 선발하려 하는 것입니다. 뜬금없을 일이 뭐가 있겠습니까?"

함토리는 눈앞의 팽주현이 한심하기 짝이 없었다. 이자는 능력도 없는 데다가 자신이 벌여놓은 상황을 제대로 책임지려는 용기조차도 없다.

맹에서 찾아왔다고 했을 때 벌써 알아들었을 것이다. 무림맹에서 이번 두 집단의 알력을 소상히 파악하고 있고, 팽가에서 밀염이라는 불법을 저질렀음에도 불구하고 팽가를 돕기 위해 자신들을 파견했다는 것을. 그런데 단지 불법을 저지른 것을 인정하는 것을 두려워하여 발뺌하고 있는 것이다.

함토리가 어떻게 해야 할지 고민하고 있는 사이, 맹정우가 불쑥 끼어들었다.

"밀염하셨죠?"

팽주현은 얼굴이 사색이 되어 자리에서 벌떡 일어났다.

"무… 무슨 소릴 하는 겐가!"

맹정우는 태연히 대꾸했다.

"다 알고 왔습니다. 그 일로 황룡문과 시비가 붙었기 때문에 체면상 다른 데에 도움을 청하지 못하고 있는 거 아닙니까?"

"도무지 알아듣지를 못할 얘기만 하는군! 증거도 없이 그 딴 얘기를 하려면 더 이상 듣고 있을 이유가 없네! 당장 나가시오들!"

"괜찮습니까, 저희가 나가도? 이게 유일한 기회일 수도 있습니다. 이런 말씀 드리기는 죄송스럽지만 황룡문에 일방적으로 몰려 풍전등화의 처지라고 들었습니다. 가진 거 다 빼앗기고 난 다음에 명예니 체면이니 하는 것이 무슨 소용이 있겠습니까? 아니, 더 이상 고집 피우면서 지켜야 할 남은 것들이 있기나 한지 모르겠군요. 딸자식 미모까지 팔 정도가 되었는데 그런 것들이 아직 남아 있다고 보시는 것입니까?"

대체로 노인의 지혜를 젊은이가 따라가기 어려우나 반면에 청년의 직설적인 행동이 나이 든 사람들의 심사숙고보다 문제 해결에 도움이 될 때도 있다. 지금이 그런 경우여서, 맹정우의 핵심을 찌른 지적은 팽주현이 현실을 받아들일 수 있게 해주었다.

팽주현은 다시 의자에 털썩 주저앉아서 머리를 감싸 쥐었다.

"다 알고 있다 하니 더 이상 부정해 봤자 소용이 없겠군. 휴우, 어쩌다 이 지경이 되었는지 모르겠소."

함토리가 은근한 목소리로 말했다.

"진정하시구려, 소가주. 인간은 누구나 실수를 할 수 있는 법이외다.

맹에서도 어려운 상황을 이해하기에 우리를 보낸 것이오. 비밀리이긴
해도 맹 차원에서 중재를 할 것이니 더 이상 심려치 않아도 될 거요."

"이미 늦었소이다."

"그렇지 않소. 맹주께서 직접 하사하신 서한이 있소이다. 황룡문주
석태곤(石太鯤)이 야심만만한 인물이긴 해도 감히 맹을 무시할 정도는
아니라고 보오."

팽주현은 침울한 표정으로 고개를 들었다.

"다 소용없소이다. 설사 무림맹주가 직접 온다 하더라도 해결될 사
건이 아니오. 우리가 지금 왜 데릴사위를 뽑겠다고 이 난리를 치는 것
인지 모르겠소이까? 가세가 아무리 기울긴 했어도 쓸 만한 무인 한 명
데려다가 황룡문을 상대하겠다는 생각까지 할 정도로 바보가 되진 않
았소이다."

"그렇다면?"

일행은 팽가장의 접객당에 마련된 널찍한 방에 들어와 있었다. 세
명은 들어온 식사도 대충 처리한 채 머리를 맞대고 대화하고 있었다.

"이거, 땅 짚고 헤엄치기라더니 상황이 돌변했지 않습니까? 이렇게
되면 제삼자가 개입할 여지가 없는 것 같은데요."

"그러게 말일세. 설마 비무로 시시비비를 가리게 된 줄은 꿈에도 생
각 못했군."

"조금 이해가 가지 않는 상황인데요. 힘에서 우위인 황룡문에서 이
대로 압박하면 팽가가 버티질 못할 텐데 굳이 비무로 승부를 가릴 필
요가 있을까요?"

맹정우의 의문에 가만히 듣고 있던 방구병이 끼어들었다.

"그건 황룡문이 필승의 자신이 있기 때문일 것이다."

그는 해박한 자신의 무림 지식을 신나게 풀어놓기 시작했다.

"우선 황룡문주 황해일곤(黃海一鯤) 석태곤은 강북칠웅에 속하는 절정고수이고, 부문주인 황보숭, 좌우호법인 채담과 하서인도 하북에서 내로라하는 고수라고 할 수 있지. 석태곤은 같은 강북칠웅인 팽 가주 팽유병보다 확실히 우위에 있으며 나머지 삼 인은 팽유병은 몰라도 팽주현 정도는 능히 압도할 수 있는 무위를 가지고 있기 때문에 최근 주목받고 있는 신진고수인 시진까지 팽가에 가담한다 해도 일 승 이상을 장담하기 어려운 것이 팽가의 현실이라고 볼 수 있어. 황룡문에서는 이러한 계산을 다 했기 때문에 비무를 제안했을 거야."

"현재 팽가의 상황은 방 소협 말보다도 더 암담하다네."

함토리가 말했다.

"팽 가주가 아직 강북칠웅의 한자리를 차지하고 있긴 하나 그것은 예전의 뛰어난 무위와 업적을 존중하기에 끼어 있는 것이지 결코 지금 실력이 그 자리에 합당하기에 그런 것이 아니네."

함토리는 창밖으로 팽가의 연무장을 바라보며 말을 이었다.

"하북 팽가에는 예로부터 이런 말이 전해지지."

팽가의 남아라면 이십에 뜻을 세우고 사십에 천하를 평정해야 한다.

"이 말은 언뜻 듣기에는 대단히 호탕한 언사이나 실상은 그 말의 속뜻에는 팽가 무공의 약점이 고스란히 내포되어 있다네. 원래 삼십을 이립(而立)이라고 하지 않나? 그런데 여기서는 이십에 뜻을 세운다고 하지. 이것은 외공과 힘을 바탕으로 한 팽가 무공, 그리고 팽가 사람들이 대를 이어 물려받는 탄탄한 신체, 이런 것들 덕택에 다른 문파에 비해 그 성취도가 매우 빠른 것을 빗댄 말이라 할 수 있네. 또한 그 성취가 성공적으로 이어진다면 팽가무인의 최절정기는 사십 정도라고 볼 수 있지. 그렇기 때문에 팽가에서 절정고수가 나온다면 보통 그 정도의 나이가 되므로 천하를 평정하는 나이가 사십이라 이르는 것이지. 그것은 역으로 말하자면 사십 이후에 육체가 약해지는 시기에는 급속도로 무공이 쇠퇴하기 때문에 더 이상의 진전을 기대할 수 없다는 얘기가 된다네."

"내공심법 위주의 수련과 무도의 극의를 추구하는 정종 문파에서는 나이가 들면 들수록 고수가 된다고들 하지만 하북 팽가의 무공은 그 패도적인 위력에 비해 무공의 극의에서는 다소 떨어져 있는 수준이라는 평가가 일반적이고, 또 실제로 그렇기에 이런 현상이 발생하는 것이지. 현 가주인 팽유병 역시 그의 전성기였던 이십여 년 전만 해도 강북 칠웅의 수좌라고 누구나 인정했었지만 지금은 늙어서 이빨이 빠진 호랑이일 뿐이네. 가혹한 얘기지만 석태곤은 고사하고, 나머지 세 명과도 결코 승부를 장담할 수 없을 것일세. 그 아들인 팽주현은 언급할 가치도 없는 인물로서, 팽가무인의 전성기라고 할 수 있는 불혹의 나이에 가주 자리를 승계하지 못하고 여적 소가주로 남아 있다는 자체가 그의 능력 부족을 여실히 보여주는 증거라 할 수 있지. 그의 유일한 장점은 착하디착한 성품으로 친구를 잘 사귀어 시진 같은 뛰어난 인재를 품을 수 있었다는 것 정도일까?"

함토리의 긴 설명에 열심히 귀를 기울이고 있던 방구병이 말했다.

"그렇다면 비무를 한다 해도 거의 필패(必敗)라 할 수 있겠군요?"

"협상도 제대로 못해서 삼 대 삼도 아닌 오 대 오 비무를 하기로 했다니 필패가 확실하다고 봐야 하지. 워낙 세가 불리한 상황에서의 협상이었을 테니 어쩔 수 없었겠지만. 그나마 팽가에게 다행인 것은 석태곤의 의제인 편강(扁强)이 곤왕(棍王) 표선충(豹先忠)과의 비무 때문에 광동에 가 있다는 것이겠지. 그마저 있었다면 비무 자체도 성립이 되지 않았을 테니까.”

“편강이라니, 폭풍마번(暴風魔幡) 말씀이십니까? 그자가 곤왕과 맞붙는다구요? 드디어 강북칠웅과 강남오걸(江南五傑)이 대결하는군요!”

흥분한 나머지 사방으로 침을 튀기며 방구병이 떠들어댔다.

“편강은 워낙 비무를 즐기는 자이고, 이제 더 이상 강북에서는 상대가 없었다고 봐야지. 곤왕도 변방인 광동에서 중앙으로 진출하고 싶은 욕구로 인해 명성을 좀 더 날릴 필요를 느끼던 차에 이해관계가 맞아떨어졌다고나 할까.”

“잠깐, 잠깐.”

맹정우가 두 사람의 열띤 대화를 가로막았다.

“즐거운 대화를 가로막은 것은 미안한데, 두 사람 다 이 중재의 주체는 저라는 것을 잊지 말아주십시오. 좀 같이 알고 대화합시다. 편강은 누구고 강북칠웅이니 강남오걸이니 하는 건 또 뭡니까? 강북칠웅은 예전에 들어본 적이 있긴 한 것 같은데… 천하오성 말고 또 다른 서열이 있는 겁니까?”

맹정우의 이해관계를 돕기 위해 방구병이 물 만난 고기처럼 떠들기 시작했다.

“네놈이 무식하다는 것은 알고 있었지만 몰라도 이렇게 모를 줄은 몰랐구나. 잘 들어둬. 우선 폭풍마번 편강은, 아까 말한 강북칠웅 중에 한 사람인데, 자타가 공인하는 칠웅의 최고수라고 할 수 있지. 강호칠

대병기 중 하나인 그의 애병 폭풍번을 제대로 막아낸 자가 아직까지 한 명도 없었다고 하는 불패의 승부사로, 비무를 밥 먹기보다도 좋아하는 무공광으로 알려져 있지. 널리 알려진 삼십여 번의 비무에서 단 한 번도 패한 적이 없는데, 강북칠웅의 나머지 여섯 명이 패배를 두려워하여 그의 도전을 피하고 있다는 확인되지 않은 소문도 돌고 있어. 강북칠웅과 강남오걸에 대해 단순하게 말하자면 천하오성의 바로 아래 서열에 있는 고수들이라 칭할 수 있지. 사천오수(四川五手)도 있지만 이 사람들은 개개인의 편차가 크니 논외로 치고… 물론 강호에 모래알처럼 많은 기인이사 중에 그들보다 뛰어난 사람들이 숨어 있을지도 모르지만 일단 널리 알려진 고수 가운데는 단연 최고라고 꼽히는 무인들이야. 천하오성이야 무공이 극의 경지에 오른 무인들로 인정받고 있고, 강북칠웅이나 강남오걸에 속하는 사람들과의 수준 차가 적잖이 있다고 봐야 하지만, 강북과 강남의 이 열두 고수의 실력은 서로 간에 그다지 큰 차이가 없다는 것이 중론이야. 대부분이 서로의 영역을 건드리지 않는 것이 불문율인 칠패 소속의 무인들이기 때문에 비무 같은 것이 벌어진 적이 없었는데, 드디어 폭풍마번과 곤왕, 그리고 팽 가주와 석태곤이 자웅을 결하게 되어 서열에 변화가 생길 참이니 어찌 흥분되는 일이 아니겠느냐! 모르긴 몰라도 이번에 패배하는 자들은 칠웅과 오걸에서 떨어져 나갈 수도 있을걸? 신진고수들이 대거 등장한 작금의 상황에서 약세를 보이는 자에게는 결투 신청이 줄을 이을 것이고, 결국 자리바꿈이 일어나는 것은 필연일 테니까!"

함토리가 쓴웃음을 지으며 끼어들었다.

"자네들 같은 젊은이들은 유독 강호 서열에 집착하고 열광하는 법이지만 그게 그다지 중요한 것은 아닐세. 천하오성이니 강북칠웅이니 하는 건 다 쓸데없는 허명일 뿐, 진짜 고수는 방 소협이 아까 말한 것처럼 구름 속에 숨어서 모습을 드러내지 않는 법이라네. 그나저나 진짜 문제는 역시 이번 비무야. 비무 중에 사고라도 일어나서 팽가를 지탱하고 있던 팽유병이라는 거목이 쓰러진다면 이 가문은 회복 불능이라고 할 수 있네. 생각해 보니 황룡문에서 진정으로 노리고 있는 것은 이번 비무에 걸린 다섯 개 촌의 목화 운송권이 아닌 것 같네. 팽유병의 패배, 그리고 이어지는 강북칠웅에서의 탈락! 그 정도라면 완전히 팽가의 숨통을 끊어 명실상부한 하북의 패자로 발돋움할 수 있다는 생각인 듯싶네. 맹에서도 이러한 상황까지 치닫는 것을 결코 바라지 않기에 중재자로 우리를 보낸 것이지만, 생각 외로 꼬인 상태로군."

함토리의 말처럼 무림맹에서도 더 이상의 하북팽가의 몰락은 결코 바라는 것이 아니었다. 하북 팽가가 역대 무림맹에 기여한 공로도 무시할 수 없었지만 무엇보다도 맹의 권위에 사사건건 반기를 들어 힘을 약화시키는 주범인 칠패의 세력 확장이 결코 달갑지가 않았다. 그렇기에 밀염이라는 부도덕한 일—아니, 도덕 윤리를 떠나서 관을 끌어들일 수 있는 위험한 사업—을 벌였음에도 팽가를 거들려는 것이었다.

비영각에서 상황을 분석한 바로는 이번 두 세력의 힘 겨루기에서 황룡문이 경사로 가는 길목인 중부의 상권을 완전히 장악함으로써 실익을 얻을 걸 다 얻었고, 밀염지에서의 문도의 죽음에 대한 복수의 명분도 충족된 것으로 판단하여 대결 구도가 어느 정도 마무리되는 것으로 보았다.

이런 상황에서 맹주의 서신 한 통이면 직접적인 결투 양상은 종료가 되리라는 예상이었다. 그렇기에 맹정우에게 편지를 전달하는 일을 맡겨 표면적인 중재자로의 역할을 하게 하여 쉽게 공로를 세울 수 있도록 조치한 것이다. 그러나 비영각에서는 황룡문의 야심과 팽가의 절실함을 완전히 파악하지 못했다.

황룡문이 목 좋은 하북 중부의 상권을 빼앗는 것도 모자라 팽가의 주 수입원인 남부 다섯 개 촌의 목화 운송권도 탐내기 시작하자 팽가에서는 이 이상의 욕심을 부린다면 밀염 사건의 전말을 관에 몽땅 보고하겠다는 식으로 나왔다. 어차피 팽가에서는 팽주현 혼자 벌였던 일이기에 그 혼자 죽고 말겠다는 식으로 밀어붙인 것이다. 그러자 당황한 황룡문에서 제안한 것이 바로 비무였다.

비무에서 황룡문이 승리하면 그동안 눈독을 들였던 다섯 개 촌의 운송권을 내놓고, 팽가에서 승리하면 중부에서 빼앗은 상권을 도로 반환하겠다는, 팽가로서는 커다란 손실을 순식간에 만회할 수 있는 조건을 내민 것이다.

현명한 자라면 현실을 정확히 파악하여 그 함정을 피해갔을 것이나 팽가의 인물들은 아직까지도 예전의 영화를 잊지 못하는 터라 그 먹음직스러운 미끼를 덥석 물고 말았다.

"함 노사님 생각으로는 이 기이한 사위 선발대회가 팽가의 전력에 크게 도움이 되리라고 생각하십니까?"

맹정우의 물음에 함토리는 이마에 굵은 줄을 만들며 생각에 잠겼다.

"글쎄… 만약 정말로 사위가 선발될 수 있다면야 어느 정도 도움이 될 걸세. 시진은 신진고수이긴 해도 들리는 소문에 의하면 아주 탄탄한 기본을 갖춘 뛰어난 무인이라고 하더군. 그를 꺾을 정도라면 비무에서 석태곤을 제외한 나머지 황룡문인과 건곤일척의 승부를 해볼 수 있을 걸세. 팽가에서 이런 황당한 짓까지 하면서 노리는 것이 바로 그 것일 테지. 그러나 과연 그 정도의 실력을 갖춘 무인이 스러져 가는 팽가에 몸을 담고자 찾아올 리가 있겠는가? 칠패가 흥하면서 세력 확장을 위해 저마다 기재를 영입하려 애쓰는 마당이네. 한다 하는 무인들은 넉넉한 보수와 높은 직책을 보장받는 길이 열려 있는 셈인데 뭐 하러 곧 멸문당할지도 모를 팽가에 데릴사위로 들어와서 목숨을 걸고 절정고수들과 싸우려 하겠나? 기껏해야 하북제일미라는 팽 소저의 미모에 홀린 어중이떠중이들이나 모여들 게 뻔하네. 그런 바보짓 하는 놈들 중에 쓸 만한 인재가 있을 리 있나?"

그 순간, 방문이 열리면서 한 여인이 차를 들고 들어왔다. 그 여인의 얼굴을 본 순간, 젊은 맹정우와 방구병은 물론 함토리조차 숨을 멈추었다.

여인은 차를 탁자 위에 올려놓고는 허리를 숙였다.

"내일 대회에 참관인으로 수고해 주실 거라는 얘기를 들어 감사 인사를 드리고자 왔습니다."

여전히 세 사람의 호흡이 정지되어 있는 가운데, 그나마 여자에 가장 익숙한 맹정우가 간신히 입을 열었다.

"벼… 별말씀을요. 어차피 며칠 묵어야 하는데 별로 할 일도 없고 해서… 밥만 축낼 수야 있겠습니까? 뭔가 노동을 해야 하고……."

맹정우는 입으로 떠들면서도 자신이 무슨 말을 하는지도 몰랐다.

여인은 살포시 미소를 지으며 세 사람에게 차를 따라주고 조용히 밖으로 물러났다.

세 사람은 여인이 물러난 지 일각이 지나서야 정신을 수습했다.

"휴우, 내가 아까 한 말 몽땅 취소네. 저런 여인을 얻고자 도전하는 사내들을 머저리라 할 수 있겠나?"

함토리가 고개를 절래절래 저으며 말했다.

방구병은 맹정우의 어깨를 탁 쳤다.

"나가자."

"이 밤에 어딜?"

"어허, 약속을 벌써 잊은 건 아니겠지?"

"아, 그거?"

맹정우는 방구병이 쓸데없는 소리를 더 이상 안 하고 해박한 강호 지식으로 자신을 도와주는 조건으로 내건 요구를 기억했다. 그것은 방구병 자신에게 무공을 가르쳐 달라는 요청이었다.

"이 일 끝나면 시작하지? 급하냐?"

"당연하지! 한시가 급하다!"

"네가 급할 게 뭐가 있는데?"

"내일 사위 선발대회에서 우승하려면 촌각을 아껴야 하지 않겠어?"

맹정우는 어이가 없었다. 이 자식이 이제 보니 팽 소저를 노리는 모양이었다.

"미친놈! 내가 무림맹주라도 네놈을 팽가 사위로 만드는 것은 불가능한 일이다. 이 몸이 무슨 무공의 신이라도 되는 줄 아냐?"

그 말을 들은 방구병이 팔짝 뛰었다.

"무슨 소리야? 나는 기초가 이미 탄탄하게 되어 있어! 네놈이 얻었다는 기연 두어 가지만 가르쳐 주면 당장 일류고수가 될 수 있다고!"

"얌마!"

맹정우는 눈을 부릅뜨며 함토리를 눈으로 가리켰다. 다른 사람 앞에서 기연 운운하지 않기로 한 것을 철딱서니없는 놈이 벌써 어기고 있는 것이다.

"허허허, 맹 소협, 그리 신경 쓸 것 없네. 젊은 나이에 고수가 되려면 기연을 얻는 것이 당연하지 않나? 그런 것을 부끄러워할 거 없네."

"아니, 부끄러워하는 것이 아니오라……."

맹정우는 말꼬리를 흐리며 방구병을 쥐어박으면서 밖으로 끌고 나갔다. 그것을 지켜보고 있는 함토리의 얼굴에 기이한 미소가 서렸다.

두 사람은 한적한 후원으로 나갔다.

"좋아, 까놓고 말하자면 내가 얻은 기연은 두 가지다. 첫 번째는 기연이라 할 것도 없지. 대환단을 섭취해서 얻은 내공이니까."

"야, 그럼 장풍도 쏠 수 있냐?"

구병의 질문에 맹정우는 뒤통수를 긁었다.

"글쎄, 아직 한 번도 써본 일 없는데."

"야야, 그럼 여기서 한 번 발출해 봐라. 어디 생전 처음으로 눈앞에서 장풍 쏘는 것 좀 구경해 보자!"

방구병은 기대에 잔뜩 부푼 표정으로 졸라댔다.

"그럼… 한 번 해볼까?"

맹정우도 갑자기 마음이 동하기 시작했다. 워낙 다급했던 며칠간이었는지라 제대로 금나수법을 연습할 시간조차 없었던 것이다. 실전에서 써본 것은 칠식의 금나수법 중 삼식까지였다.

보법 형식인 일식을 제외한 전반부의 사식은 손동작 위주인데 반해, 후반부의 이식은 손동작에 내공력을 적절하게 조화시켜야 한다. 특히 제육식은 벽공장력(劈空掌力)을 내뿜게 되어 있다.

'그래, 육식을 한번 시험해 보자.'

맹정우는 더욱 으슥한 곳으로 방구병을 끌고 갔다. 팽가장은 상당히 큰 규모여서 후원도 아주 넓었다. 가장 구석진 곳까지 간 맹정우는 육식을 시험해 볼 요량으로 호흡을 가다듬기 시작했다.

후 이식은 전반부의 오식과는 달리 초식 이름이 붙어 있다. 육식의 이름은 '퇴산장(堆山掌)'이었다.

그는 조용히 구결을 머리 속에 떠올리며 몸 안의 기의 흐름을 조종하기 시작했다. 예전에 사이비 침술사에게 침술을 배운 경력이 있는 그였기에 혈도의 흐름은 어느 정도 이해하고 있었다.

육식의 특징은 근접전에서는 위력을 발휘하기 어려운 벽공장력을 쓴다는 것이다. 몸 안의 기를 움직여 장력을 발출하기까지의 시간과 동작이 필요한 벽공장의 특성상 상대방과 어느 정도 거리가 떨어져 있어야 큰 위력을 발휘하는 법이지만 이 육식은 자세가 간결하고 시전 속도가 워낙 빨라서 상대방이 바로 코앞에 서 있어도 능히 시전하여 적중시킬 수 있다고 기록되어 있었다.

맹정우는 구결을 떠올리면서 마지막으로 퇴(堆) 자를 머리 속에 그렸다. 단전에서 발현된 웅혼한 내공이 정해진 경로를 따라 양팔로 흘러 들어왔다. 그는 궁보(弓步) 자세를 취하고 약간 구부려 치켜든 두 손에 모여든 진기를 힘차게 발출했다.

콰앙!

고요한 한밤의 장원에 지축을 흔드는 굉음이 일어났다. 잠자리에 들 준비를 하던 모든 사람이 뛰쳐나왔다. 황룡문의 야습인가 하여 칼까지 빼 들고 뛰어나오는 사람도 있었다.

사람들은 일제히 굉음이 들린 후원으로 달려가 기이한 광경을 목도할 수 있었다. 맹정우가 기묘한 자세로 두 손을 치켜들고 있고, 거기에서 오 장쯤 떨어진 담벼락이 완전히 허물어져 있었다. 그리고 맹정우의 바로 옆에는 방구병이 넋 나간 표정으로 주저앉아 있는 것이 보였다.

"대관절 이게 무슨 일입니까?"

맹정우는 그 자세 그대로 잠시 머물러 있다가 정신을 차린 듯 자세를 고치고 얼른 대꾸했다.

"아하하, 죄송합니다. 이 친구와 몸도 풀 겸 비무를 하고 있었는데 그만 힘 조절을 못하는 바람에… 이거 정말 큰 실례를 범했군요. 벽 수리 비용은 맹에서 다 충당할 것입니다."

시진과 팽주현을 비롯한 모여든 사람들은 그 광경을 바라보며 안색이 변했다. 맹의 대리자로 온 사람 중에 함토리는 워낙 발이 넓은 관계로다가 널리 알려진 인물이었지만 무예가 출중해서 유명한 것은 아니었기에 큰 신경을 쓰지 않았고 나머지 두 청년 역시 특별히 신경 쓰지 않았었는데, 이 정도의 무위를 갖추었다면 가벼이 볼 자들이 아니었다. 이들이 단지 심부름꾼으로 이곳에 온 인물들이 아니라는 판단이 팽가의 사람들의 머리 속에 깃들기 시작했다.

모여들었던 사람들이 다 돌아가고 나자, 방구병이 갑자기 맹정우에게 달려들었다.

"정우야!"

"놔라, 이놈아. 징그럽게 왜 이러는 거야?"

"이제 사부로 모실 테니 나에게 제발 그 장풍을 가르쳐 다오! 이제 보니 네가 강호의 떠오르는 태양이었구나!"

허리를 부여잡고 제자로 삼아줄 때까지 절대 놓지 않겠다는 방구병을 적당히 만져 준 후, 맹정우는 다음 얘기를 계속했다.

"꼭 맞은 다음에야 말을 듣는 걸 보면 네놈도 어지간한 반골이로구나. 잘 듣거라. 내 두 번째 기연은 방금 본 금나수법이다. 이거야말로

정말 기연이라 할 수 있지. 내가 너에게 가르쳐 줄 것이 바로 이것이
다.”

두들겨 맞은 머리와 엉덩이를 감싸 쥐고 자빠져 있던 방구병이 벌떡
일어섰다.

“진짜야? 그럼 나도 그 장풍을 쓸 수 있는 거냐?”

“진정해. 아직 문제가 남아 있다구. 이 금나수법, 특히 일식 단지보
를 시작하려면 정심한 도가 계열의 십 년 이상의 공력이 필요하다. 나
야 대환단으로 이 문제를 해결했지만, 너는 그러질 못하잖아? 그러니
까 이렇게 하자구. 이 일이 끝나고 무림맹에 가게 되면 내가 잘 말해서
무당파나 화산파의 내공심법을 얻어줄 테니 그때부터 부지런히 수련하
라구. 십 년 지나면 그때 차근차근 가르쳐 줄 테니.”

“무슨 소리야? 너 알잖아? 내가 지난 십오 년간 불철주야로 무공 수
련을 해온 거. 그동안 화산의 육합심공, 무당의 양의심공, 소림의 장기
공…….”

맹정우가 냉큼 끼어들었다.

“그리고 어서 주워온 아수라파천신공(阿修羅破天神功)이라는 비급을
수련하다가 입 돌아간 적도 있었지.”

사실 맹정우가 최운에게 했던 구병이가 돌았다는 얘기는 반쯤은 진
실이었다.

방구병은 어렸을 적부터 천하제일고수가 되겠다며 시중에 돌아다니
는 내공심법 책이란 책은 다 구해오는 것이 취미였는데, 구대문파의 기
초 심공인 육합심공이나 양의심공 같은 것은 시중에서도 쉽게 구할 수
있었다. 그러나 이런 심법들은 내공 증진보다는 건강 증진을 위한 도
인체조 식으로 재편집이 되어 발간된 것이기에 천하제일인을 바라보는

방구병의 성에 찰 리가 없었다.

그러다가 서안의 헌 책방에서 우연히 발견한 아수라파천신공이란 비급에 홀려 석 달 동안 침식을 잊고 수련하던 중에 입이 돌아가고 말았다. 이 신공의 특징은 와공(臥功:누워서 하는 행공) 수련이 많다는 것인데, 찬 바닥에서 계속 자빠져서 수련하다 깜빡 잠이 든 채로 아침까지 누워 있다가 그만 입이 돌아가고 만 것이다. 결국 침을 여러 날 맞고서야 간신히 치료할 수 있었다.

찬 바닥에서 자다가 입이 돌아가는 것은 흔히 있는 사고였지만 방구병은 과도한 수련 중 주화입마에 빠졌던 것이라고 아직도 철석같이 믿고 있었다.

"음, 그래. 아수라파천신공은 좀 위험하긴 했었지. 하마터면 주화입마로 인해 마인(魔人)이 될 뻔했으니까 말이지. 그러나 그 뒤로는 정종 심법을 열심히 수련했다구. 도가 계열의 십 년 내공은 충분히 보유하고 있다 이 말이지."

맹정우는 코웃음을 쳤다.

"그 십 년 수련이라는 것이 매일 저녁 가부좌 틀고 반 시진쯤 버티다가 그 자세 고대로 다음날 아침까지 잠을 자는 것을 말하는 게냐?"

"자긴 누가 잤다고 그래? 물론 워낙 피곤할 때는 어쩌다 잠이 들기도 했지만 그런 것은 일 년에 한두 번 정도였다고. 자자, 이미 도가고 불가고 십 년 공력은 족히 내 단전에 쌓여 있으니까 걱정 말고 제일식부터 시범을 보여봐!"

"일 년에 한두 번이라? 그럼 십 년 공력일 리가 없지. 네놈이 가부좌 자세로 졸고 있는 것을 본 횟수가 골백번은 넘으니 네놈 말대로라면 내가 너의 수련을 백 년이 넘도록 지켜보았나 보구나. 그러면 최소 이 갑자 공력은 가지고 있지 않겠어?”

“아, 거참, 말 많네!”

그 뒤로도 한참 말싸움이 이어진 후에야 금나수법의 전수가 시작되었다. 교육은 한 시진가량 진행되었는데 맹정우는 경악을 하고 말았다. 세 발짝 이내의 공간을 일 촌의 거리로 축소시키는 제일식을 방구병이 완벽하게 터득한 것이다. 물론 내공이 맹정우에 비해서는 현격하게 처지기에 속도 면에서는 차이가 있었지만 확실하게 단지보를 시전하고 있었다.

“믿을 수가 없군. 정말로 네놈이 십 년 공력을 쌓고 있었다는 말이야?”

아까 전과는 비할 수 없이 우쭐해진 방구병이 가슴을 치며 답했다.

“내가 뭐라든? 크하하하! 소림, 무당, 화산의 세 가지 심법을 무학의 천재 방구병이 융화시킨 양의육합장기신공이 마침내 빛을 발하는구나! 좋아, 밤이 늦기는 했지만 바로 이식으로 넘어가자구!”

맹정우는 정말로 믿을 수가 없었다.

그가 아무리 무공에 문외한이었지만 십 년 공력을 쌓았다는 것이 무엇을 의미하는지는 알고 있었다. 저잣거리에서 거칠게 살아온 그들인지라 심심치 않게 다른 패거리들과도 싸움을 하곤 했었지만 언제나 선두에 서서 싸우는 것은 몸이 날랜 그였고, 방구병은 뒤에서 간신히 보조해 주는 정도였다. 아니, 얻어터져서 거치적거리지나 않으면 다행이었다. 열혈 무공광치고는 너무나도 싸움을 못했다.

그러던 놈이 난데없이 십 년 공력이라니? 설마 하니 십 년 정도 수련해 가지고는 겉으로 태가 안 나는 무공이라도 익혔단 말인가?

벌써 삼경 무렵인지라 슬슬 졸려왔지만 그는 의외의 능력을 보여주고 있는 친구 놈을 한번 관찰하고픈 호기심이 일었다.

"좋아, 어디 허풍이 어디까지인지 한번 알아보자고."

다시 한 시진 후, 맹정우는 처음의 성과가 우연이라는 확신이 들기 시작했다. 방구병은 이식, 삼식을 흉내조차 내지 못하고 있었다.

"이 멍청한 놈아! 일식으로 거리를 좁힌 다음에 적의 팔만 잡을 수 있으면 이식만으로 얼마든지 마무리가 가능하단 말이다."

그는 이식 풍약세류의 변형 동작을 하나하나 재연해 주며 설명했다.

"자, 일단 적의 손이 너의 팔을 붙잡으러 오면 가까운 손을 바깥쪽으로 돌리면서 손을 갈퀴 모양으로 유지한 채 적의 손목을 역으로 잡아채야 해. 이때 단순히 손의 움직임만으로 적보다 빨리 움직일 수는 없기 때문에 발의 모양과 팔과 어깨의 연결 부위에 요결대로 공력을 운행시키는 것이 중요하다 이거야. 아까 가르쳐 준 구결을 머리 속에 떠올리면서 다시 한 번 따라 해봐."

방구병은 약간 풀이 죽은 얼굴로 미적미적 몸을 움직였다. 그러나 그 동작은 무공을 전혀 모르는 사람이 보아도 어색하게 느껴질 정도로 팔 따로, 몸 따로 움직이고 있었다.

"구병아."

맹정우가 나지막한 목소리로 말했다.

"자러 가자."

방구병은 절박한 목소리로 외쳤다.

"안 돼! 당장 내일 써먹어야 하는데 여기서 포기할 순 없어!"

"미친놈아. 이게 아무리 만든 사람이 무공의 오의를 꿰뚫어 손쉽게 배울 수 있도록 창조한 궁극의 금나수법이라지만 하루아침에 배울 수 있는 건 줄 알아? 최소 육 개월 이상 전심전력으로 수행해야 터득할 수 있다고 써 있었다고. 네놈이 천고의 기재라도 오늘 안에 배워서 내일 써먹기는 글렀어. 그러니 잠 좀 자자구."

맹정우는 말을 마치고 뒤로 돌아 숙소로 향해 걸어가기 시작했다.

방구병이 헐레벌떡 뛰어와서 길을 막았다.

"거짓말 마, 임마! 그렇다면 네놈은 어떻게 그렇게 빨리 익혔지? 네놈 말에 의하면 보석을 빼낸 것이 닷새 전이니 금나수법을 오 일 안에 익혔다는 얘기 아니냐?"

맹정우는 방구병의 말에 멈칫하여 걸음을 멈췄다.

'그러고 보니 그러네!'

가만 생각해 보니 방구병의 지적이 일리가 있었다. 자신은 보석을 발견한 첫날 내공이 없는 상태에서 제오식까지 몸 동작만 익혔고, 칠식까지의 구결은 다 외웠다. 그리고 셋째 날 내공을 얻었고, 실전에 바로 사용했다. 그리고 그날 밤과 어젯밤에 두어 시진 정도 시간을 내어 수련한 것이 전부였다. 그런데 그 자신은 이미 육식까지 거의 터득한 상태였고, 칠식도 구결과 형식은 이미 다 숙지하고 있었다.

'어라? 이거 내가 혹시 무학의 천재 아냐?'

그가 상상의 나래를 펴는 사이, 방구병은 더욱 날카롭게 추궁했다.

"그리고 또 이상한 게 있다. 네놈이 내공을 크게 얻었다는 대환단이라는 것은 소림사의 비전영약이 아니냐? 그렇다면 그 약으로 인해 내공이 증진된다 해도 그것은 불가 계열의 내공이 아니겠는가? 네가 분명히 말하기를 도가 계열의 십 년 내공이 있어야 수련 가능하다고 하지 않았냐?"

"그것도 그렇군."

맹정우는 고개를 끄덕였다.

"그러나 나는 화산제자인 덕현에게서 육합심공을 배웠다. 그러니 도가 계열의 내공을 익힌 것이고, 영약이라는 것이 절에서 만들었다고 해서 불가 계열의 내공을 증진시킨다는 법은 없지 않느냐? 아마도 내가 수련한 육합심공의 내공을 증폭시키는 역할을 했나 보지."

방구병은 그 말을 듣고 미심쩍은 표정을 지으며 말했다.

"너 대관절 그 육합심공을 얼마 정도 수련했냐?"

맹정우는 잠시 생각에 잠겼다가 대답했다.

"으음, 가설라무네… 그걸 익힌 당일에 수적선에 탄 셈이니… 길 가다가 쉴 때 반 시진쯤 익혔군."

"놀고 있구나, 미친놈!"

방구병은 고함을 버럭 질렀다.

"네놈이 그야말로 무학의 신이 아닌 다음에야 반 시진 수련해서 터럭만큼이라도 단전에 기가 쌓일 것 같냐? 기본적인 내공의 길조차 형성이 안 되었을 것이다. 그런데 뭐 어쩌고 어째? 이제 보니 네놈은 기연이 몇 가지 더 있었는데 숨기는 것이 분명하다. 빨리 이실직고해라!"

맹정우는 슬슬 귀찮아지기 시작했다. 졸려 죽겠는데 이 원숭이는 자신이 원하는 답을 듣기 전까지는 떽떽거리는 것을 그치지 않을 모양이었다.

"좋아, 좋아. 방구병! 이제부터 제사식을 전수할 테니 더 이상 잔 말 마라. 일단 두 눈을 감아!"

방구병은 갑작스레 바뀐 맹정우의 태도에 어리둥절했으나 초식을 가르쳐 준다는 말에 얼른 시키는 대로 했다.

"좋아, 이제 허리를 꺾고 머리를 꼿꼿이 앞으로 세워라!"

"이렇게?"

방구병은 시키는 대로 허리를 꺾고 머리를 세웠다.

"좋아, 사식은 일식과 연계해야 한다. 일단 그 자리에서 반에 반 바퀴쯤 우로 돌아라. 눈은 계속 감고!"

그는 시키는 대로 몸을 돌렸다.

"좋아! 일식은 확실히 기억하고 있지? 세 걸음의 공간을 수유의 시간에 1촌의 거리로 좁히는 것이다. 그 자세로 바로 시전해!"

맹정우의 말이 떨어지자마자 방구병의 몸이 흐릿해졌다. 절정의 보법이 시전된 것이다.

쾅!

굉음이 울려 퍼졌다.

"내가 가르치긴 제대로 가르쳤군."

맹정우는 만족스럽게 중얼거렸다. 그리고는 움푹 패인 우측 담벼락으로 가서 그 밑에 머리를 싸매고 자빠져 있는 방구병의 다리를 잡아 질질 끌고 숙소로 돌아갔다.

『영웅탄생』 2권에서…